LA TEORÍA de lo PERFECTO

T0272349

un sello de
V&R Editoras

‣ **Título original:** *Perfect On Paper*
‣ **Dirección editorial:** Marcela Aguilar
‣ **Edición:** Melisa Corbetto con Stefany Pereyra Bravo
‣ **Traducción:** María Victoria Echandi
‣ **Coordinación de arte:** Valeria Brudny
‣ **Coordinación gráfica:** Leticia Lepera
‣ **Armado de interior:** Cecilia Aranda
‣ **Diseño de portada e ilustraciones:** Jonathan Bush

Publicado según acuerdo con St. Martin's Publishing Group en asociación con International Editors' Co. Barcelona. Todos los derechos reservados.

MÉXICO: Dakota 274, colonia Nápoles,
C. P. 03810, alcaldía Benito Juárez, Ciudad de México.
Tel.: 55 5220-6620 · 800-543-4995
e-mail: editoras@vreditoras.com.mx

ARGENTINA: Florida 833, piso 2, oficina 203
(C1005AAQ), Buenos Aires.
Tel.: (54-11) 5352-9444
e-mail: editorial@vreditoras.com

Primera edición: agosto de 2022

ISBN: 978-607-8828-24-1

Impreso en México en Litográfica Ingramex, S. A. de C. V.
Centeno No. 195, colonia Valle del Sur, C. P. 09819
alcaldía Iztapalapa, Ciudad de México.

LA TEORÍA
de lo PERFECTO

Sophie Gonzales

TRADUCCIÓN:
MARÍA VICTORIA ECHANDI

Para mamá y papá, quienes me mostraron la belleza de las palabras cuando tan solo era un bebé y sostuvieron mi mano mientras me enamoraba de cuentos

Uno

Todos en la escuela conocen el casillero ochenta y nueve: el que está abajo a la derecha, al final del pasillo, cerca de los laboratorios de ciencia. Hace años que no se le asigna a nadie; en realidad, deberían habérselo entregado a alguno de los cientos de estudiantes de la escuela para que lo llene de libros, papeles y recipientes plásticos infestados de moho.

En cambio, parece haber un entendimiento tácito de que el casillero ochenta y nueve cumple un propósito superior. De qué otra manera se explicaría el hecho de que cada año, cuando recibimos nuestros horarios y las combinaciones de nuestros casilleros, el número ochenta y ocho y el noventa tienen nuevos ocupantes, pero el ochenta y nueve permanece vacío.

Bueno, puede que "vacío" no sea la palabra indicada. Porque, aunque no tenga dueño, la mayoría de los días el casillero ochenta y nueve alberga varios sobres cuyo contenido es casi idéntico: diez dólares, comúnmente en forma de billete, a veces con monedas que el remitente logró reunir; una carta, a veces hecha en computadora, otras escrita a mano, a veces adornada con la mancha delatora de una lágrima; y al final de la carta, un correo electrónico.

Es un misterio cómo los sobres ingresan en el casillero, ya que es poco común encontrar a alguien deslizando su carta por las ranuras de metal. Es un misterio todavía más grande cómo recolectan los sobres; *nadie* ha sido visto abriendo el casillero.

Nadie concuerda en cómo funciona el sistema. ¿Es un profesor sin pasatiempos? ¿Un exestudiante que no puede soltar el pasado? ¿Un conserje de gran corazón que necesita un pequeño ingreso extra?

Lo único que es aceptado universalmente al respecto es que, si tienes problemas sentimentales y deslizas una carta a través de las ranuras del casillero ochenta y nueve, recibirás un correo electrónico anónimo dentro de la semana siguiente con un consejo. Y si eres lo suficientemente sabio como para seguir el consejo, tus problemas se resolverán o recibirás tu dinero de vuelta.

Raramente tengo que devolverle el dinero a la gente.

En mi defensa, en los pocos casos en los que mi consejo no funcionó, la carta omitía información importante. Como el mes pasado, cuando Penny Moore me escribió sobre cómo Rick Smith terminó su relación con un comentario en Instagram y convenientemente olvidó comentar que había coordinado sus ausencias con el hermano mayor de Rick para poder escabullirse juntos. De haber sabido eso, nunca le hubiera aconsejado a Penny que enfrentara a Rick en el almuerzo al día siguiente. Eso fue culpa suya. Debo admitir que fue *algo* satisfactorio ver a Rick realizar una lectura dramática de los mensajes de texto que Penny había intercambiado con su hermano delante de todo el comedor, pero hubiera preferido un final feliz. Hago esto para ayudar a la gente y para saber que genero un impacto positivo en el mundo; pero también (y quizás todavía más en este caso) me dolió dejar diez dólares en el casillero de Penny porque *ella* había sido demasiado orgullosa para admitir que estaba equivocada. El problema es que no podía defenderme a mí ni a mis consejos si Penny les decía a todos que no le había dado un reembolso.

Porque nadie sabe quién soy.

No hablo *literalmente*. Muchas personas saben quién soy. Darcy Phillips. Cuarto año. La chica con cabello rubio hasta los hombros y el espacio entre los dientes frontales. La mejor amiga de Brooke Nguyen y parte del Club Queer de la escuela. La hija de la señorita Morgan, la profesora de Ciencias.

Pero lo que no saben es que también soy la chica que se queda después de clases con su mamá en la escuela mientras termina su trabajo en el laboratorio mucho tiempo después de que todos se han marchado. La chica que camina hacia el final del pasillo, ingresa la combinación en el casillero ochenta y nueve, que ya sabe de memoria hace años —desde esa noche en que la lista de combinaciones fue dejada sin supervisión en la oficina administrativa— y recolecta las cartas y los billetes en forma de pago. La chica que pasa sus noches leyendo las historias de extraños con ojos imparciales antes de enviar instrucciones cuidadosamente detalladas a través de una cuenta de correo falsa que creó hace dos años.

No lo saben porque nadie en la escuela lo sabe. Solo yo sé mi secreto.

O, por lo menos así era. Hasta este preciso momento.

Tenía el presentimiento de que todo estaba por cambiar. Porque, aunque hacía veinte segundos había revisado que no hubiera rezagados en los pasillos o personal escolar, como siempre, estaba mil trescientos por ciento segura de haber oído a alguien aclararse la garganta en algún lugar de mis alrededores justo *detrás de mí*. Maldita sea.

Justo mientras tenía el brazo completamente hundido en el casillero ochenta y nueve.

Rayos.

Incluso mientras me volteaba, era optimista y esperaba lo mejor. Parte del motivo por el que había pasado desapercibida por tanto tiempo era por la ubicación del casillero, justo al final de un pasillo sin salida con forma de L.

Hubo algunas situaciones riesgosas en el pasado, pero el sonido de las puertas pesadas al cerrarse siempre me había dado aviso suficiente para esconder la evidencia. La única manera de que alguien pudiera sorprenderme sería si se escabullera por la salida de emergencia que da a la piscina y nadie la usa a estas horas del día.

Considerando la apariencia del chico parado detrás de mí, había cometido un error de cálculo fatal. Aparentemente, alguien sí usaba la piscina a esta hora.

Bueno, mierda.

Lo conocía. O, por lo menos, sabía *quién* era. Su nombre era Alexander Brougham, aunque estaba bastante segura de que todos lo llamaban por su apellido. Era estudiante de último año y buen amigo de Finn Park y, según dicen, uno de los estudiantes más sexis de St. Deodetus.

De cerca, era claro que esos rumores eran categóricamente falsos.

La nariz de Brougham lucía como si se la hubiera fracturado en el pasado y sus ojos azul marino estaban casi tan abiertos como su boca; era una expresión interesante porque sus ojos eran un poco saltones. No tanto como los peces sino más como un "mis párpados están haciendo su mejor esfuerzo para tragarse a mis globos oculares por completo". Y, como ya mencioné, estaba tan húmedo que su camiseta se pegaba a su pecho mojado y se tornaba translúcida.

—¿Por qué estás empapado? —pregunté.

Crucé mis brazos detrás de mi espalda para esconder las cartas y apoyarme contra el casillero ochenta y nueve para que se cerrara.

—Luces como si te hubieras caído en la piscina.

Probablemente, esta era una de las pocas situaciones en las que un adolescente empapado de pies a cabeza en el medio de un pasillo después de clases *no* fuera el elefante en la habitación.

Me miraba como si hubiera hecho el comentario más tonto del mundo. Lo que parecía injusto, considerando que no era yo quien estaba deambulando por los pasillos del colegio completamente empapada.

—No me caí, estuve nadando un rato.

—¿Vestido?

Intenté acomodar las cartas en la parte trasera de mi falda sin mover mis manos, pero resultó ser una tarea más complicada de lo que imaginaba.

Brougham estudió sus jeans. Utilicé la breve distracción para meter a la fuerza las cartas dentro de mi falda. En retrospectiva, mi reacción nunca sería suficiente para convencerlo de que no acababa de verme recolectando el contenido del casillero ochenta y nueve, pero hasta que tuviera una mejor excusa, negar todo era mi única opción.

—No estoy tan mojado —dijo.

Resulta que hoy era la primera vez que escuchaba hablar a Alexander Brougham, porque hasta este momento no tenía idea de que tenía acento británico. Ahora comprendía por qué le resultaba atractivo a tantas personas: Oriella, mi youtuber preferida, una vez hizo un video sobre este tema. Los sentidos de la gente con buen gusto para conseguir pareja, históricamente se desconcertaban ante la presencia de un acento. Sin detenerse en cuáles acentos son considerados sexi en algunas culturas y por qué, en general, los acentos eran la manera de la naturaleza de decir "procrea con *esa* persona, su código genético debe ser diferente". Aparentemente, pocas cosas parecen excitar a una persona tan rápido como el conocimiento subconsciente de que, de seguro, no están coqueteando con un familiar consanguíneo.

Por suerte, Brougham rompió el silencio cuando no respondí.

—No tuve tiempo de secarme como corresponde. Estaba terminando cuando te oí aquí. Supuse que tal vez descubriría a la persona que administra el casillero ochenta y nueve si me escabullía por la salida de emergencia. Y lo hice.

Lucía triunfante. Como si acabara de ganar un concurso del que yo ni sabía que estaba participando.

Esa expresión fue la más odiosa que vi en mi vida hasta este momento.

Forcé una risa nerviosa.

—No lo *abrí*. Estaba dejando una carta.

—Acabo de verte cerrar el casillero.

—No lo cerré. Solo lo golpeé un poco cuando estaba deslizando la… eh, la carta.

Genial, Darcy, qué gentil de tu parte hacerle creer al pobre estudiante británico que está loco.

—Sí que lo hiciste. Además, sacaste una pila de cartas de adentro.

Okey, ya estaba lo suficientemente comprometida como para esconder las cartas entre mis prendas y mantendría mi acto hasta el final, ¿verdad? Extendí mis manos con las palmas hacia arriba.

—No tengo ninguna carta.

El chico lució un poco desconcertado.

—¿En dónde…? Pero te vi.

Encogí los hombros y esbocé una expresión de inocencia.

—Tú… ¿Las escondiste en tu falda?

Su tono no era acusador per se, sino más un "asombro levemente condescendiente", como cuando un padre cuestiona con gentileza a su hijo cuando le pregunta por qué pensó que la comida del perro sería un buen snack. Solo hizo que quisiera continuar el acto con más intensidad.

Sacudí la cabeza y me reí un poco demasiado fuerte.

—*No.*

El calor de mis mejillas me dijo que mi rostro me estaba traicionando.

—Voltéate.

Me incliné contra los casilleros, sentí el rugido de los papeles y me crucé de brazos. La esquina de los sobres se hundió de manera incómoda contra mi cadera.

—No quiero.

Me miró.

Lo miré.

Sí. No creyó mis excusas ni por un segundo.

Si mi cerebro funcionara correctamente, hubiera dicho algo para despistarlo, pero desafortunadamente eligió ese preciso momento para declararse en huelga.

—*Eres* la persona que administra esto —dijo Brougham con tanta seguridad que supe que no tenía sentido seguir protestando—. Y realmente necesito tu ayuda.

No sabía con seguridad qué sucedería si alguna vez me descubrían. Más que nada porque prefería no preocuparme mucho por ello. Pero si me obligaran a adivinar qué haría la persona que me descubriera diría "contárselo al director del colegio" o "contarles a todos en la escuela" o "acusarme de arruinar su vida con malos consejos".

Pero ¿esto? No era tan amenazador. Tal vez todo estaría bien.

Tragué saliva con la esperanza de acercar el nudo en mi garganta un poco más a mi corazón desenfrenado.

—¿Ayuda con qué?

—Quiero recuperar a mi exnovia.

Hizo una pausa pensativa.

—Ah, por cierto, mi nombre es Brougham.

Brougham. Pronunciado "bro-am", no "brum". Era un nombre fácil de recordar porque todos los pronunciaban mal y eso me fastidió desde la primera vez que lo oí.

—Lo sé —dije débilmente.

—¿Cuál es tu tarifa por hora? —preguntó.

Despegó su camiseta de su pecho para airearla. Se estampó con fuerza contra su piel tan pronto la soltó. ¿Lo ven? *Totalmente* empapado.

Despegué mis ojos de sus prendas y procesé su pregunta.

—¿Perdón?

—Quiero contratarte.

Ahí estaba de vuelta el tono de "dinero a cambio de favores".

—¿Contratarme como…?

—Como consejera de relaciones.

Echó un vistazo a nuestro alrededor y luego habló en un susurro.

—Mi novia terminó conmigo el mes pasado y necesito recuperarla, pero no sé ni cómo empezar. Esto no puede solucionarse con un correo.

Este chico era un poco dramático, ¿no?

—Emm, escucha, lo lamento, a decir verdad, no tengo tiempo de ser la consejera de nadie. Solo hago esto antes de irme a dormir como un pasatiempo.

—¿Con qué estás tan ocupada? —preguntó con tranquilidad.

—Mmm, ¿tarea? ¿Amigos? ¿Netflix?

Se cruzó se brazos.

—Te pagaré veinte dólares por hora.

—Amigo, dije que…

—Veinticinco por hora más un bono de cincuenta dólares si recupero a Winona.

Un momento.

Entonces, ¿este chico me estaba diciendo seriamente que me daría cincuenta dólares libre de impuestos si pasaba dos horas dándole consejos para recuperar a una chica que ya se había enamorado de él una vez? La tarea estaba dentro de mis habilidades. Lo que significaba que el bono de cincuenta dólares estaba prácticamente garantizado.

Puede que nunca pueda ganar dinero de manera tan fácil.

Mientras lo consideraba, siguió hablando.

—Sé que quieres mantener tu identidad anónima.

Regresé a la realidad de un golpe y entrecerré los ojos.

—¿Qué quieres decir con eso?

Encogió los hombros, era la representación de la inocencia.

—Te escabulles después de clases cuando los pasillos están vacíos y nadie sabe que eres tú quien responde. Hay un motivo por el que no quieres que la gente lo sepa. No es necesario ser Sherlock Holmes.

Y allí estaba. Lo sabía. *Sabía* que mi instinto gritaba "peligro" por un buen motivo. No me estaba pidiendo un favor, me estaba diciendo lo que quería de mí y deslizaba casualmente por qué sería mala idea negarme. Si parpadeas, te pierdes el chantaje.

Mantuve mi voz tan tranquila como pude, pero no ayudó mucho la dosis de veneno que se filtró en mis palabras.

—Déjame adivinar, quieres ayudarme a que todo siga igual. A eso te refieres, ¿no?

—Bueno, sí. Exactamente.

Apretó su labio superior y ensanchó los ojos. Mis propios labios se curvaron mientras lo estudiaba, todo vestigio de buena voluntad que sentía hacia él se desvaneció de un momento a otro.

—Cielos. Qué considerado de tu parte.

Brougham, inmutable, esperó a que siguiera hablando. Cuando no lo hice, agitó una mano en el aire.

—Entonces… ¿Qué piensas?

Pensaba muchas cosas, pero no era sabio decirle en voz alta ninguna de ellas a alguien que estaba amenazándome. ¿Cuáles eran mis opciones? No podía decirle a mamá que alguien me estaba chantajeando. Ella no tenía idea de que yo era la responsable del casillero ochenta y nueve. Y *realmente* no quería que nadie descubriera que era yo. Quiero decir, la cantidad de información personal que conocía de tantas personas… Hasta mis amigos más cercanos no sabían lo que hacía. Sin el anonimato, mi negocio de consejos sentimentales sería un fracaso. Y era lo único real que había logrado construir. Lo único que, de hecho, le hacía un bien al mundo.

Y… rayos, estaba todo el asunto con Brooke del año pasado. Si se llegara enterar de eso, me odiaría.

No podía enterarse.

Mi mandíbula se tensó.

—Cincuenta de adelanto, cincuenta si funciona.

—¿Estrechamos las manos?

—No terminé. Accederé a un máximo de cinco horas por ahora, si me quieres más tiempo, será mi decisión continuar.

—¿Eso es todo? —preguntó.

—No. Si le dices una palabra de esto a alguien, les diré a todos que tus habilidades de conquista son tan malas que necesitaste una entrenadora personal.

Era un pequeño extra, y para nada tan creativo como los

insultos que se me habían ocurrido unos momentos atrás, pero no quería provocarlo demasiado. Algo tan imperceptible brilló en su rostro por tan solo un instante que casi no lo noto. Era difícil detectarlo. ¿Sus cejas se elevaron un poquito?

—Bueno, eso era innecesario, pero queda registrado.

—¿*Lo era*?

Simplemente me crucé de brazos.

Nos quedamos parados en silencio por un momento mientras mis palabras resonaban en mi cabeza —sonaron más agresivas de lo que pretendía, no que eso estuviera fuera de lugar—, luego sacudió la cabeza y comenzó a girar en su lugar.

—¿Sabes qué? Olvídalo. Solo pensé que estarías dispuesta a hacer un trato.

—Espera, espera, espera.

Avancé hacia él con las manos arriba para detenerlo.

—Lo lamento, estoy dispuesta a un trato.

—¿Estás segura?

Ay, por el amor de Dios, ¿quería que suplicara? Parecía injusto que esperara que aceptara los términos de su chantaje sin mostrar nada de resistencia o sarcasmo, pero estaba dispuesta a hacerlo. Haría lo que fuera que quisiera. Solo necesitaba contener esta situación. Asentí con firmeza y tomó su teléfono.

—Bueno. Tengo práctica de natación todos los días antes de clases y los lunes, miércoles y viernes entrenamos después de clases. Dame tu número para que podamos coordinar sin que sea necesario que te persiga por el colegio, ¿sí?

—Olvidaste "por favor". —Rayos, no debería haber dicho eso, pero no pude contenerme. Tomé el teléfono de sus manos y marqué mi número—. Aquí tienes.

—Excelente. Por cierto, ¿cómo te llamas?

No pude *ni siquiera* contener mi risa.

—¿Sabes? La gente suele averiguar el nombre de la otra persona antes de hacer un "trato". ¿En Inglaterra es distinto?

—Soy de Australia, no de Inglaterra.

—Ese acento no es australiano.

—Como australiano, puedo asegurarte que lo es. Es solo que no estás acostumbrada al mío.

—¿Hay más de uno?

—Hay más de un acento en Estados Unidos, ¿no? ¿Nombre? Ay, por el amor de…

—Darcy Phillips.

—Te enviaré un mensaje mañana, Darcy. Que tengas una linda tarde.

Por la manera en que me estudió con los labios fruncidos y el mentón inclinado hacia arriba mientras sus ojos subían y bajaban, había disfrutado nuestra primera conversación tanto como yo. Me quedé rígida por el disgusto cuando lo comprendí. ¿Qué derecho tenía él de pensar mal de mí cuando *él* fue el motivo de que el intercambio se tornara tan tenso?

Deslizó su teléfono en su bolsillo húmedo, no le importaba un desperfecto eléctrico, y giró sobre sus talones para marcharse. Lo miré por un momento, luego aproveché mi oportunidad para quitar las cartas del lugar extremadamente incómodo en el que estaban y guardarlas en mi mochila. Mamá apareció por una esquina unos segundos después.

—Allí estás. ¿Lista para irte? —preguntó mientras daba la vuelta y regresaba al pasillo, el eco de sus tacones resonaba en el espacio vacío.

Como si alguna vez no estuviera lista para volver. Para cuando mamá terminaba de guardar sus cosas, responder los correos electrónicos y corregir un último trabajo, siempre era la última estudiante en abandonar esta área de la escuela; todos los demás estaban en el otro extremo y socializando cerca de la sala de arte o de la pista de atletismo.

Bueno, con la excepción de Alexander Brougham aparentemente.

—¿Sabías que algunos estudiantes se quedan hasta esta hora para usar la piscina? —le pregunté a mamá mientras me apresuraba para alcanzarla.

—Bueno, el equipo de la escuela está fuera de temporada, así que me atrevería a decir que no debería estar muy concurrida, pero sé que está abierta a los estudiantes que reciben autorización de Vijay hasta que la recepción cierra. Darc, ¿podrías enviarle un mensaje a Ainsley y pedirle que saque la salsa del congelador?

Cuando mamá habla de "Vijay" se refiere al entrenador Senguttuvan. Una de las cosas más extrañas de que uno de tus padres trabaje en la escuela es conocer a todos los profesores por su nombre de pila *y* su apellido. Tenía que asegurarme de no confundirme durante la clase o cuando hablaba con mis amigos. A algunos de ellos, los conocía prácticamente desde que había nacido. Puede que parezca sencillo, pero que John viniera a cenar a casa todos los meses, que estuviera en las fiestas de cumpleaños de mis padres y que fuera el anfitrión de la fiesta de año nuevo todos los años, hacía que tener que llamarlo de repente señor Hanson en clase de Matemáticas fuera como caminar por un campo minado por mi reputación.

Le envié un mensaje de texto a mi hermana con las instrucciones de mamá mientras me subía al asiento del acompañante. Vi que tenía un mensaje sin leer de Brooke y sonreí:

> No quiero hacer este ensayo.
> Por favor no dejes que haga este ensayo.

Como siempre, recibir un mensaje de Brooke me hacía sentir que las leyes de la gravedad se suspendían para detener mi corazón por un instante.

Obviamente estaba pensando en mí en vez de hacer su tarea. ¿Con cuánta frecuencia su mente se desviaba hacia mí cuando soñaba despierta? ¿Se dirigía hacia alguien más o yo era especial?

Era tan difícil saber cuánta esperanza albergar.

Envié una respuesta rápida:

> ¡Tú puedes! Creo en ti.
> Te enviaré mis notas esta noche si te sirve.

Mamá tarareaba para sí misma mientras salía del estacionamiento, suficientemente lento como para evitar impactar a cualquier tortuga que saliera al encuentro.

—¿Qué tal tu día?

—Bastante normal —mentí. Sería mejor no compartir todo el "hoy me contrataron y chantajearon"—. Tuve una discusión en Sociología con el señor Reisling sobre los derechos de las mujeres, pero el señor Reisling es un imbécil.

—Sí, *es* un imbécil.

Mamá soltó una risita y luego lanzó una mirada punzante en mi dirección.

—¡*No* le digas a nadie que dije eso!

—Lo dejaré fuera de la agenda de la reunión de mañana.

Mamá me echó un vistazo de reojo y su rostro redondo esbozó una cálida sonrisa. Comencé a devolver el gesto y luego recordé a Brougham, el chantaje y me desanimé. Mamá estaba demasiado concentrada en los coches, perdida en sus propios pensamientos. Una de las cosas buenas de tener un padre siempre distraído era no tener que evitar preguntas inquisitivas.

Solo esperaba que Brougham mantuviera el secreto. El problema era, por supuesto, que no tenía idea de qué tipo de persona era. Maravilloso. Un chico que no había conocido antes, de quien no sabía nada, tenía el poder de arruinar mi negocio por completo, sin mencionar mis amistades. Eso no me provocaba ni un *poquito* de ansiedad.

Necesitaba hablar con Ainsley.

Dos

Hola, casillero 89

Mi novia me ha estado volviendo loco, maldición. ¡No sabe lo que significa la palabra "espacio"! Si OSO no enviarle un mensaje un día, hace estallar mi teléfono. Mamá me dijo que no la debo recompensar por ser una psicópata, así que me aseguro de no responder hasta el día siguiente para que sepa que bombardearme no hará que quiera que le escriba. Y cuando sí respondo, sus respuestas son monosilábicas y con un tono pasivo agresivo enfadado. ¿Qué demonios? ¿Ahora tengo que sentirme condenadamente culpable porque no revisé mi teléfono en Biología? No quiero terminar con ella porque, de hecho, es genial cuando no actúa como una psicópata. Juro que soy un buen novio, pero no puedo enviarle mensajes constantemente solo para evitar que no se desespere.

Dtb02@hotmail.com

Casillero 89 <casillero89@gmail.com> 3:06 p.m. (hace 0 minutos)
Para: Dtb02

¡Hola, DTB!

Te recomiendo que investigues sobre los distintos tipos de apego. No puedo decirlo con seguridad, pero parece que el apego de tu novia es del tipo ansioso. (Hay cuatro estilos principales, en pocas palabras: uno es el apego seguro, la gente aprende de bebé que el amor es confiable y predecible. Otro es el evitativo, que se presenta cuando las personas aprenden de niños que no pueden depender de otros y cuando crecen tienen dificultades para relacionarse con los demás. Luego está el apego ansioso, que se manifiesta cuando una persona aprende que el amor solo se le otorga en algunas circunstancias y que puede serle arrebatado sin advertencia. Cuando crecen, temen ser abandonados constantemente. Y por último, el apego desorganizado, en este caso, la persona tiene miedo de ser abandonada y tiene problemas para confiar en los demás. ¡Es confuso!). Para resumir, tu novia siempre estará sensible ante lo que sienta como abandono y entrará en pánico cuando eso suceda; a eso lo llamamos "activar". No es una psicópata (para que sepas, no es un término aceptable); siente un miedo primitivo de estar sola y en peligro. Pero, de todos modos, comprendo que te sientas agobiado cuando tu novia activa.

Te recomiendo que establezcas límites, pero que también hagas algunas cosas para asegurarle que todavía te gusta. Puede que lo necesite más que otras personas. Hazle saber que crees que es increíble, pero que quieres encontrar una solución para asegurarte de que no entre en pánico si no le envías un mensaje. Lleguen a un acuerdo que los deje felices a los dos, ¡tu necesidad de tener algo de espacio es válida! Tal vez prefieras enviarle un mensaje antes de clase todos los días, aunque sea para decir "buen día, que te vaya bien hoy". O tal vez te parece más razonable responder rápidamente en el baño un "lo lamento, estoy en clase, esta noche te enviaré un mensaje cuando llegue a casa así podemos hablar como corresponde, no puedo esperar". O si ese día no tienes ganas de hablar, puedes enviarle un mensaje que diga "no estoy teniendo un buen día, no tiene nada que ver contigo, te quiero, ¿podemos hablar mañana?". La clave es que debe ser algo que ambos crean que pueda funcionar.

Tendrán que ceder en algunos puntos, pero te sorprendería cuán sencillo es evitar que una persona con apego ansioso caiga en un espiral si no dejas que el silencio haga que su cabeza imagine lo peor. Solo quieren saber que hay un motivo por tu distancia y que no es que "ya no la quieres".

¡Buena suerte!
Casillero 89

En casa, Ainsley no solo había puesto a descongelar la salsa, sino que también tenía un pan cocinándose en el horno y toda la casa se había impregnado con el delicioso aroma a levadura de una panadería de campo. El sonido del agua me hizo saber que el lavavajillas estaba a medio ciclo y el suelo de linóleo brillaba como su hubiera sido recién trapeado. Aunque mi casa solía estar limpia, casi siempre tenía demasiadas cosas como para lucir impecable y la cocina no era la excepción. Cada superficie estaba cubierta con objetos decorativos; desde suculentas en recipientes de terracota, hasta cajas repletas de utensilios para cocinar y distintos estantes con tazas. Las paredes estaban cubiertas con sartenes y ollas, y varios cuchillos colgaban de exhibidores de madera. El refrigerador estaba adornado con imanes que celebraban grandes momentos de nuestra vida, desde viajes a Disney, vacaciones en Hawái, cuando terminé el kinder y una foto de mamá y Ainsley en la puerta del juzgado el día que mi hermana cambió legalmente su nombre.

Desde que asiste a la universidad local, Ainsley ha empezado a preocuparse por "ganarse su lugar" en la casa, como si mamá no la hubiera inundado con motivos para que se quedara a estudiar en la universidad local en lugar de irse a Los Ángeles. Al parecer, mamá no estaba lista para tener el nido totalmente vacío fin de semana por medio cuando yo iba a visitar a papá. No es que me esté quejando; Ainsley no solo cocina mucho mejor que mamá, sino que también es una de mis mejores amigas. Y esa era una de las armas que mamá tenía en su arsenal de "convencer a Ainsley para que se quede en casa".

Dejé caer mi mochila en la mesa de la cocina y me deslicé en uno de los asientos mientras intentaba captar la mirada de mi hermana. Como siempre, vestía una de sus creaciones modificadas a mano, un suéter con mangas tres cuartos y con volados a lo largo del brazo que parecían alas.

—¿Planeas hacer pan de ajo, cariño? —preguntó mamá mientras abría el refrigerador para tomar un poco de agua.

Ainsley le echó un vistazo a la máquina para hacer pan.

—De hecho, es una buena idea.

Aclaré mi garganta.

—Ainsley, dijiste que modificarías uno de tus vestidos para mí.

Es necesario aclarar que nunca había dicho eso. Mi hermana era buena para muchas cosas, pero compartir sus prendas y su maquillaje no era una de ellas. Pero funcionó. Finalmente me echó un vistazo sorprendida y aproveché la oportunidad para ensanchar mis ojos y enviarle un mensaje.

—Por supuesto —mintió.

Acomodó un mechón de su largo cabello castaño detrás de su oreja. Su signo delator. Por suerte, mamá no estaba prestando mucha atención.

—Tengo un par de minutos ahora si quieres verlo.

—Sip, sip, vamos.

No visitaba la habitación de mi hermana con tanta frecuencia como ella visitaba la mía y tenía un buen motivo para ello. Mientras que mi habitación estaba relativamente organizada, con decoraciones en lugares apropiados, la cama hecha y las prendas en el armario, el espacio de Ainsley era un caos organizado. Sus paredes pintadas con rayas verdes y rosas apenas eran visibles por los posters, cuadros y las fotografías que había colgado precariamente (la única decoración que había sido colocada con algo de intención era una fotografía del Club Queer que había sido tomada su último año de la escuela). Su cama de dos plazas no estaba hecha —tampoco podrías notarlo por la cantidad de prendas que había sobre ella— y al pie de la cama, tenía un baúl repleto de telas, botones y retazos que creía que utilizaría algún día; su contenido caía en cascadas hacia la alfombra de felpa color crema.

Tan pronto entré en la habitación, mi sentido del olfato fue atacado por el denso aroma de caramelo y vainilla de la vela favorita de Ainsley, que siempre encendía cuando planeaba un nuevo video de YouTube. Decía que la ayudaba a concentrarse, pero mis musas no se presentaban ante una migraña causada por olores, así que no podía ponerme en su lugar.

Ainsley cerró la puerta y me lancé sobre la pila de prendas en su cama e hice arcadas tan dramáticamente como pude.

—¿Qué sucede? —preguntó.

Abrió apenas una ventana para que ingresara oxígeno.

Me arrastré hacia el aire fresco e inhalé profundamente.

—Me descubrieron, Ains.

No preguntó "haciendo qué". No era necesario. Era mi única confidente en el mundo que sabía sobre mi negocio del casillero, sabía muy bien qué hacía después de la escuela todos los días.

Se desplomó en el borde de la cama.

—¿*Quién?*

—El amigo de Finn Park, Alexander Brougham.

—¿*Él?* —Esbozó una sonrisa traviesa—. Es un bombón. ¡Se parece a Bill Skarsgård!

Elegí ignorar el hecho de que comparó a Brougham con el payaso de una película de terror como un cumplido.

—¿Porque tiene ojos saltones? No es mi estilo.

—¿Porque es un chico o porque no es Brooke?

—Porque no es mi *tipo*. ¿Por qué sería porque es un chico?

—No sé, sueles mostrar más interés por las chicas.

Okey, solo porque *de casualidad* me gustaron algunas chicas en sucesión no significa que no pueda gustarme un chico. Pero no tenía la energía para tener *esa* discusión, así que regresé al asunto que nos importaba.

—Como sea, se escabulló a mis espaldas. Dijo que quería descifrar quién estaba detrás del casillero para poder pagarme para que sea su *consejera de relaciones*.

—¿Pagarte?

Los ojos de Ainsley se iluminaron. Seguramente mientras visiones de labiales que adquiriría con mi repentina caída bailaban en su mente.

—Bueno, sí. Pagarme y *chantajearme*. Básicamente dijo que le diría a todos quién soy si no accedía a ayudarlo.

—¿Qué? ¡Ese bastardo!

—¿*Verdad?* —Lancé mis manos al aire antes de llevarlas a mi pecho—. Y apuesto que lo haría.

—Bueno, seamos realistas, si se lo contara solo a Finn, todos en el pueblo lo sabrían mañana.

Aunque Finn Park era estudiante de último año y un año más joven que ella, Ainsley lo conocía—y, por extensión, a su grupo de amigos— muy bien. Había sido parte del Club Queer desde que Ainsley lo fundó en su cuarto año, el mismo año en que comenzó su transición.

—Entonces, ¿qué harás? —me preguntó.

—Le dije que me encontraría con él después de clases mañana.

—¿Al menos la paga es buena?

Le dije cuánto era y lució impresionada.

—¡Eso es mejor de lo que me pagan en Crepe Shoppe!

—Considérate afortunada, tu jefe no te está extorsionando.

Fuimos interrumpidas por la vibración de mi teléfono en mi bolsillo. Era un mensaje de Brooke.

> Tengo muchas muestras para probar.
> ¿Puedo visitarte antes de la cena?

Todo en mi interior se volteó y revolvió como si hubiera derribado un frasco repleto de grillos.

—¿Qué quiere Brooke? —preguntó Ainsley con sencillez.

—¿Cómo sabías que era ella? —Subí la mirada mientras escribía la respuesta. Solo alzó una ceja.

—Porque solo Brooke hace que te pongas…

Terminó la oración con una sonrisa melosa y exagerada y la acompañó desviando los ojos e inclinando ligeramente la cabeza.

La miré estupefacta.

—Hermosa. Si luzco de esa manera cerca de ella, no puedo imaginar por qué no se enamoró de mí todavía.

—Mi trabajo es decirte la cruda verdad —replicó—. Lo tomo con mucha seriedad.

—Eres buena. Muy comprometida.

—Gracias.

—Tiene algunas muestras para nosotras. ¿Filmarás antes de cenar?

—Nop, pensaba hacerlo después. Cuenta conmigo.

Aunque Crepe Shoppe pagaba las cuentas de Ainsley, durante el último año dedicó todo su tiempo libre a construir su canal de YouTube en el que modificaba prendas de tiendas de segunda mano. De hecho, sus videos son increíbles. Tuvo que lidiar con la misma presión que yo de encajar en una escuela de gente pudiente, pero multiplicada por tener que trabajar con el nuevo guardarropa limitado que mamá y papá pudieron pagar en su momento, muchas cosas no estaban diseñadas pensando en sus proporciones.

Ainsley se adaptó desarrollando habilidades de costura. Y, en el proceso, descubrió que era naturalmente creativa. Podía mirar la pieza más horrible de una tienda de segunda mano y, cuando todos los demás veíamos algo que no usaríamos ni en un millón de años, ella veía potencial. Rescataba prendas y le hacía pinzas en la cintura, añadía piezas de tela y sumaba o eliminaba mangas, luego cubría la prenda con cristales o retazos de encaje y la transformaba por completo. Resulta que su proceso creativo combinado con sus comentarios autocríticos era contenido de calidad.

Le respondí a Brooke. Quería decirle que por supuesto podía venir a casa, de hecho, cuanto antes mejor. También podía mudarse conmigo, casarse y ser la madre de mis hijos, pero mis largas horas de estudio de relaciones humanas me enseñó que mi obsesión no era atractiva. Así que opté por un simple "seguro, cenaré en un par de horas". Misma intención, menos intensidad.

Mientras Ainsley regresaba a la cocina, me quité el uniforme, saqué las cartas de hoy de mi mochila y comencé a organizarlas. Tenía un buen sistema después de hacer esto unas dos veces por semana durante dos años. Los billetes y las monedas iban a una bolsa hermética que luego depositaría en mi cuenta bancaria (supuse que la manera más sencilla de ser descubierta sería ser vista muchas veces con muchos billetes de baja denominación). Luego, leí rápidamente todas las cartas y las ordené en dos pilas. Una para las que podía responder casi al instante, y otra con las cartas que requerían que pensara un poco más. Me enorgullecía decir que la segunda pila casi siempre era la más pequeña y que, a veces, ni siquiera era necesaria. A esas alturas, había muy pocas situaciones que me resultaran complejas.

A veces me preocupaba que todo este proceso fuera demasiado demandante durante mi último año. Pero, ey, muchos estudiantes tenían empleos de medio tiempo. ¿Por qué esto sería diferente? Además de la respuesta obvia: disfrutaba hacerlo. Mucho más de lo que la mayoría disfrutaba sus empleos con salario mínimo en supermercados o recolectando platos sucios de clientes ingratos.

Para cuando Ainsley ingresó en mi habitación para procrastinar sus propias responsabilidades, había terminado con la pila uno –la única pila de hoy– y pasé a investigar en YouTube. Durante los últimos años, había elaborado una lista de canales de quienes creía que eran los mejores expertos en relaciones de YouTube. Y me aseguraba de nunca perderme sus videos. Era martes, eso significaba que había un nuevo video de Coach Pris Plumber. El video de hoy era una reseña de la última investigación de la biología del cerebro enamorado, que me resultó mucho más interesante que mi tarea de Biología. Coach Pris era una de mis preferidas, solo la superaba Oriella.

Dios, ¿cómo describir el enigma de Oriella? Una *influencer* veinteañera que prácticamente fundó el espacio de YouTube dedicado a consejos sentimentales y subía videos día por medio. ¿Pueden imaginar tantas ideas? Increíble. Sin importar cuántos videos había publicado, cuántas veces creías que ya había hablado de todo lo que se podía hablar, bum: hacía explotar tu cabeza con un video sobre cómo utilizar fotografías artísticas de comida en tus historias de Instagram hace que tu ex te extrañe. Esa mujer era impresionante.

También fue la pionera de una de mis herramientas para dar consejos preferidas llamada de manera poca original "análisis de carácter". Oriella decía que todos los problemas podían ser clasificados y que para encontrar la categoría correcta, tenías que hacer un diagnóstico. Siguiendo sus instrucciones, aprendí a hacer una lista de todos los aspectos relevantes de la persona en cuestión –en mi caso, el escritor de la carta– y una vez que todo estaba en papel, el asunto casi siempre se clarificaba.

Ainsley se posicionó detrás de mí y miró el video en silencio por unos dos o tres segundos, luego se dejó caer con fuerza en el borde de mi cama. Esa era mi señal para detener lo que estaba haciendo y prestarle atención.

Miré sobre mi hombro y la vi extendida como una estrella de mar sobre mi cama, su cabello castaño lacio formaba un abanico sobre la manta.

–¿Alguna buena hoy? –preguntó cuando la miré a los ojos.

–Bastante estándar –respondí mientras pausaba a Pris–. *¿Por qué* los chicos llaman "psicópatas" a sus novias? Es una epidemia.

–Si hay algo que los chicos aman es tener una excusa para evitar su responsabilidad en causar el tipo de comportamiento que no les gusta –dijo Ainsley–. Estás dando una buena pelea.

–Supongo que alguien tiene que hacerlo.

–Paga las cuentas. Por cierto, Brooke acaba de aparcar su coche.

Cerré mi ordenador con un golpe y me puse de pie de un salto para perfumarme. Ainsley sacudió la cabeza.

–Nunca te vi moverte tan rápido.

–Cállate.

Llegamos a la sala de estar cuando mamá abría la puerta y saludaba a Brooke, lo que significaba que tenía al menos quince segundos para prepararme mientras se abrazaban y mamá le preguntaba cómo estaba cada miembro de su familia.

Me lancé sobre el sofá, tiré algunos almohadones decorativos al suelo y me acomodé de una manera que, con un poco de suerte, luciría como si hubiera estado descansando aquí por horas, sin preocuparme por la llegada de Brooke.

—¿Cómo está mi cabello? —le susurré a Ainsley.

Me estudió con ojo crítico, luego estiró sus manos para agitar mis ondas. Aprobó con un asentimiento, se acomodó a mi lado y tomó su teléfono justo a tiempo para completar la imagen relajada cuando Brooke apareció.

Sentí una presión en el pecho. Tragué mi corazón, que se había acomodado en algún lugar detrás de mis amígdalas.

Brooke entró en la sala de estar, sus pies descalzos no hicieron ruido sobre la alfombra. Secretamente celebré que no se hubiera quitado el uniforme.

Nuestro uniforme consistía en un blazer azul marino con el logo de la escuela en el pecho y una camisa blanca; ambas prendas debían comprarse en la tienda del colegio. Más allá de eso, si bien había un código de vestimenta, teníamos un poco de laxitud para interpretarlo. La parte inferior tenía que ser de color beige o caqui y podíamos elegir entre falda y pantalón, pero podíamos comprarlo en dónde quisiéramos. Los chicos tenían que usar corbata, pero el color y el estilo era su decisión; la única restricción era el uso de estampados explícitos o provocativos. Esa regla se añadió cuando estaba en segundo año, después de que Finn consiguiera una corbata con hojas de marihuana.

Entonces, llegamos a un acuerdo que evitó que los estudiantes se revelaran. Era lo suficientemente homogéneo para mantener a la mayoría de los padres y docentes felices, pero había concesiones para que los estudiantes no nos sintiéramos atrapados como en una estricta escuela pupila británica en donde la individualidad estaba prohibida.

Ahora, puede que parezca que me estaba quejando del uniforme, pero dejemos claro que no era así. ¿Cómo podía quejarme cuando Brooke lucía así? Su falda exhibía sus piernas delgadas y muslos oscuros, su colgante dorado descansaba sobre los botones de su camisa y su cabello lacio y oscuro caía sobre los hombros de su blazer, Brooke era una revelación. Estaba bastante segura de que la imagen del uniforme de las chicas de St. Deodetus haría que estallaran mariposas en mi estómago hasta el día que muriera. Todo por cómo lucía en Brooke Amanda Nguyen.

—Hola —dijo Brooke.

Se dejó caer sobre sus rodillas en el centro de la habitación. Dio vuelta su bolsa sobre la alfombra y docenas de bolsitas y tubitos rebotaron en el suelo.

Una de las mayores ventajas de ser amiga de Brooke —además de, ya saben, tenerla cerca para irradiar luz y felicidad en mi vida todos los días— era su trabajo como vendedora de cosméticos en el centro comercial.

Sin dudas, era el mejor empleo que cualquier adolescente podría desear, sin contar mi trabajo, que es discutiblemente más genial. Brooke pasaba sus tardes hablando con clientes de maquillaje, dando recomendaciones y probando nuevos productos. Y lo mejor de todo era que tenía un descuento de empleada y podía llevarse a casa todas las muestras que quisiera. Lo que significaba que yo heredaba grandes cantidades de maquillaje gratis.

Con un chillido de felicidad, Ainsley salió disparada del sofá para tomar una bolsita antes de que tuviera la oportunidad de procesar la selección.

—Ah, sí, sí, sí, *deseaba* probar esto —celebró.

—Bueno, supongo que es tuyo —dije pretendiendo estar triste—. Hola, Brooke.

Me miró a los ojos y sonrió.

—Hola, traje regalos.

De alguna manera, por suerte, logré contenerme y no decir algo cursi como que su presencia en mi casa era el verdadero regalo. En cambio, solo mantuve contacto visual por un tiempo prudente —que desafortunadamente no fue suficiente para compartir un momento especial— y mantuve mi tono casual, pero sin sonar desinteresada.

—¿Cómo vienes con el ensayo?

Brooke arrugó la nariz.

—Hice la estructura. Estaba esperando tus notas.

—Todavía tienes hasta la próxima semana. Hay mucho tiempo.

—*Lo sé*, lo sé, pero tardo una *eternidad* en hacerlo. No escribo tan rápido como tú.

—Entonces, ¿por qué estás aquí? —pregunté en tono de broma.

—Porque eres mucho más divertida que trabajar en mi ensayo.

Sacudí la cabeza, pretendiendo estar decepcionada, pero la expresión de felicidad en mi rostro probablemente me delató. Por un segundo compartimos lo que pareció un intercambio de miradas significativo. Seguro, puede que solo haya sido cariño platónico, pero *también* podría haber sido una pista. *Sacrificaría una buena calificación para poder pasar una hora más contigo.*

O tal vez estaba interpretando lo que deseaba. ¿Por qué era tan difícil responder las preguntas de mis relaciones en comparación con las de todos los demás?

Mientras Brooke y Ainsley hablaban con entusiasmo del

producto que Ainsley había elegido, un exfoliante químico, por lo que pude escuchar, gateé hasta la pila de cosméticos y encontré un mini labial líquido con el tono más perfecto de rosa-durazno que había visto.

—Ay, Darc, ese luciría perfecto en ti —dijo Brooke y eso fue todo. Necesitaba ese labial más de lo que necesité algo en mi vida.

Pero mientras lo probaba en mi muñeca, noté que Ainsley hacía ojos de cachorrito con mi visión periférica. Subí la mirada.

—¿Qué?

—Ese es el labial que iba a comprar este fin de semana.

Llevé el labial a mi pecho en pose defensiva.

—¡Tienes el exfoliante!

—Hay como cien cosas aquí, tengo permitido *más* de una.

—¡Ni siquiera eres rubia! ¡No es tu color!

Ainsley lucía ofendida.

—Emm, ¿disculpa? Te aviso que sé que puedo *brillar* en ese color. Y tus labios son perfectos desnudos, los míos necesitan toda la ayuda que puedan conseguir.

—Puedes tomarlo prestado cuando quieras.

—*No*, tú sufres de herpes en los labios. Si yo me lo quedo, puedes tomarlo prestado si usas un aplicador, ¿qué te parece?

—O yo podría usar el aplicador todo el tiempo y *tú* podrías tomarlo prestado.

—No confío en ti. Te descuidarás y lo infestarás con tu herpes.

Lancé mis manos al aire y miré a Brooke en búsqueda de apoyo.

—Guau. *Guau.* ¿Oyes estas calumnias?

Brooke me miró conteniendo la risa y toda mi ferocidad abandonó mi cuerpo. Se sentó erguida y extendió las manos.

—Okey, tranquilas, esto no tiene que terminar con sangre derramada. ¿Qué les parece un piedra, papel o tijera?

Ainsley me miró.

La miré.

Encogió los hombros.

Rayos, sabía que cedería. Lo *sabía* y no tenía *ni una pizca* de vergüenza en aprovecharse de ese hecho y solo por ella, *solo por ella*. Ganar, sabiendo que Ainsley lo quería tanto, ahora se sentiría mal.

—¿Custodia compartida? —ofrecí. Adiós, hermoso labial.

—Oh, *Darc* —protestó Brooke.

Sabía tan bien como yo que si desaparecía en la habitación de Ainsley, probablemente nunca lo volvería a ver. Pero tenía que marcar los términos, sino, luciría como si fuera sencillo pasar por encima de mí. Y lo era cuando se trataba de Ainsley, pero ese no era el punto.

Ainsley alzó una mano para silenciar a mi amiga.

—Tendré custodia plena y tú tienes derechos de visita ilimitados.

—¿Y si te vas de viaje un fin de semana? ¿O si lo necesito un fin de semana con papá?

Si bien Ainsley a veces me acompañaba a casa de papá, yo era la única obligada por el juzgado de familia a visitarlo con tanta regularidad. Desde que Ainsley había cumplido dieciocho, dependía de ella cuándo ir a verlo. Y como era estudiante universitaria, empacar una maleta y cruzar el pueblo era demasiada molestia para Ains.

Vaciló.

—Se definirá caso por caso. Si alguna de nosotras tiene un evento especial ese fin de semana, podrá llevárselo consigo.

Giramos hacia Brooke al mismo tiempo. Unió sus dedos y nos miró con el ceño fruncido. Me alegraba que se tomara el trabajo de mediadora en serio. Habló después de unos segundos:

—Supongo que lo permitiré con la condición de que Darcy

pueda elegir dos cosas más ahora y serán automáticamente suyas. ¿Es un trato?

—De acuerdo —dije.

—No te contengas, Darc —advirtió Brooke.

Apoyé mis manos en mi regazo.

—No lo haré.

—Ah, pero no el Eve Lom —dijo Ainsley.

Alzó una mano, pero Brooke le lanzó una mirada amenazadora y Ainsley hizo puchero.

—Está bien, es un trato. Sin condiciones.

Estaba sumamente tentada a elegir el limpiador Eve Lom solo para contradecirla. Pero me conformé con una crema humectante con color que era más de mi tono que el de Ainsley de todos modos y con una muestra de perfume mientras ignoraba la mirada de reojo de Brooke.

¿Qué podía decir? Algo de tenerla cerca me hacía querer difundir amor.

Era bueno que estuviera cerca tan seguido.

Y me partiría un rayo antes de dejar que Alexander Brougham arruinara eso.

Tres

Autoanálisis:
Darcy Phillips

Sé que soy bisexual desde que tenía doce años y un personaje femenino de un programa de televisión para niños me gustó tanto que mi estómago se revolvía cada vez que la chica aparecía en la pantalla y solía quedarme dormida pensando en ella.

A pesar de ello, nunca besé a una chica. A solucionar.

Una vez besé a un chico en el estacionamiento de un centro comercial. Metió y sacó su lengua de mi boca sin una advertencia como si fuera un agujero al que debía explorar con un martillo neumático.

A pesar de ello, definitivamente también me gustan los chicos.

Casi segura de que estoy enamorada de Brooke Nguyen.

Creo que el amor puede ser sencillo... para otras personas.

El Club Queer –o Club Q, como lo llamaban las personas que no tenían tiempo para decir dos palabras– se reunía todos los jueves a la hora del almuerzo en el salón F-47. Hoy, Brooke y yo fuimos las primeras en llegar y comenzamos a acomodar las sillas en un semicírculo. Ya conocíamos la rutina.

El señor Elliot llegó un minuto después de que acomodáramos todo; lucía exhausto como siempre y tenía un sándwich de centeno a medio comer en la mano.

–Gracias, señoritas –dijo y *hundió* su mano libre en su morral–. Me demoró un fan entusiasmado. Le dije que no tenía tiempo para firmar un autógrafo, pero no dejaba de decir que era su "profesor" preferido y que tenía que "firmar su autorización" para "tener acceso a la sala de música". Las exigencias de la fama, ¿no?

El señor Elliot era uno de los profesores más jóvenes de la escuela. Todo en él gritaba "accesible"; desde sus ojos resplandecientes, sus hoyuelos profundos y sus facciones suaves y redondeadas. Su piel era morena, caminaba con los pies levemente torcidos y su rostro regordete hacía que le pidieran su identificación en bares con la misma frecuencia que los alumnos de último año. Además, sin ser dramática, hubiera matado por él.

Uno a uno, llegaron los demás miembros del club. Finn, quien había contado que era gay hace años, avanzó en línea recta hacia nosotras. Hoy, tenía una corbata de un tono amarillo impactante. De cerca, vi que estaba cubierta de filas de patitos de hule. Aparentemente, seguía testeando los límites de la definición de "apropiado". En contraste con su prolijidad general, su cabello negro bien peinado, sus zapatos negros pulidos y sus gafas rectangulares de alta calidad, su elección de corbata resaltaba todavía más. Amaría y odiaría ver qué sucedería si alguna vez les permitían a los chicos usar medias estampadas. Finn Park se convertiría en sinónimo de anarquía.

Luego entró Raina, la única otra miembro abiertamente bisexual. Escaneó con la mirada a quienes estábamos sentados con una expresión de decepción y se acomodó en la cabeza del semicírculo. Raina era la líder del consejo estudiantil, había competido con Brooke el semestre pasado (nuestra escuela permite que los estudiantes de los *dos* últimos años participen por el puesto). Había sido una elección tensa y no había cariño entre las chicas. Por un instante, creí que Brooke tenía chances de ganar.

Lily, que estaba en algún lugar del espectro ace pero todavía no estaba segura, llegó con Jaz, lesbiana al igual que Brooke, y Jason, gay. Finalmente, llegó Alexei, pan y no binario y cerramos las puertas para iniciar la reunión.

Nos turnábamos para dirigir el encuentro, rotábamos cada semana y en esta oportunidad, era turno de Brooke. Se sentó un poco más erguida con las piernas cruzadas a la altura de los talones. Cuando la conocí en primer año, odiaba hablar en público; hasta era necesario que saliéramos de una clase para practicar técnicas de respiración en el pasillo cuando tenía una presentación. Luego, después de un año trabajando con el consejero escolar, ganó confianza suficiente como para ofrecerse a hablar de vez en cuando. Como hoy y como cuando se había postulado para presidir el consejo estudiantil. Estaba segura de que no le encantaba tener que hablar en público, incluso ahora, pero solía ser mucho más dura consigo misma que con los demás, así que cuanto menos quería hacer una cosa, más se forzaba a hacerla.

–Comencemos con…

Escaneó el anotador que sostenía entre sus manos temblorosas.

–Chequeo semanal. En sentido de las agujas del reloj, empiezo yo. En general, tuve una buena semana, mi salud mental está en un buen momento, y todo está bien en casa. ¿Finn?

Uno a uno, fuimos hablando, incluyendo al señor Elliot. Durante estas reuniones, intentaba no adoptar un rol de autoridad. Decía que mientras la puerta estuviera cerrada, podíamos considerarlo más como un mentor queer que como un profesor y que este era un lugar seguro para discutir comportamientos o comentarios inapropiados de otros profesores sin sentirse incómodo alrededor de él.

Esta semana, el chequeo semanal fue rápido. A veces, no podíamos superar esta etapa inicial porque alguien mencionaba algo con lo que estaban luchando y el resto del grupo intentaba solucionar el problema, ofrecía apoyo o solo escuchaba. No era extraño que el chequeo semanal terminara con todo el grupo en lágrimas.

—El próximo ítem de la agenda iba a ser el evento social interescolar, pero lo hemos pospuesto un mes porque Alexei irá a Hawái… —dijo Brooke en una voz tan pequeña que era como si estuviera hablando para ella misma.

Le hice un gesto para que levantara la voz y lo hizo con una pequeña sonrisa.

—La señora Harrison nos autorizó a hacer una presentación para los estudiantes de primer año sobre cómo contribuir para que la escuela sea más segura. ¿Alguien quiere sugerir algún tema?

Finn se aclaró la garganta.

—Estaba pensando que podíamos intentar enfocar la presentación como una sesión de reclutamiento —dijo en un tono serio que no concordaba con el brillo en sus ojos—. Nos imagino en prendas con brillos y plumas, una coreografía tal vez algún tipo de iluminación con láseres si nos va bien en la venta de pasteles para recaudar fondos, ese estilo de cosas. Cuando terminemos, si los miembros del club no se duplican, pueden enviarme a aislamiento en solitario.

—Una vez más, Finn —intervino el señor Elliot—. No somos un culto y no reclutamos gente.

—Pero, señor, piense en los niños. En nosotros. Nosotros somos los niños. Queremos jugar con más niños.

—Intenta sonar menos como un pervertido, Finn —dije y Jaz resopló desde la otra punta del semicírculo y acomodó su cabello sobre un hombro.

—¿Alguien conoce íconos queer? —insistió Finn—. Creo que la participación de una celebridad podría sumar al factor sorpresa.

—¿Yo cuento? —preguntó el señor Elliot.

—Con todo respeto, señor, esa es una pregunta con demasiadas implicancias.

Justo en ese instante, Brooke debería estar interviniendo para volver a encaminar la conversación. Pero estaba sentada con una postura rígida y alzaba una mano cada tanto antes de volver a bajarla; parecía estar perdiendo la paciencia.

Raina puso los ojos en blanco, soltó un suspiro, cruzó una pierna sobre la otra y pasó sus manos sobre los pantalones ajustados beige. Su rostro era rígido, tenía labios finos, mandíbula amplia y parecía todavía más seria por su prolija coleta de cabello castaño. Me sorprendió que sus ojos entrecerrados no hubieran transformado a Finn en una gárgola.

—Okey —habló al fin—, gracias, Finn —dijo con voz firme—. Lily, haz una sugerencia.

Los grandes ojos verdes de Lily parpadearon y su rostro se ruborizó por haber sido puesta en el centro de atención.

—Mmm, ¿castigos más severos por utilizar términos queer como insulto?

—Maravilloso —afirmó Raina mientras señalaba dos dedos simulando un arma hacia mi mejor amiga—. Brooke, toma nota.

Me estremecí mientras Brooke garabateaba notas. Raina *sabía* que esto no era el consejo estudiantil, ¿no? Pero no se detuvo.

–¿Alexei? ¿Alguna idea?

–¿Podríamos hablar algunos minutos de los pronombres y explicar por qué es importante utilizarlos correctamente? –preguntó.

–Perfecto, me encanta. ¿Jaz?

Mi teléfono vibró en el bolsillo de mi falda –añadido por Ainsley después de haberla comprado– y eché un vistazo a la pantalla disimuladamente. Era Brougham.

¿Hoy nos vemos?

Un sentimiento de desesperación cubrió mi cuerpo y sentí una presión en el pecho. Después de estresarme toda la tarde de ayer y de dar vueltas toda la noche, finalmente había bloqueado a Brougham y a sus amenazas concentrándome en la escuela y en mi normalidad. Ahora todo regresó de golpe. Le envié una respuesta rápida.

Sip. 3:45

Sin darme cuenta, incliné un poquito mi brazo hacia Brooke en búsqueda de apoyo. Ella no devolvió el gesto, pero tampoco se alejó.

Y así siguió la reunión liderada por Raina, ladrándole órdenes a Brooke cada tanto. El señor Elliot echó algunos vistazos en dirección a Brooke para ver si parecía molesta, supongo, pero no intervino. No solía hacerlo a menos que las cosas se salieran de control.

Un par de veces, *casi* digo algo, pero no era lo suficientemente valiente como para comenzar una discusión con Raina delante de todos. Eso no evitó que cultivara una furia silenciosa en nombre de Brooke durante el resto de la reunión. Finalmente, sonó la campana y todos regresaron a clases. Como la líder, era responsabilidad de Brooke quedarse y regresar las sillas a su lugar. Como era de esperar, Raina no se *adueñó* de esta tarea en particular.

Tan pronto se vació el salón, Brooke mostró su descontento.

—¿Notaste eso? —preguntó mientras se dejaba caer contra el costado de un escritorio y se cruzaba de brazos.

—¿El intento de golpe de estado de Raina? Sí, no fue muy sutil.

Brooke sacudió la cabeza molesta.

—Cree que solo porque es la presidente del consejo estudiantil eso le da autoridad sobre los demás en todo contexto. La próxima vez, desafiará las decisiones de los árbitros en los partidos de fútbol americano.

—Siempre fue arrogante —dije—. La gente te escucha porque les agradas y te respetan. No tienes que luchar para recibir atención.

—¿Qué? ¿Crees que se siente amenazada por mí? —indagó Brooke.

—No creo nada. *Sé* que se siente amenazada —repliqué y me senté en el escritorio opuesto a ella.

Presionó una mano sobre su pecho.

—¿Por *mí*?

Aunque sonó escéptica, noté que le gustaba la idea.

Toqué su pie con el mío.

—Sí, ¡por ti! Le diste una buena pelea durante las elecciones. Apuesto a que esa chica nunca perdió en su vida.

—Sí, pero *no* gané.

—Un *absurdo* que nunca superaré. De todos modos, ¿a quién le importa? Hoy hizo el papel de idiota. Todos saben que tú tienes clase.

—Lo sé, no debería molestarme —dijo Brooke bajando la mirada hacia sus manos—. Por lo general, no me molestaría.

Eso era verdad. Prácticamente era la versión humana de los Ositos Cariñositos.

—¿Qué sucede? ¿Estás bien?

Su rostro se suavizó.

—Sí, sí, estoy bien. Es solo que, ah, estoy estresada por ese estúpido ensayo.

Estallé en risas.

—¿*Todavía* no lo hiciste?

Gruñó e inclinó la cabeza hacia atrás.

—¡Ni siquiera llegué a la mitad!

—¿Qué piensas de ir a esas sesiones de ayuda que hacen en la biblioteca después de clases? De hecho, estoy bastante segura de que son los jueves, ¿no? Puedes ir hoy.

—*No puedo*, Darcy, debo trabajar esta noche.

—¿Y si dices que estás enferma?

Brooke revoleó los ojos con tanta fuerza que solo se veía la parte blanca de sus ojos mientras agitaba las pestañas.

—Negativo. Es el lanzamiento de una paleta de sombras muy esperada, prevemos que estará lleno. Tuvieron que llamar a cinco empleados más solo para estar tranquilos. Hasta insinuaron que, si alguien faltaba por cualquier otro motivo que no sea estar en coma, no sería bienvenido de vuelta.

—Guau. ¿Todo eso por una paleta?

—Es pigmento comprimido —replicó como si eso explicara todo.

—Ah, cierto, pigmento comprimido, por supuesto.

—También trabajo el sábado y el domingo. ¿Cómo se supone que termine el ensayo?

—¿Quieres que vaya a tu casa y te ayude?

Se enderezó y me sonrió apenada.

—Darc, te quiero, de verdad, pero quiero obtener una *buena* calificación.

Me reí con fuerza y pretendí doblarme sobre mi estómago por el dolor.

—¡Ay! ¡*Ay*!

Brooke comenzó a reírse.

—Oh, no, eso sonó mucho más duro de lo que quise decir.

—Siéntete libre de decirme cómo te sientes realmente la próxima vez.

Un movimiento en la puerta me llamó la atención y el hechizo entre nosotras se rompió. Brooke pareció notarlo al mismo tiempo porque se reincorporó y giró en su lugar.

Raina estaba en la puerta y lucía dubitativa.

—Creo que… olvidé mi teléfono.

La observamos en silencio mientras caminaba hacia el semicírculo.

Efectivamente, su iPhone, en una funda de cuero, estaba en el suelo cerca de una de las sillas. El silencio se intensificaba con cada segundo, pero había pasado demasiado tiempo para quebrarlo. Debió haber sido obvio que me molestaba la presencia de Raina. Había interrumpido un momento especial.

Aunque no fue tan especial como para sobrevivir la interferencia.

Cuanto más se acercaba mi reunión con Brougham, más nerviosa me sentía.

Por más que no quisiera admitirlo, no tenía idea de lo que estaba haciendo. Dar consejos desde mi computadora era diferente.

Podía elegir mis palabras con precisión y siempre podía consultar uno de mis libros o de los videos de YouTube si algo me tomaba por sorpresa. ¿Frente a frente? Era un juego completamente diferente. ¿Y si dudaba o no estaba segura de mis habilidades? ¿O no podía recordar algún elemento de teoría o tomaba la decisión equivocada? O, lo que era más probable, ¿y si la personalidad filosa de Brougham me enceguecía y no podía abarcar el conflicto de manera lógica y sistemática?

Basta, me regañé a mí misma. *Has dado cientos de consejos. Sabes de lo que hablas. No permitas que un chico estúpido e insolente te intimide. Tú eres la experta.*

De todos modos, mi corazón dio un salto y tembló cuando sonó la última campanada.

Guardé mis cosas y fui a la biblioteca para empezar a hacer la tarea. Podría haber utilizado el salón de mamá, pero ella no podía evitar contarme de su día cuando la visitaba, incluso cuando le decía que necesitaba concentrarme.

Los minutos avanzaban como si el tiempo estuviera bañado en melaza, hasta que el reloj *al fin* marcó las tres veinticinco y se hizo la hora de guardar todo, ir a la piscina y terminar con esto de una vez por todas.

Llegué al casillero ochenta y nueve unos minutos antes de la hora acordada con Brougham y aproveché la oportunidad para buscar testigos y recolectar las cartas del día. Eran tres. No estaba mal. Faltaban unos meses para el baile de graduación, por lo que en esta época del año recibía muchos pedidos de ayuda de estudiantes de último año. En un principio, sentía cierta emoción al ayudar a alumnos mucho mayores que yo, quienes nunca me miraban dos veces en el pasillo y jamás me trataron con ningún nivel de respeto o deferencia. Esa sensación se había desvanecido hace mucho y fue reemplazada por un nuevo nivel de empatía.

No había ningún lugar para sentarse en el pasillo y, honestamente, nunca me molestó ensuciarme un poco, así que me dejé caer en el suelo de linóleo con mi espalda contra los casilleros y saqué mi teléfono para entretenerme mientras esperaba.

Esperé.

Y esperé.

Tres vidas después, me cansé de esperar, muchas gracias. Maldito Alexander Brougham. "Nos vemos a las tres cuarenta y cinco" había dicho. Bueno, había cumplido. ¿En dónde estaba él?

Maldiciendo por lo bajo, me puse de pie y avancé dando zancadas por el pasillo. Crucé las puertas dobles que daban a la piscina. No me encantaba estar ahí; el aire siempre se sentía pegajoso y húmedo, cargado de cloro y el eco resonaba de una manera que no se sentía correcta, como si fuera más pesado.

Hoy estaba más silencioso de lo normal, lo que tenía sentido, considerando que solía venir aquí cuando me obligaban a asistir durante la clase de Gimnasia. En general, el ambiente estaba saturado de gritos, salpicaduras y el chillido del calzado sobre el suelo antideslizante, pero hoy estaba tenebrosamente silencioso. Solo se sentía el zumbido de… algo, supongo que del sistema de ventilación, y los golpes rítmicos en el agua de un único nadador.

Brougham no me vio cuando avancé por el borde de la piscina. Su cabeza estaba sumergida y cuando salía del agua para respirar, lo hacía para el lado de la pared. Su cuerpo se deslizaba con una velocidad sorprendente. Intenté caminar junto a él, pero tuve que trotar para mantener el ritmo.

—Brougham —grité, pero pareció no oírme. O, si lo hizo, me ignoró. Lo que no me asombraría de él—. *Alexander*.

Llegó al extremo de la piscina y dio una vuelta debajo del agua. El cambio de dirección hizo que inclinara la cabeza hacia mí cuando respiraba. Se detuvo después de una brazada y sacudió la cabeza como un perro mojado.

—¿Ya son las tres cuarenta y cinco? —preguntó agitado mientras avanzaba hacia un borde y se quitaba el cabello mojado de su rostro.

Ni siquiera se molestó en saludarme, lo que no ayudó a mi paciencia.

—Son las cuatro. —Gesticulé hacia el reloj en la pared detrás de las estaciones de salida. Sus ojos siguieron mi mano.

—Ah, es verdad.

Sin disculparse por haberme hecho esperar o agradecerme por haber cedido mi tarde, nadó hacia mí y salió de la piscina con un solo movimiento practicado que hizo que sus músculos se marcaran. Fanfarrón. Si yo intentara esa maniobra, terminaría acostada en el suelo como una ballena encallada.

Retrocedí unos pasos para salir de su camino y asintió con la cabeza hacia mí. Aparentemente, ese era mi saludo. Caminó hacia los bancos en donde había dejado su uniforme arrugado, su mochila y una toalla mientras jalaba de su traje de baño ajustado hasta la rodilla para liberar la presión de sus muslos.

—Necesito darme una ducha rápida.

Estaba inclinado hacia un costado mientras apretaba la toalla como podía alrededor de su cabello.

—¿Nos vemos en diez minutos?

—Ah, *seguro*. —Inyecté todo el sarcasmo que pude en mi voz. Si lo notó, no dijo nada.

Regresé dando zancadas al pasillo para esperar, solté mi cabello para que no contribuyera a un dolor de cabeza por estrés y me dejé caer en el suelo. Supuse que podría empezar a leer las cartas de hoy.

La primera estaba escrita a mano en una hoja rosa con un

bordeado floreado. La caligrafía resultó ser sorprendentemente sencilla de leer. Mientras escaneaba la carta, detecté un problema al instante con la manera en que utilizaban la palabra "necesito". "Necesitaba" mensajes de su novio. "Necesitaba" su atención.

No me agradaba la palabra "necesitar" porque cargaba un fuerte sentido de expectativa y hacía que cualquiera decepción fuera mucho más dura. Estaba tomando algunas anotaciones en la aplicación de notas de mi teléfono y algunos pensamientos para responder el correo cuando Brougham apareció en el pasillo. Había guardado su uniforme y optado por unos pantalones limpios —negros, aunque se ajustaban a sus tobillos de la misma manera que los de su uniforme— y una camiseta blanca simple. Su cabello secado por la toalla salía disparado hacia todas las direcciones. Al menos hoy estaba un poco seco.

—¿Lista? —preguntó.

Deslizó su mochila sobre su hombro. No sonreía, como siempre. Ahora que lo pensaba, nunca había visto una expresión más alegre que una "despreocupación cuidada" en su rostro.

—Estoy *lista* hace cuarenta minutos.

—Genial, vamos.

Comenzó a caminar por el pasillo y tuve dificultades para alcanzarlo mientras guardaba la carta en su sobre.

—¿Brougham?

Me ignoró.

—¡*Alexander*!

Se detuvo en seco.

—¿Qué?

Llegué hacia él y me crucé de brazos. Tuve que inclinar mi mentón para mirarlo; era alta, pero él era incluso más alto.

—No soy tu empleada.

—¿Qué?

—Solo porque me pagues por mi tiempo, no significa que puedes darme órdenes. Y si estás retrasado, deberías disculparte.

—Ah.

Lucía sorprendido.

—De todos modos, te pagaré por el tiempo acordado.

—Ese no es el punto, Alexander.

Todavía lucía confundido. El dinero no podía comprar buenos modales, eso era claro.

—Emm, ¿cuál es el punto entonces? ¿Lo lamento? Y es Brougham.

Él me *había dicho* que lo llamara por su apellido, pero "Alexander" claramente llamaba su atención.

—Mi punto es que no es necesario que seas un cretino. No te mataría decir "hola" cuando me veas. Preferiría estar haciendo otras cosas en este momento, así que un poquito de amabilidad no pasaría desapercibida.

Juro que casi puso los ojos en blanco. Prácticamente podía verlo luchar con sus globos oculares para mantenerlos en su lugar.

—*Hola, Phillips.*

Su sarcasmo era tan fuerte como el mío.

—Es Darcy. *Hola*, Brougham —repliqué con el mismo tono brusco—. ¿Qué tal tu día? Es bueno *verte*. ¿A dónde te gustaría *ir* para hacer *esto*?

—Mi casa estará bien —dijo y retomó el paso.

Lo miré fijo y tragué mi ira. Veinticinco dólares la hora. Veinticinco dólares la hora. Si hubiera tenido la oportunidad de conocerlo antes de realizar nuestro trato, hubiera cobrado un impuesto por cretino y nunca hubiera accedido por menos de cincuenta.

Cuatro

Querido casillero 8g,

No sé si llegó el momento de terminar con mi novio. Sigo intentando comunicarme con él, pero es como si no me escuchara. Le he dicho unas veinte veces que necesito que me envíe más mensajes, necesito que me preste más atención y que se siente junto a mí en el almuerzo al menos *ALGUNAS VECES*. Pero cuánto más le comunico mis necesidades, más las ignora. ¡Uno de sus amigos me llamó "demandante" el otro día! ¿Estoy siendo demandante? ¿Es poco razonable saber lo que necesitas y comunicarlo? Pregunto seriamente, dime la verdad, puedo manejarlo.

cosasextrañas8g4@gmail.com

Casillero 89 <casillero89@gmail .com> 5:06 p.m. (Hace 0 minutos)
Para: Cosasextrañas894

¡Hola, Cosas extrañas!

Redefinamos algunas cosas. Es totalmente razonable comunicar tus necesidades. Pero parece que no tienes en claro cuáles son tus necesidades. No "necesitas" nada de tu novio. Lo quieres. Decir que "necesitamos" algo de alguien nos hace sentir que no podemos vivir sin ellos, o que tienen control total de cómo nos sentimos, lo que no es verdad. Cuando dices que "necesitas" que él haga una u otra cosa, lo que escucho es que, en realidad, necesitas sentir afecto, que eres especial y que te quiere. ¡Y puedes recibir eso de otras personas que no sean tu novio! Te aconsejo que le expliques con otras palabras tus necesidades. Dile lo que realmente necesitas y luego hazle saber qué cosas *podría* hacer para ayudarte a sentir querida, especial y que te quiere. La gente responde mejor a palabras de aliento que a críticas. Luego, es su turno. Una vez que comprenda que no se trata de él y de lo que está haciendo mal, sino de ti y de cómo puede ayudarte a sentirte genial, puede que mejore su actitud. Y si no lo hace, entonces debes preguntarte si satisfacer esas necesidades a través de relaciones platónicas te resulta suficiente o si quizás él no sea el chico indicado para ti.

¡Buena suerte!
Casillero 89

Tragué saliva detrás del volante del coche de Ainsley , que me lo había prestado por el día para que pudiera cumplir los requisitos de mi extorsión, mientras Brougham doblaba por la calle delante de mí hacia lo que asumí era su casa. Es una manera de decir, eso no era una casa, era una mansión. Una mansión condenadamente gigante.

Tenía como un millón de secciones distintas, habitación tras habitación, buhardillas, ventanas en salientes, balcones, columnas y pilares, elegantes cristales franceses y una mezcla de líneas rectas y curvas en el techo. El ladrillo era de un tono gris violáceo frío y tranquilizador que junto al techo azulado y los detalles en crema hacían que la casa tuviera un aura a cuentos de hadas. El jardín delantero estaba inmaculado, los setos prolijamente recortados bordeaban una superficie de cemento para dos vehículos.

Por favor.

No había forma de que aparcara mi coche en ese lugar. Se sentía como comer un pastelito muy bien decorado. Ese espacio estaba diseñado para ser observado, no utilizado, ¿no?

Así que dejé mi coche en la calle, sin atravesar la verja. Brougham, quien había conducido hasta la puerta, me esperaba recostado contra su automóvil y me observaba con las cejas en alto mientras avanzaba por el camino serpenteante. *Cuando* finalmente llegue hasta él, me lanzó una mirada incisiva y luego me guio hacia la puerta principal.

—¿Tienes mayordomo? —pregunté mientras entrábamos, emocionada repentinamente—. O un chef o algo así.

No es que pudieran tentarme con comida, pero digamos que, si Brougham tuviera un chef que nos trajera una bandeja repleta de snacks elegantes como sándwiches sin bordes o una ensalada de frutas, estaría mucho más abierta a reuniones en su mansión después de clases.

Pero para mí decepción sin fin, Brougham me miró con desdén.

—No, Phillips, no tenemos un mayordomo.

No tenía prisa por perdonarme el haberlo llamado Alexander, ¿no?

—*Lo lamento* –dije–. Es solo que parece mucho trabajo limpiar una mansión sin ayuda, eso es todo.

Tuvo el descaro de suspirar por mi comentario.

—Bueno, por supuesto que tenemos *personal de limpieza* –replicó de la misma manera que uno diría "por supuesto que tenemos un techo" o "por supuesto que tenemos un fregadero en la cocina".

Me retrasé unos pasos para mirar su nuca de mala manera.

—Bueno, *por supuesto* –murmuré–. Naturalmente. ¿Quién no tiene personal de limpieza? Pff.

—Y no es una mansión.

—Ya lo creo que no es una mansión –repliqué con una ráfaga de irritación.

¿Cómo era posible que Brougham lograra sonar igual de irritante cuando alardeaba de su riqueza *y* cuando la subestimaba?

—No lo es. Tal vez sería considerada una mansión en lugares como San Fran. Pero no en un pueblo como este.

Su expresión era mitad compasiva y mitad prejuiciosa. Bueno, perdón por no estar bien versada en las características de las mansiones antes de hablar, estoy tan apenada.

Entramos en un espacio amplio que funcionaba como recibidor y, sobre nuestras cabezas, había un balcón de hierro forjado; supuse que era para que las personas pudieran mirar a los visitantes, con condescendencia, desde el segundo nivel. El suelo era de mármol crema y un candelabro con cristales colgaba desde el cielorraso increíblemente elevado. Incliné mi cuello a un ángulo que se acercó demasiado a los noventa grados para ser seguro, pero en ese momento, los músculos de mi cuello pasaron a un segundo plano para poder observar mis alrededores.

Cuando avanzamos por el pasillo, resbalé en el suelo de mármol y tuve que ajustar mi paso para mantener el control. Lo último que necesitaba era perder el equilibrio y estrellarme con un escritorio de caoba o con una vasija de la dinastía Ming.

Brougham caminaba ligeramente delante de mí, no hizo ningún esfuerzo por igualar mi velocidad, era casi como si estuviera apurándome. Puede que para proteger todas las vasijas, para ser honestos.

La primera señal de que no estábamos solos fue el sonido de tacones sobre el mármol, un ritmo más que se sumó a nuestros pasos discordantes. Una mujer apareció en el salón delante de nosotros, a través de un arco a nuestra izquierda, en una nube de perfume francés. Era elegante, segura de sí misma y, a menos que hubiera malinterpretado la expresión en su rostro, le molestó toparse con nosotros.

Supuse que era la señora Brougham.

Lucía como un filtro de Snapchat de la versión femenina de su hijo. Delgada, de estructura ósea delicada y con los mismos ojos azules saltones, cabello castaño, aunque el suyo tenía reflejos cálidos. Vestía un atuendo que debería lucir completamente descoordinado, pero en ella parecía algo que aparecería en un número urbano de Vogue. Tenía una camiseta blanca dentro de unos pantalones de pierna ancha hechos de un tipo de cuero sintético negro, con tacones negros y un brazalete tejido del mismo color.

Brougham se detuvo abruptamente y lo imité. Su madre lo evaluó con una mirada inexpresiva y entrecerró los ojos.

—Alexander, tu padre trabajará hasta tarde otra vez. —Le dijo a Brougham sin siquiera reconocer mi presencia—. Así que tengo un invitado. Estaremos en el ala renovada. No nos molestes a menos que sea una emergencia.

Brougham no pareció sorprenderse por la hostilidad de su madre.

—Okey.

—Si te avisa que llegará antes, envíame un mensaje.

—Okey.

Se miraron a los ojos y sentí un extraño escalofrío. Era obvio que me faltaba algo de información, pero no podía lograr descubrir qué. Solo sabía que la situación era extremadamente incómoda y que quería salir de allí lo ante posible.

La señora Brougham asintió con un gesto cortante y se deslizó hacia la próxima habitación. Hablo en serio, si no fuera por el repiqueteo rítmico de sus tacones, hubiera insistido en que estaba siendo desplazada por una cinta de equipaje.

—Seguro, un placer conocerla —susurré antes de poder contenerme. Probablemente no era la *mejor* decisión quejarme cuando la mujer podía oírme.

Pero si Brougham se molestó por mi comentario, no lo demostró. Solo arrancó los ojos de la puerta por la que se había marchado su madre y frunció los labios.

—Será mejor que no tengas expectativas muy altas de mis padres —dijo—. Podemos ir a la habitación del fondo.

Mientras avanzábamos por el laberinto que era su casa, Brougham hizo una breve parada en la cocina más impecable que vi en mi vida. Todo era brillante y deslumbrante, era como si alguien la hubiera transportado de Photoshop a la vida real. Superficies resplandecientes, paredes repletas de alacenas con puertas impolutas de vidrio que resguardaban platos y vasos de cristal. Una isla de caoba tan reflectante que podía ver mi propia expresión. El suelo estaba tan pulido que se sintió grosero arrastrar mis zapatos escolares sobre él.

Brougham, todavía ajeno a mi asombro, indagó en su refrigerador —de seguro estaba repleto de alimentos de primer nivel, costosos, orgánicos y locales— y encontró un racimo de uvas y una pequeña rueda de queso Brie. Comenzó a presentar la selección en un plato, junto a unas galletas y cuando terminó, alzó la mirada y notó mi expresión.

—Lo lamento, ¿esto está bien? –preguntó.

A decir verdad, un chef personal no hubiera podido prepara nada que me apeteciera más que la imagen de una rueda entera de queso Brie. No es que nunca hubiera comido queso antes, pero no era un alimento común en las casas de mis padres. Esto era tan *elegante*.

—Supongo que estará bien –concedí.

En la habitación del fondo, una segunda sala de estar que olía a agua de rosas y tenía ventanas que se extendían desde el suelo hasta el techo y daban a un jardín trasero bien cuidado y anormalmente verde, Brougham se dejó caer en un sillón de cuero color crema y apoyó el plato sobre la mesa de vidrio.

—Entonces, ¿cómo funciona esto?

Me quité la mochila, acomodé mi falda detrás de mis muslos y me senté en el otro sillón.

—No sé. En general, escribo correos electrónicos, ¿lo recuerdas?

—Okey, entonces, ¿qué haces cuando recibes una carta?

—Depende de la carta.

El rostro de Brougham lucía pensativo mientras tomaba una uva del racimo. La sostuvo con una expresión inquisitiva, asentí con más entusiasmo de lo normal y la atrapé en el aire cuando la lanzó hacia mí. Seguía siendo un bastardo y un chantajista, así que no quería mostrarme demasiado agradecida, pero era lindo ser alimentada.

Brougham me observaba con paciencia y me di cuenta de que estaba esperando a que empezara a hablar. Parte de mí quería insistir en que no tenía idea de lo que hacía porque era la verdad, pero eso podría ser jugar con la bestia en esta situación. Tal vez lo mejor que podía hacer en este momento era enfocarme en lo conocido y esperar que lo inexplorado surgiera como el paso siguiente de forma natural.

Sin decir una palabra, busqué las tres cartas en mi mochila. Las escaneé y, por suerte, una de ellas era lo suficientemente vaga como para no exponer la identidad del dueño.

–Bueno, "Querido casillero ochenta y nueve: realmente me gusta una chica, pero en el mejor de los casos es apenas una conocida. Es un año menor, por lo que no tenemos clases o amigos en común. A veces creo que me envía señales cuando la veo en la escuela, pero me preocupa estar viendo solo lo que me gustaría ver. ¿Cómo la invito a salir sin arruinarlo o crear una situación incómoda? 'Ey, eres linda, ¿quieres salir conmigo?', es una manera extraña de entablar una conversación".

Por favor, ayúdame. rayo_de_sol001@gmail.com terminé de leer en mi cabeza solo en caso de que Brougham conociera a quién le pertenecía ese correo electrónico.

El chico se llevó una uva a la boca y la acomodó en su mejilla.

–Eso no nos da mucha información –dijo.

Extendí una palma y obedientemente tomó otra uva y me la lanzó.

–Nos da suficiente –repliqué–. Solo tienes que analizarlo. Sabemos que quien escribió la carta por lo menos está en segundo año porque es un año mayor que la chica que le gusta. Sabemos que no comparten amigos así que no tenemos que preocuparnos de que sea una relación poco apropiada. Sabemos que por lo menos se hablan, porque la llamó "una conocida" no una desconocida. Sabemos que quien escribió la carta siente consideración por los demás porque se planteó la reacción hipotética de cómo reaccionaría la chica si la invitara a salir. También nos dice que es probable que no haya hecho nada para ahuyentarla, lo que es de mucha ayuda.

Brougham lucía pensativo. Por un breve momento, me pregunté si lo había impresionado. Pero luego entrecerró los ojos.

—Crees que el autor es una chica.

Era una afirmación, no una pregunta.

—No necesariamente.

—Evitaste usar pronombres. ¿Por qué no crees que sea un chico? ¿O el correo electrónico la delató?

—No creo que sea chico o chica. Literalmente no tengo manera de saberlo. ¿Por qué pensarías en eso ahora?

No se dio cuenta de que era una pregunta retórica.

—Bueno, porque estadísticamente, hay más chicos heterosexuales que chicas a las que les gustan las chicas. Y —añadió antes de que pudiera interrumpir— personas de otros géneros.

Por algún motivo, lucía arrogante. Como si me hubiera superado. Eso me molestó.

—¿Entonces?

—Entonces si tuviera que apostar, con la información que tenemos diría que el escritor es un chico, ¿no?

—Pero no tengo que apostar nada. —Mi voz era aguda.

—Ahora solo estás siendo terca. No tienes que tomártelo personal. Solo hablo de los hechos.

—Yo también. La realidad es que no gano nada apostando a un género por lo que las estadísticas no importan. No conozco su género así que no lo adivinaré. No hay motivo para hacerlo. Tenemos palabras para cuando no conocemos el género de una persona. ¿No es más terco usar pronombres potencialmente incorrectos cuando nuestro lenguaje permite la neutralidad?

Lo fulminé con la mirada. Me miró a los ojos. Luego, para mi sorpresa encogió los hombros.

—Eso tiene sentido. Tienes razón.

—¿Pero? —Su cambio repentino me hizo despertar sospechas.

—Pero nada. Hiciste un buen punto.

Seguía esperando la réplica, pero no dijo nada más. Después de un instante, tuve que aceptar que no diría *nada* más. Pero todavía me sentía molesta por haber sido desafiada en un punto tan estúpido así que no pude resistir presionar un poco más.

—¿No eres el mejor amigo de Finn? ¿Qué piensa de esas cosas?

—¿Qué cosas?

Okey, ahora estaba siendo obtuso voluntariamente.

—Sabes que es rudo asumir pronombres y sabes que soy miembro del Club Q de la escuela y quisiste discutir sobre eso de todos modos. ¿Por qué? ¿Para irritarme?

Brougham tuvo el descaro de lucir sorprendido.

—Lo lamento. No estaba intentando ser grosero. Solo estaba interesado en tu proceso de análisis.

—Bueno, ahora tienes tu respuesta.

—Sí, ahora tengo mi respuesta. —No sonrió precisamente, pero, por un momento, juraría haber visto diversión en sus ojos—. ¿Notaste que estoy de acuerdo contigo?

—Supongo que nunca experimenté un acuerdo de opiniones que se sintiera tanto como una discusión —repliqué.

—Tal vez no deberías clasificar un diálogo respetuoso como una discusión y te sentirías mejor. Y para responder a tu pregunta, Finn no tiene ningún problema en explicarme por qué siente que algo es correcto o incorrecto.

—Oh, apuesto que *ama* explicarte por qué su sexualidad es correcta o incorrecta —añadí secamente.

—Nunca dije nada de su sexualidad. Y supongo que no debe molestarle explicarme cosas porque sigue pasando tiempo conmigo. —Alzó una ceja—. Y *él* lo hace gratis.

—No estás pagándome para que pase tiempo contigo. Me pagas para que te ayude.

—Tienes razón. Tal vez deberíamos volver a lo nuestro.

Me pasó otra uva. Se la arrebaté de las manos con un resoplo, un poquito más brusco de lo que pretendía y la apreté con mis dientes.

—Con gusto. Entonces, empecemos por lo más importante, ¿quién terminó con quién?

—¿No es obvio? Yo soy el que está intentando recuperarla.

—Te sorprenderías.

Lucía poco convencido, pero cedió.

—Ella terminó conmigo.

—¿Qué sucedió?

Brougham entrecerró los ojos como si estuviera invocando un recuerdo lejano.

—Algo relacionado con que era demasiado apuesto y talentoso.

—Rayos, eso es tan creíble, cuéntame más.

—De todos modos, ¿por qué es importante eso?

—¿Por qué importa el motivo de la ruptura? —repetí incrédula—. ¿Acabas de preguntarme eso?

—Quiero decir, no todas las cartas incluyen *toda* la información, cada pequeño detalle, ¿no? De todos modos, encuentras el consejo indicado, ¿no es así?

—Casi siempre.

—¿Ves? Entonces no debes necesitar todo.

—En general —vacilé y elegí mis palabras—, puedo darme cuenta cuál es la esencia del conflicto. Las personas suelen tener una noción del problema, solo no saben qué lo causó o cómo remediarlo. Luego encuentro una teoría para el problema y doy consejos basándome en la teoría que se adapte mejor.

—¿Teorías?

—Teorías de relaciones, como tipos de apego, cómo lidiar con fobias al compromiso, la regla de no contacto, los hombres son de Marte, cómo la oxitocina se libera en la gente en distintos momentos…

Brougham me miraba inexpresivo.

—¿Siempre supiste estas cosas?

No pude evitar sentarme un poco más erguida.

—Fui cultivando mis conocimientos. Pero siempre me resultó interesante. Por lo menos desde la primaria.

—¿Cómo nació?

Tuve que pensar un momento para identificar la teoría original que despertó mi fascinación.

—¿Conoces el libro *Simplemente no te quiere*?

—¿Con Scarlett Johansson? Seguro, pero no sé de qué trata.

—Esa es la película, no el libro, de todos modos —murmuré por lo bajo—, la idea general es que si un chico no intenta comunicarse contigo o no hace un esfuerzo, no siente nada por ti.

—Revolucionario.

—Bueno, para muchas personas, lo fue. Lo leí hace años y me encantó y comencé a leer todos los libros de relaciones que pude. Luego encontré YouTube, podcasts y ese fue mi punto de partida.

—Pero ¿y el casillero?

Era la primera vez que compartía el secreto con alguien. (Ainsley no contaba porque había vivido todo en tiempo real). Por más que no fuera la fanática número uno de Brougham, era lindo poder contarle todo a alguien. Dos años y medio era mucho tiempo para guardar un secreto.

—Comenzó al inicio de segundo año de secundaria. Tenía todo este conocimiento de relaciones, pero no podía aplicarlo a nada. —Honestamente, no sé si quería la adrenalina de poder ayudar a otros o si simplemente quería experimentar en ellos para ver si mis teorías tenían algo de cierto. Quizás fue un poco de ambos—. Y cuando estás en la escuela después de clases tanto tiempo como yo, no es tan difícil encontrar… cierta información, así que descubrí qué casillero estaba libre y su combinación. Nuestra escuela sigue usando registros escritos para esas cosas, así que fue bastante sencillo simplemente eliminar al número ochenta y nueve de la lista de casilleros. Luego, una tarde mientras esperaba a mi mamá, hice unos panfletos que ofrecían consejos de relaciones si dejaban una carta anónima en el casillero ochenta y nueve con una dirección de correo electrónico y los dejé en varios casilleros al azar.

—¿Y la gente lo hizo? –preguntó Brougham.

—Una persona. Y supongo que mi consejo funcionó porque les dijo a sus amigos que el panfleto no era broma y fue creciendo desde ahí. Más tarde ese año, alguien dejó una propina en el casillero con una nota de agradecimiento y se me ocurrió que la mitad de los chicos de nuestra escuela son millonarios. O por lo menos sus padres. Así que avisé con anticipación que los consejos ya no serían gratuitos con una pequeña leyenda al final de cada correo. Y la cadena de susurros hizo lo demás por mí. Comencé cobrando cinco dólares y ahora diez. Probablemente podría pedir más, pero no quiero que disminuyan las cartas.

Brougham me miraba con intensidad, no reaccionaba, pero tampoco rompía el contacto visual. Por primera vez, comprendí por qué le resultaba atractivo a Ainsley. Esa mirada me hacía sentir como si estuviera contando la historia más interesante del mundo.

—Pero ¿por qué el anonimato? –preguntó–. ¿Por qué no haces lo mismo con todos? La gente pagaría.

No estaba equivocado. La gente pagaría. Eso tenía una carga que ni siquiera Brougham notaba. En una escuela donde los ingresos familiares de siete cifras eran la regla, realmente era un golpe de suerte que usáramos uniformes. Sin el código de vestimenta, mi estatus de estudiante becada sería completamente obvio para cualquiera que me mirara. Pero hasta con uniformes, la gente encontraba maneras de presumir su riqueza. Bolsas Fendi, faldas Gucci, relojes Cartier. Cada vez que salía a la venta un nuevo iPhone, todos lo tenían el lunes siguiente. La gente no solía hacer comentarios directos sobre los modelos más viejos, pero quienes demoraban en actualizar su celular recibían miradas calculadoras cada vez que revisaban su teléfono alrededor de otros estudiantes.

No había forma de que mis padres pudieran mantener ese ritmo. El ingreso de mi casillero era lo único que me daba una mínima posibilidad de encajar con los demás estudiantes. Obviamente, diez dólares por correo no me permitirían comprarme productos Fendi o Gucci, pero era suficiente para tener un iPhone decente y encontrar gemas en las casas de prendas de segunda mano. Si considerábamos las habilidades de costura de Ainsley, en un buen día, podía lucir de clase media alta. Y, afortunadamente, eso era suficiente para sobrevivir.

Así que sí, un ingreso extra *no* vendría mal.

Pero si las personas descubrían que yo administraba el casillero, ni todas las prendas elegantes del mundo podrían protegerme de la incomodidad que viviría. ¿Cómo podría tener una conversación normal con alguien en Lengua cuando supieran que me contaron cómo perdieron la virginidad? ¿O que engañaron a su novio? ¿O que sabotearon la relación de su hermana para poder tener una oportunidad?

Infinitamente más importante que eso, nunca, *jamás* admitiría ser la dueña del casillero ochenta y nueve porque lo había utilizado para hacerle algo horrible a Brooke. Si alguna vez lo descubriera, quién sabe si me perdonaría. *Definitivamente* nunca volvería a confiar en mí. Yo no lo haría si fuera ella.

El casillero ochenta y nueve no podía convertirse en una persona real.

Podría haberme sincerado y explicarle todo eso a Brougham. El problema era que, en realidad, no me agradaba y no confiaba en él.

A la distancia, una puerta se cerró de golpe. Escuché un murmullo de voces, luego pasos acercándose, pero no lo suficiente como para ver a quién pertenecían. Una de las voces era masculina y estaba enojada. ¿Era el "invitado" que la madre de Brougham había mencionado? ¿O su padre había vuelto a casa temprano?

Me moví en mi asiento, de repente me cubrió una urgencia de no llamar la atención. Mi vida familiar era feliz. Habían pasado años desde el divorcio de mis padres. Pero, de todos modos, los sonidos de adultos furiosos y gritándose era suficiente para hacerme sentir como si tuviera ocho años otra vez y estuviera escabulléndome a la cama de Ainsley en búsqueda de una tranquilidad que rara vez conseguía.

Brougham estaba totalmente impasible. El único signo de que había notado algo fue un parpadeo y una ligera inclinación de su mentón hacia las voces. Luego tomó una galleta y la mordisqueó pensativo.

—Bueno —dijo—. Creo que es bastante claro que no llegaremos a ningún lugar hoy.

—¿Qué?

Al principio, pensé que podría estar echándome por la discusión, a pesar del hecho de que apenas pareció notarla, pero luego siguió:

—Obviamente no estás preparada y, hasta ahora, no aprendí nada útil.

—Ni siquiera me diste una oportunidad… —Lo miré boquiabierta.

—¿Qué te parece si terminamos por hoy? Háblame cuando hayas preparado algo y podemos volver a reunirnos.

Mis labios se tensaron mientras contenía el deseo de cancelar el acuerdo. ¿Cómo era humanamente posible enseñarle a tu hijo tan pésimos modales? Si sus padres no hubieran estado tan enfrascados en su discusión al final del pasillo, hubiera considerado decirles que eran responsables de que su hijo hubiera desarrollado *esa* personalidad.

Pero de alguna manera logré mantener la compostura. Solo crucé mis brazos y seguí a Brougham silenciosamente por el pasillo. Cuanto más nos acercábamos a la puerta principal, más se intensificaban los gritos del hombre –algo sobre haber descubierto una mentira de la mamá de Brougham– y más deseaba desaparecer.

A decir verdad, me alegraba que Brougham hubiera elegido ese momento para perder la fe en mis habilidades. Solo quería salir de esa mansión encantadora e impecable con paredes que generaban eco y vastos espacios poco acogedores. ¿Cómo había creído que era hermosa cuando entré por primera vez?

Si Brougham creció allí, no me sorprendía que fuera tan frío.

Cinco

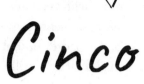

Casillero 89 <casillero89@gmail.com> 6:45 a.m. (hace 0 minutos)
Para: rayo_de_sol001

Rayo de Sol,

Tienes razón, invitar a salir a alguien sin una relación previa puede ser el método elegido por algunas personas, pero para los demás puede ser quizás demasiado frontal. ¡La relación riesgo-beneficio es demasiado grande! Creo que perteneces al segundo grupo. En ese caso, optaría por un acercamiento gradual. Encuentra una excusa para pasar tiempo con esa persona; a solas sería genial, pero los grupos también funcionan si no tienes otra opción. Tu mejor oportunidad es encontrar algo que tengan en común y luego utilizarlo como punto de partida. "¿Ah, también te gusta Stephen King? Quiero ver su última película hace mil años, pero ninguno de mis amigos es lo suficientemente valiente para verla conmigo". O "te vi en el juego las últimas semanas, ¿irás al próximo? Mis amigos cancelaron a último momento". O "a mí también me encanta cocinar, me encantaría intercambiar consejos algún día".

De seguro tienen *algo* en común (hay que ser justos, si no tienen nada en común, quizás no sea el mejor partido para ti). Una vez que hayan compartido algo de tiempo puedes aprovechar la oportunidad para a) desarrollar su amistad y b) probar si hay química entre ustedes. No tienen nada de malo concentrarse en una amistad platónica por ahora mientras descifras los próximos pasos y, de hecho, la probabilidad de que alguna relación romántica funcione incrementará si saben que se llevan bien, que tienen cosas en común y que se sienten a gusto compartiendo momentos. Que todo sea consensual y recuerda que solo porque ella haya aceptado pasar tiempo contigo, no significa que haya accedido a algo romántico.

Si quieres descifrar si es seguro preguntarle por sus sentimientos, el lenguaje corporal es tu herramienta número uno. Busca momentos prolongados de contacto visual (si ella te mira a los ojos por lo que parece ser *demasiado* tiempo es un buen signo), contacto físico casual (toque en un brazo), un abrazo de despedida prolongado de su parte, si su cuerpo se inclina hacia ti, si pasa mucho tiempo mirando tus labios… Todo eso son posibles indicadores de que esté interesada en algo más. ¡Creo en ti, Rayo! Es mucho más sencillo invitar a salir a alguien cuando tuviste la oportunidad de llamar su atención y de demostrarle cuánto se divierte cuando está contigo.

¡Buena suerte!
Casillero 89

—No se olviden que deben entregar el ensayo mañana —dijo el señor Elliot.

Era lunes por la tarde y cada segundo que pasaba nos acercaba a la última campanada.

—No habrá prórrogas sin una excusa extremadamente válida y "estaba demasiado cansado" no es válida. Tengan presente que no soy su padre, que no los quiero y que apelar a mi humanidad es tiempo desperdiciado que podrían haber destinado a su tarea. ¿Quedó claro?

Como respuesta recibió algunos susurros poco entusiastas de la clase. Eché un vistazo hacia adelante para encontrar la mirada de Brooke. Esbozó una mueca dramática. Sonó la campana, todos se pusieron de pie y desplazaron sus sillas. Las suelas de sus zapatos chillaron contra el suelo y la gente empezó a llamar a sus amigos en el otro extremo de la habitación. El señor Elliot alzó su voz para que lo escuchen sobre el caos.

—Este no es un ejercicio de ecología así que les recomiendo que *cumplan con la cantidad de palabras.* Por más que valore sus buenas intenciones al darme menos material para corregir, y debería añadir que lo hago en *mi tiempo personal* después de cenar, si no pueden escribir más de media página sobre simbolismos, me harán quedar mal. Y *odio* lucir mal porque la señora Georgeson siempre logra encontrar la manera de comentarlo en la fiesta de navidad. ¿Quieren arruinar mi Navidad?

Salí del salón y me pegué a la pared para evitar la marea de estudiantes con uniformes azules y beige que desbordaron los pasillos mientras esperaba a Brooke. Me había advertido antes de clases que quería hacerme una pregunta del ensayo y también me llevaría a casa porque mamá tenía que quedarse después de hora para una reunión de personal y Ainsley tenía clases hasta las cuatro y media de la tarde.

Me distraje mientras esperaba, hasta que mi atención se detuvo repentinamente en Finn y Brougham cuando se unieron a la arteria principal de uno de los pasillos más pequeños con dos de sus amigos, Hunter y Luke.

Brougham y Finn parecían ser los líderes no oficiales de su manada. Juntos se parecían a cómo imaginaba que lucía si un cachorrito se hiciera amigo de un gato gruñón. Brougham avanzaba con ojos filosos, apenas reaccionaba a las bromas y a las conversaciones de sus amigos, Finn le daba golpecitos en la espalda, le quitó el celular a Hunter y leyó algo en voz alta que hacía reír a Luke.

No quise mirar fijo, pero no pude evitar preguntarme qué veía el cachorrito en el gato. Luego el gato me miró y me congelé, notó que tenía la mirada clavada en ellos.

Mantuvo el contacto visual y sentí que tal vez debería saludarlo con la mano o algo. Pero ¿y si Finn lo notaba y preguntaba cómo nos conocíamos? ¿Y si Brougham le explicaba la situación y Finn le contaba a todas las personas que conocía y luego mi vida se destruía?

No saludé. Brougham tampoco.

Mi mirada se despegó de él cuando alguien me envolvió con sus brazos por detrás y el aroma de vainilla de Brooke perfumó mis alrededores. Me meció de un lado a otro mientras cantaba mi nombre.

—¿Sí? —Reí y me liberé de sus brazos para mirarla. Lucía especialmente magnética hoy con su largo cabello oscuro ondulado, un delineado sutil y una chispa pícara en sus ojos profundos cafés. Mi estómago se retorció y sonreí tanto como me permitieron mis mejillas. No era necesario que me tocara, pero lo había hecho. ¿Significaba algo? ¿Quería abrazarme tanto como yo quería abrazarla a ella?

—Entonces —dijo.

Inclinó la cabeza y acomodó un pie detrás del otro como cuando quiere pedir un favor.

—¿Entonces? —Crucé mis brazos y me recosté contra la pared.

Dio un paso hacia adelante para mantenerse cerca y una mezcla de esperanza y felicidad recorrió mi cuerpo como una corriente eléctrica. Todo en mi periferia se desvaneció en ese momento así que lo único que existía era Brooke.

—Sé que no fui la mejor persona y que insulté tus habilidades para escribir ensayos —dijo.

Podía sentir el calor de su cuerpo.

—Correcto, fue muy hiriente. He llorado todas las noches desde entonces.

—Sí, lo lamento mucho. De todos modos, estoy realmente desesperada. ¿Es demasiado tarde para aceptar tu oferta?

Guau. Si Brooke estaba admitiendo una derrota —o por lo menos, una derrota inminente— debería estar desesperada de verdad. Mi boca estaba abierta para decir "por supuesto que te ayudaré" antes de que terminara la oración, pero luego recordé que no podía. Brougham y yo habíamos acordado intentarlo de nuevo esta tarde después de que terminara su entrenamiento. Quiero decir, *podría* cancelarle, pero mis padres me criaron con la premisa que abandonar a alguien a última hora es extremadamente grosero.

El problema era que no podía decirle a Brooke cuáles eran mis planes.

—Emm, yo, bueno… estoy ocupada —dije sin entusiasmo.

El rostro de Brooke se desanimó y todo se desmoronó. Maldito Brougham, maldito Brougham, maldito, maldito, maldición, *maldito* Brougham.

—Ah —dijo.

—Le prometí a Ains que la ayudaría con un video.

Acababa de mentirle a Brooke. No era necesario. Podría haber dicho "estoy ocupada" y nada más. Pero decir solo eso sonaba como un rechazo y no podía soportar que Brooke sintiera que no quería pasar tiempo con ella cuando, en realidad, es todo lo contrario.

—Está bien. Estaré bien. Yo solo, sí, supongo que necesito sentarme y *concentrarme*.

No sonaba convencida, pero era obvio. No hubiera pedido ayuda de no necesitarla.

—Si necesitas ayuda, Lengua es mi asignatura preferida.

La voz surgió detrás de mí y Brooke y yo levantamos la mirada para ver quién había hablado.

Era Raina. Estaba parada de manera extraña, con los ojos en el suelo y jalando de las puntas de su coleta de caballo demasiado alta. Ya su postura era extraña en ella. Solía ser asertiva y segura; cuando se abría camino entre una multitud era como experimentar una corrida de toros. Pero en este momento, parecía casi indecisa.

Brooke sonó todavía más sorprendida que yo al oír la propuesta de ayuda de Raina.

—Yo, eh, ah. Hola, Ray.

—Hola.

Parpadeó ligeramente, pero no sonrió.

—Están leyendo *Cometas en el cielo*, ¿no? El señor Elliot lo asigna todos los años. No tengo planes esta noche, así que podría ayudarte.

Sonó como si le hubiera causado dolor físico emitir esas palabras.

—¿Ayudarme… a mí? —preguntó Brooke tontamente.

No la culpaba, Raina trataba a mi amiga con desdén en el mejor de los casos y hasta con repulsión en algunas ocasiones. ¿Esto? Esto se parecía a una tregua.

—¿Por qué? —pregunté cortadamente.

Raina me miró directo con sus ojos helados.

—Porque luciría terrible si alguien en el consejo estudiantil reprueba una evaluación.

Bueno, eso sí tenía más sentido.

—No *reprobaré* —protestó Brooke, pero sonaba insegura.

—¿Quieres ayuda o no?

Mi amiga vaciló. Bien. No sería víctima del plan que estuviera tramando Raina. Por un segundo, creí…

—Ahora tengo que llevar a Darcy a casa.

—Bueno, estoy libre cuando quieras. Si decides aceptar mi oferta, puedes enviarme un mensaje por Instagram.

Ni siquiera esperó la respuesta de Brooke, solo giró en sus talones y casi sale corriendo por el pasillo que ya se estaba vaciando. Mi amiga y yo la miramos estupefactas.

—No le envíes un mensaje —dije.

—¿No?

—No. Eso fue *demasiado* extraño.

—Lo fue, ¿verdad?

—*No* le envíes un mensaje.

—Está bien, no lo haré.

Brooke me miró y le devolví la mirada y estallamos en risas por la ridiculez de la situación. Raina ofreciéndole ayuda a Brooke sin pedir nada a cambio. ¿Qué seguía? ¿Brougham desarrollaría una actitud suave y cálida?

Después de esa situación extraña, nada podría sorprenderme demasiado.

Tenía una media hora antes de que Brougham llegara para un segundo round. Aunque me había dado mucho menos tiempo del que me hubiera gustado para prepararme, y al mismo tiempo arruinó mi noche potencialmente romántica con Brooke, por lo menos había podido tomar un anotador del armario de materiales de la escuela. Eso era un comienzo, ¿cierto? Ahora tenía que trabajar en el plan personalizado para Su Alteza el Rey de las Órdenes y la Condescendencia, Alexander Brougham.

Desplacé hacia un costado el ordenador portátil de mi escritorio para hacer espacio para el anotador y luego lo abrí. Después de pensar un poco, decidí el título.

> *EXPERIMENTO CÓMO RECUPERAR A TU EXNOVIA*
> *PROTAGONIZADA POR:*
> *DARCY PHILLIPS – UNA MÁQUINA DE HACER MILAGROS*
> *ALEXANDER BROUGHAM – SOLTERO NO AMANTE DE LA*
> *SOLTERÍA*

Dediqué unos pocos minutos a decorar el título con corazones, labios, chispas y estrellas hasta que me sentí demasiado culpable para seguir procrastinando. Bien, concéntrate. Decidí empezar con una lista de cosas que sabía de Brougham. Eso parecía un buen punto de partida.

> *Análisis de carácter:*
> *Alexander Brougham*
> *Cree que es mucho más atractivo de lo que es.*
> *Es un bastardo engreído.*
> *No me sorprende que Winona haya terminado con él.*
> *No tiene habilidades para resolver problemas porque suele solucionar sus dificultades gastando dinero hasta que desaparecen.*
>
> *¡No le importa nadie más que él!*

Después de reflexionar un momento, arranqué la hoja y la hice una bolita. Será mejor que Brougham no vea eso. Pero ayudó. Bueno, me ayudó a concluir que la sesión de hoy debía concentrarse en conseguir información. Debo realizar una evaluación de su relación, o quizás, una autopsia. No podía empezar a ayudar a Brougham hasta saber qué fue lo que funcionó en su relación y qué falló.

Energizada, salí disparada hacia la habitación de Ainsley. Una vez más, el ambiente estaba saturado de vainilla y caramelo. Mi hermana estaba arrodillada sobre su alfombra de felpa rodeada de tijeras, retazos de tela y moldes. Aparentemente, había comenzado a trabajar en su próxima creación apenas había llegado a casa de la universidad.

Muchas veces dejaba su puerta cerrada para poder grabar sus videos en paz. Una vez, entré a su habitación mientras grababa una toma de lapso de tiempo y se enfureció tanto conmigo que hasta el vecino asomó la cabeza sobre la cerca para asegurarse de que nadie estuviera herido.

Ahora si su puerta estaba abierta era mi luz verde, así que entré sin vacilación, pero con cuidado de dónde pisaba para evitar que todo estalle.

—¿En qué estás trabajando? —pregunté.

Ainsley estaba en proceso de pasar un molde a un retazo de tela de algodón azul pálido, así que no levantó la mirada cuando respondió.

—Encontré un vestido azul de encaje horrible en lo de Jenny —dijo refiriéndose a una de sus tiendas de ropa de segunda mano preferidas—. Creo que funcionará bien como un conjunto de dos piezas de top y falda. Estoy haciendo un nuevo forro porque la tela es prácticamente transparente.

Tomó un par de tijeras.

—Y después, estoy pensando en una terminación con elástico en la parte inferior del top.

—Genial, lucirá increíble.

—Eso espero. ¿Serías mi modelo?

—¿Para un top corto? —Me estremecí—. Creo que paso, pero no puedo esperar para ver cómo te queda. Apuesto a que lucirás increíble.

Ainsley sonrió para sí misma, complacida por el cumplido.

Siempre ha sido delgada, con cintura angosta y alta. Había heredado la altura y la contextura física de la familia de papá. Sus caderas y su pecho habían adquirido algo de curvas durante los últimos años, pero seguía siendo delgada como nuestras tías paternas. Yo también era alta —con mi metro ochenta superaba a la mayoría de las chicas de mi edad—, pero tenía la estructura ósea de mamá. "Caderas aptas para la maternidad" me había dicho mamá cuando todavía era una niña. Solo tenía once años cuando tuve mi primera menstruación y de repente mis caderas y mis pechos se expandieron tanto que no podían ser contenidos por ninguna de mis prendas escolares.

En ese momento, no me podría haber importado menos si mis caderas eran ideales para parir bebés con facilidad y gracia, solo no quería ser la única niña en mi año que tuviera que usar dos tallas más grandes para adaptarme a los regalos de la pubertad. Hoy en día, me gustaban mis caderas y mis pechos. A pesar de que eso significara que no pudiera tomar prestadas ninguna de las viejas prendas de Ainsley.

Pero eso *no* significaba que quisiera modelar un top corto en un canal con miles de suscriptores, muchas gracias, pero no. Amar mi cuerpo no me hacía inmune automáticamente al pánico escénico o a los comentarios de extraños desagradables y sexistas sobre si las chicas deben utilizar prendas reveladoras en primer lugar. No sabía cómo lo hacía mi hermana. El anonimato era una manta cálida que me arropaba y me protegía de ataques personales.

—¿Qué tal tu día? —preguntó Ainsley mientras buscaba una cinta métrica en su costurero—. ¿Cómo estuvo la reunión del Club Q?

—Fue ayer, este año la pasamos a los jueves por el señor Elliot. Te lo *dije*.

—Okey, pero ya sabes que me resisto al cambio y que reprimo ese tipo de cosas.

—Para responder a tu pregunta, todos te extrañan con desesperación.

—Oh, guau, casi te creo con *ese* tono.

—Erigieron una estatua en tu honor.

—Es lo mínimo que podrían haber hecho.

—Eso fue lo que dije. Eh, ¿me prestas tu pizarra?

—Seguro, está detrás de mi escritorio. ¿Para qué la necesitas?

Avancé con cuidado alrededor de su cama hasta su escritorio y extendí mi mano por el hueco para alcanzar la pizarra.

—Brougham llegará pronto y necesito equipamiento.

Ainsley, quien estaba bien informada sobre mi experiencia con Brougham en la reunión de ayer, resopló.

—¿De qué tipo? ¿Gas pimienta?

—Con la pizarra estaré bien. ¡Gracias!

—Ey, ¿pueden intentar no hacer mucho ruido? —gritó Ainsley mientras regresaba a mi habitación con su pizarra—. Grabaré mis comentarios para el video en unos treinta minutos.

—No hay problema.

Ya en mi habitación, acomodé la pizarra sobre mi cama, luego tomé algunas hojas de papel en blanco, algunos Sharpie y acomodé mi cuaderno en mi escritorio. Justo cuando estaba terminando, alguien tocó la puerta de mi casa.

—Compórtate, Darc. ¡No mates a nadie! —gritó Ainsley desde su habitación mientras bajaba las escaleras.

La ignoré.

Cuando abrí la puerta y vi a Brougham mi primer pensamiento fue cuán fuera de lugar lucía en nuestro porche ecléctico. Supuse que vendría directamente después de su entrenamiento, pero era claro que había pasado por su casa para asearse. Su silueta era prolija y elegante, vestía pantalones de gabardina al cuerpo y una camisa verde esmeralda con las mangas dobladas cuidadosamente hasta sus codos. Había peinado su cabello hacia un costado y sus ondas eran tan descuidadas y esponjosas que tenían que haber sido logradas con una gran cantidad de fijador. Debajo de sus botas marrones impecables y pulidas, los tablones de madera con pintura saltada, desgastados por el paso del tiempo, crujieron y se astillaron. Luego, a su alrededor, había una mezcla de gnomos de jardín, plantas que desbordaban sus macetas, tierra esparcida sobre los tablones del porche por la última vez que mamá había intentado abocarse a la jardinería. Sobre su cabeza, campanillas de viento brillantes y macetas colgantes repletas de flores, algunas florecientes, otras marchitas. Detrás de él, el pasamanos del porche tenía metros y metros de luces de navidad que no guardamos para no tener que volver a colocar cada año.

Los brazos de Brougham estaban cruzados con fuerza sobre su pecho y su mirada malhumorada estaba más pronunciada que de costumbre.

—Bueno, luces como si acabaras de ganar la lotería —dije sin sentimiento y él dio un paso hacia adelante sin esperar una invitación. Di un salto al costado para salir de su camino—. Seguro, siéntete como en tu casa.

—Gracias. —Entró a mi sala de estar, echó un vistazo a su

alrededor con una expresión indescifrable y luego me miró y asintió–. ¿Empezamos?

Hablaba como si fuera el dueño de mi casa.

–Trabajaremos en mi habitación, está arriba.

Por lo menos me dejó guiarlo hasta mi propia habitación. Después de cerrar la puerta, me sentí un poco más tranquila. El resto de la casa era bastante desordenada por culpa de mamá y de Ainsley, pero al menos mi habitación era ordenada. Sentía que Brougham tenía menos que juzgar aquí.

Señalé la silla de mi escritorio.

–Puedes sentarte allí.

Obedeció, apoyó un brazo sobre mi escritorio, cruzó sus piernas y se puso un par de gafas para leer de marco cuadrado que probablemente costaban más que el coche de mi hermana. Complementaban la estructura de su rostro de manera perfecta, de alguna manera, suavizaban las líneas rectas de su mandíbula, sus mejillas y sus cejas. Abrió el cuaderno.

–¿"Una máquina de hacer milagros"? –preguntó mientras miraba el título de la página.

Me incliné hacia adelante para tomar un Sharpie. Al estar tan cerca de él, podía oler su colonia, una combinación intoxicante de almizcle y algo dulce. No se parecía en nada al lindo perfume de Brooke.

–Sí.

–Hay *demasiadas* chispas.

–Sip. –Me aclaré la garganta–. Bueno, paso uno: tu personalidad.

–¿*Disculpa?*

–Tú –señalé su pecho– debes dejar de ser tan *serio*. No quiero sonar como un tipo cualquiera de la calle, pero debes sonreír más. Si lo hicieras *alguna vez*, podrías hacer que la persona con la que estás hablando se sienta cómoda y apreciada. Lo que suele ser apreciado cuando estás en una cita.

Brougham parpadeaba rápidamente.

—Ya salió conmigo una vez.

—Sí, y luego terminó contigo.

Bueno, *ahora* había emociones reales en su rostro. Una mirada fulminante para ser precisa.

—Entonces, practiquemos cómo hacer para que Winona se sienta cómoda y apreciada. Vamos, cuenta un chiste, te mostraré.

—Me gusta mi dignidad.

—Vamos, un toc-toc, ¿quién es? O algo así, no hace falta que sea bueno.

—Eh, no. No, gracias.

—Está bien. Te contaré un chiste y pretende que soy Winona.

—Mi imaginación no es lo suficientemente vívida para *esa* hazaña.

—¡Púdrete e inténtalo!

Recibí una mirada de hielo, inclinó levemente la cabeza y eso creo que fue mi luz verde.

—Brougham. Durante una obra de teatro un niño le tira tierra en los ojos a uno de los actores vestido de pirata.

Me miró fijo.

—No hablas en serio.

—No me siento muy cautivada en este momento, Brougham, así que sígueme la corriente.

Soltó un suspiro lo suficientemente ruido y extendido para hacerme saber su *verdadera* opinión sobre este ejercicio y luego puso los ojos en blanco antes de hablar.

—¿Por qué?

Di un saltito en mi lugar y uní mis manos.

—¡Porque gritó "tierra a la vista"! —Mi imitación de voz de

pirata era lo suficientemente buena para estar en un programa de Nickelodeon.

Brougham parpadeó y arrugó la boca con una expresión de lástima. No se rio ni un poquito.

–¡Como cuando ven una isla!

–Ah, no te preocupes, lo entendí.

–¡*Brougham*! Ni siquiera estás haciendo un esfuerzo.

–Confía en mí, si una chica hace un chiste como ese en una cita, todo deseo de conquistarla se evaporará.

–¿Y si está nerviosa?

–No la culparía –replicó con suavidad–. *Soy* intimidante.

–Entonces, cuando te *rías* –alcé mis cejas y lo miré fijo–, puedes sujetar su brazo y fingir que es porque te pareció divertido. Así.

Me incliné hacia adelante, estallé en una risa falsa y sujeté su bíceps musculoso.

Evaluó mi mano en su brazo con una mirada de ligera alarma.

–¿Sabes qué? –preguntó y quitó mi mano con delicadeza–. Creo que estaré bien sin tus consejos para coquetear.

–Está bien. –No me desestabilizó, hoy estaba *preparada*–. El siguiente paso es hacer una línea de tiempo de tu relación con Winona.

–¿Por qué?

Mi cabeza giró como un látigo y casi escupo llamas por mis ojos.

–Porque yo lo digo Brougham, *maldición*.

–¡Darcy, no *mates* a nadie! –sonó la voz de mi hermana por el pasillo.

Los ojos de Brougham se posaron en la puerta.

–Okey, lo lamento. –No sonaba apenado–. Continúa.

–Bien. –Me llevé el rotulador a la boca e intenté destaparlo con mis dientes. El olor metálico del Sharpie despejó mis senos nasales–. ¿*Guango* se *gonocieron*?

—En una excursión escolar. Tiré su mochila al suelo por accidente.

Asentí, me incliné sobre él y dibujé una figura con palitos pateando una mochila por los aires al lado de otra figura de palitos con una expresión de sorpresa en una imitación abstracta de un asiento de autobús.

—No fue para nada así —dijo Brougham.

—Se llama expresión artística, Brougham, búscalo. —Terminé el dibujo con un garabato y lo acomodé en la pizarra con un imán—. Perfecto. ¿Primera cita?

—De hecho, fue una salida grupal y fuimos a…

—No cuenta. Primera cita real.

Brougham me miró como si tuviera la esperanza de que mi cuerpo estallara.

—Jugamos a los bolos.

Dibujé dos figuras de palitos mirándose a los ojos y acariciando con gentileza a una bola de boliche entre ellos.

Brougham suspiró cuando vio el producto final.

—Seguro, ponlo en la pizarra.

Se unió a mi primer dibujo.

—¿Por cuánto tiempo salieron?

—Unos seis meses.

—Entonces, ¿qué funcionaba para ustedes? Debió haber estado todo bien por un tiempo.

Brougham tardó un momento en responder y en ese período, su rostro se suavizó. Sin su máscara en blanco característica, sus ojos parecían más azules de alguna manera. Se habían transformado de un azul marino a casi un azul cielo. De esta manera, lucían más dramáticos, hasta casi expresivos en lugar de saltones. Acarició sus labios con la punta de sus dedos de modo casi inconsciente.

—Nos divertíamos —dijo—. Ella me hacía sentir como un niño pequeño. A veces conducíamos hasta el océano y solo pasábamos horas juntos, hablando, haciendo tonterías y esas cosas. Trepábamos árboles, jugábamos verdad o castigo, ese tipo de cosas.

—¿Ese es tu recuerdo preferido con ella? ¿Ir a la playa?

Sus ojos se concentraron en algo a la distancia. ¿Qué estaba viendo?

—No. No, mi recuerdo preferido es cuando fuimos a Disneyland.

—¿Sí?

—Ajá —replicó en voz baja, apenas un poco más fuerte que un susurro—. Fuimos a primera hora de la mañana y pasamos el día yendo de un parque al otro y tuvimos una competencia para ver quién conseguía la foto más ridícula en uno de los juegos. Luego observamos el espectáculo de cierre y le dije que la amaba.

Un paseo que podría extenderse o acortarse dependiendo de cómo avanzara la tarde. Muchas cosas para hacer. Recuerdos que podrían reflotar para despertar algo de nostalgia. Incontables oportunidades para cambiar de ritmo y hacer algo para distraerse si la situación se tornaba extraña o si la conversación moría. Muchas oportunidades para contacto físico e intimidad.

Era perfecto.

Bajé el plumón. Eso no necesitaba estar en la pizarra. Ahora podía visualizarlo. Tenía todo el plan en mi cabeza.

—¿Hace cuánto no hablas con Winona?

Brougham volvió a clavar la mirada en un punto fijo. Cuando respondió, habló más lento que de costumbre y enunció con cuidado cada palabra.

—*Quizás* no he actuado de la mejor manera.

—¿Puedes ser más específico?

—Decidí que, si volvíamos a hablar, ella sería quien tuviera que iniciar la conversación. Porque ella fue quien terminó conmigo, ¿sabes? Al principio, tenía la esperanza de que estuviera aparentando y que se quebraría o se arrepentiría o lo que sea. Pero cuando me di cuenta de que ella no iniciaría el contacto y que probablemente había arruinado todo al no hablarle por un mes, te pedí ayuda.

En general, cuando recibía una carta, aceptaba todo lo que me decía el escritor sin dudar. Había cierta libertad cuando contabas tus secretos de manera anónima y la gente solía confesarme comportamientos reprochables. Pero en vivo era diferente y algo no se alineaba con la versión de los hechos de Brougham. Winona y él tenían una relación genial y luego ella terminó con él de la nada. ¿Y él decidió no hablarle por un mes como respuesta? Nop. Mi detector de mentiras estaba en llamas.

Solo había una posible explicación.

La primera vez que leí sobre personas con fobias al compromiso, me sorprendió descubrir que no aparentaban ser individuos solitarios o antirelaciones. De hecho, aprendí que frecuentemente eran románticos que creían en "la persona indicada", pero que siempre concluían que la persona con la que salían no cumplía con los requisitos deseados justo en el momento en que la relación parecía asentarse y transformarse en algo serio. Se tornaban fríos y distantes, alejaban a su pareja y –lo que era todavía más extraño– con un poco de perspectiva, solían idolatrar a su pareja y querían recuperarla después de haber terminado. Hasta que, por supuesto, las cosas se tornaban serias otra vez.

Era de manual. Pero, ey, no era la terapeuta de Brougham. Me había contratado para recuperar a Winona. Lo que hiciera después, dependía de él. Y en lo que respecta a reconquistarla, hizo exactamente lo que le hubiera recomendado.

—No lo arruinaste —murmuré.

—¿No lo hice?

Sus ojos se iluminaron.

—No.

Tomé el cuaderno debajo de él y garabateé un título en la página siguiente.

FASE UNO: DISNEYLAND

Brougham frunció las cejas mientras me observaba escribir y se puso a jugar con el marco de sus gafas.

—¿Quieres que vuelva?

—Con Winona.

—Lo lamento, debes haberte perdido la parte en la que dije que ella terminó conmigo.

Estaba demasiado ocupada respirando profundamente como para reaccionar a su tono malhumorado. Esta persona ya no era Brougham. No estaba sentado en frente de mí y se comportaba como si todo lo que dijera fuera lo más estúpido que había oído en su vida. Solo era una persona deslizando una carta en el casillero. Tenía el contexto que necesitaba. La persona que estaba frente a mí estaba perdida y me necesitaba.

—No le des mucha relevancia —dije y tomaba notas mientras hablaba—. Como no hablaron desde la ruptura, tienes una hoja en blanco. Envíale un mensaje que sea amigable, pero no intenso. Quieres que el tono de tus palabras le haga saber que no hay resentimientos, pero que no haya nada que le haga pensar que tienes motivos ocultos. Si tienen algún chiste interno, úsalo. Algo como: "Oh, por Dios, sucedió tal cosa y sabía que tú lo entenderías".

—¿Su concursante preferido de *Bachelor* llegó a la final en el último episodio?

Alexander Brougham: rico egocéntrico, sabelotodo grosero, experto en *reality shows*. Interesante.

–De hecho, eso es perfecto. Usa eso para retomar el contacto. Sé agradable.

–Sigues repitiendo eso. ¿Crees que me cuesta ser agradable?

Nos quedamos en silencio durante una larga pausa.

–Estoy segura de que estarás bien –dije al fin. Honestamente, estaba orgullosa de mi diplomacia–. El amor suaviza a las personas.

–¿Soy duro? –preguntó con su clásica expresión en blanco.

Seguí como si él no hubiera hablado.

–Tan pronto como puedas, menciona desinteresadamente Disneyland. Di algo como que tienes ganas de ir hace un tiempo y luego pregúntale si sería extraño ir como amigos y di que ella haría que la tarde sea más divertida o algo así. Si no te odia por completo, tienes una buena oportunidad de que acepte.

–¿Le digo que quiero ser su amigo cuando no es la verdad? –replicó Brougham y sus cejas oscuras se arquearon en una curva de reproche y superioridad–. Eso parece manipulador.

–Bueno, no. Porque en este momento, *estás* apuntando a una amistad. Y puede que sea lo único que obtengas. Pero, honestamente, *nunca* se puede hacer una transición de silencio total a una relación sana y revitalizada. Necesitas un intermedio.

Le entregué el cuaderno a Brougham y escaneó mis notas para la fase uno. Cuando levantó la mirada, lucía determinado.

–¿Sabes qué, Phillips? Puedo trabajar con esto. –Exhaló–. ¿Cuándo debería enviarle un mensaje?

Lo miré a los ojos y sonreí, me sentía emocionada. Podría ver cómo mis consejos funcionaban en tiempo real. Y quizás podría inyectar algo de amor en la vida helada e insípida de Brougham.

–Esta noche. Hazlo esta noche.

Seis

Análisis de carácter:
Alexander Brougham

~~Cree que quiere estar en una relación, pero, en realidad, tiene terror de mostrarse vulnerable porque tiene padres horribles.~~

Me retracto, es horrible decir una cosa así. La relación con sus padres es distante y eso afectó su visión de la estabilidad de las relaciones. Dice que adoraba a Winona, pero la ignoró durante un mes a pesar de decir que su relación era buena.

¡Le tiene fobia al compromiso!
¿Necesita terapia?
Supongo que tiene lindos ojos. Podemos trabajar con eso.

Alguien golpeó mi puerta una hora después de que Brougham se marchara. Me volteé y vi a mamá todavía en su atuendo de la mañana.

Su vestido de girasoles tenía una sustancia viscosa azul —seguramente por alguno de los experimentos del día—, su cabello estaba despeinado y su rodete se estaba desarmando, pero en general, seguía luciendo genial.

Mamá siempre se alejó de las prendas disponibles en los sectores de tallas especiales en la mayoría de las tiendas. Creía que solo porque una mujer tuviera kilos de más, no significaba que tuviera que comprar prendas diseñadas para hacer que se camufle en la multitud. Si la sociedad quería que ocupara menos espacio, mamá se había acostumbrado a contradecirla solo por gusto. Compraba la mayoría de sus prendas en internet y su estilo podía clasificarse como *llamativo*. Todas sus prendas tenían estampados y colores vibrantes, desde vestidos acampanados cubiertos de pasteles, hasta blusas estilo péplum con estampados en zigzag con líneas rojas y naranjas y botas fucsias hasta la rodilla.

—Sigues trabajando, ¿eh? —preguntó.

Como no tenía idea del casillero, creía que cuando estaba inclinada sobre un cuaderno o fotocopias o un documento de Word estaba trabajando estudiosamente en mis tareas semanales. Y yo estaba más que feliz de incentivar su error.

—Sip —repliqué—. Un amigo vino después de clases así que me falta un rato para terminar.

—¿Un "amigo"?

Comprendí su vacilación. La única "amiga" que solía visitarme era Brooke y nunca me refería a ella de manera tan distante. Brooke era *Brooke*. Brougham era "un amigo". Y eso era ser extremadamente generosa.

—Sí, Alexander Brougham.

Mamá me miró sorprendida.

—Está en mi clase.

—Mis condolencias.

Se cruzó de brazos. Ay, Dios, podía sentir lo que vendría.

—¿Y puede que sea alguien con quien te gustaría tener algo *más* que una amistad?

—Pagaría una pequeña fortuna para evitar que Alexander Brougham piense en mí de esa manera alguna vez.

Mamá se rio.

—Es una declaración fuerte.

—Y estoy siendo delicada.

—Bueno, ya veremos cómo progresa.

Utilizó ese tono molesto. Ese tono conocedor y sabio que entonaban los adultos cuando creían que comprendían todo mejor que uno.

Estaba a punto de replicar cuando vibró mi teléfono sobre mi escritorio. Le eché un vistazo, asumí que era Brougham para contarme cómo le había ido con Winona, pero era Brooke. Tomé mi teléfono y abrí el mensaje.

> Bueeeeno tengo mucho que contarte.
> En pocas palabras, Ray vino a casa para ayudarme con mi ensayo.
> Pasaron muchas cosas.
> Puedo llamarte?

—Oh, por Dios —murmuré. Casi esperaba que mamá preguntara cuál era el problema, pero eché un vistazo hacia la puerta y ya se había marchado. Volví a leer el mensaje una, dos, tres veces. Con cada relectura mi estómago se retorcía todavía más y mi corazón comenzó a palpitar al ritmo de una marcha funebre.

No. No, no, no, no, no.

Intenté pensar desesperadamente en alguna explicación para "pasaron muchas cosas". Pasaron muchas cosas, ¿terminamos el ensayo? Pasaron muchas cosas, ¿mamá se peleó con Ray por su mala actitud y su estúpido rostro? Pasaron muchas cosas, ¿nos pusimos a hablar de árboles genealógicos y nos dimos cuenta de que somos primas?

Me dije a mí misma que cualquier escenario podía ser verdad. Pero en realidad no lo creía. Porque algo que debería haber pensado antes, se hizo obvio al fin.

Raina.

Rayo de sol.

Maldito Rayo de Sol había encontrado una excusa para hablar con "ella", Brooke, *mi* Brooke. Para pasar tiempo juntas. Siendo realista, "pasaron muchas cosas" solo podía significar una cosa. Rayo de sol había mostrado sus cartas como le aconsejé.

Y *raramente* tenía que devolverle el dinero a la gente.

Con manos temblorosas, busqué el número de Brooke y luego hice una pausa para respirar. No sabía si estaba lista para oír lo que tuviera que contarme.

Unos seis meses atrás, Brooke le había enviado una carta al casillero entusiasmada por una chica que había besado. Escribió que sucedió de manera repentina mientras estaban preparando un evento después de clases y que no habían tenido oportunidad para conversar porque otras personas entraron al salón. Y luego leí en la caligrafía prolija, redondeada y femenina de Brooke "creo que realmente me gusta. ¿Qué debería hacer ahora?".

Recuerdo demasiado bien la sensación que cubrió mi cuerpo. Fue como si alguien hubiera derrumbado un edificio repleto de cachorritos y gatitos justo frente a mí. Sorpresa, pánico y náuseas que amenazaban con subir mi estómago hasta mi garganta. Mi corazón intentó escapar por mi pecho totalmente desencajado.

Porque justo por esa época había comenzado a preguntarme si tal vez sucedía algo más entre nosotras. Hubo muchas miradas significativas, pausas cargadas y el roce ocasional de nuestros dedos al caminar. Y el contacto visual se extendía, en mi opinión, por demasiado tiempo.

Pero estaba condenadamente segura de que no había besado a Brooke sin darme cuenta. Así que, ¿quién había sido?

Llamé a Brooke e intenté sonar tan casual como pude. Llevé la conversación hacia la recaudación de fondos que el Club Q había organizado esa semana. La que Brooke había preparado con Jaz y confirmó todo lo que ya sabía. Sí, hacía un tiempo le gustaba Jaz. Sí, se habían besado. Sí, Brooke quería que evolucionara a algo más.

No, no, no. Pero entonces, ¿por qué compartíamos esas miradas? ¿Por qué coqueteaba conmigo? ¿Había malinterpretado la situación? ¿O le gustábamos las dos, pero Jaz actuó primero? Y luego, repleta de dolor, celos, miedo y pánico hice algo de lo que no estoy orgullosa. Le envié una respuesta a Brooke desde el correo del casillero.

Querida BAMN765,

Lo mejor que puedes hacer en esa situación es actuar como si no hubiera sucedido. No lo menciones, no coquetees con ella y evita terminar en una situación a solas con esta chica por un tiempo. Sé que suena contraintuitivo, pero si se encuentran a solas, la situación podría tornarse incómoda y los nervios hacen que actuemos de manera extraña. Podría interpretar tus nervios como una expectativa –o peor, desesperación– y eso sería poco atractivo. Nada mata a una relación floreciente más rápido que alguien presionado para que las flores crezcan demasiado rápido.

No te preocupes por desalentarla: si le gustas, encontrará una manera de hacerte saber sus sentimientos. Solo asegúrate de que ella sea quién se acerque. Actúa relajada, informal, platónica.

Brooke no me mencionó su carta. Tampoco volvió a hablar de Jaz. No tuve novedades hasta una semana después cuando otra carta llegó al casillero.

> Querido casillero 89,
>
> Soy lesbiana y la semana pasada besé a una chica que conozco y creí que le gustaba. Sé que también es lesbiana así que esto no es una situación de "solo estaba confundida". Pero desde que nos besamos, me ha estado evitando y actúa como si nada hubiera sucedido. Es amigable, pero solo cuando estamos en grupos, no se ha acercado a mí, no me envió ningún mensaje y no ha mencionado el beso. ¿Imaginé todo esto? ¿Debería asumir que no le gustó tanto como a mí o debería intentar hablar con ella? Ya lo hubiera hecho, pero perdí la confianza cuando comenzó a comportarse de manera distante.

Y, Dios me ayude, respondí.

Querida campanadelinfierno05,

Sé que no es lo que quieres oír, pero parece que ella no está muy interesada. No es normal actuar como si un beso no hubiera sucedido –en especial si la has visto desde entonces– y si tu instinto te dice que está evitando estar a solas contigo, es probable que estés interpretando la situación correctamente. En este caso, mi consejo sería no actuar a menos que ella cambie su comportamiento de forma milagrosa. Tendrás muchos primeros besos en tu vida y te prometo que la mayoría serán mejores que este. Mereces a alguien que esté emocionada por besarte y que no pueda esperar para verte y que te llame de inmediato para concertar una cita. No pierdas tu dignidad persiguiendo a alguien que dejó en claro que no está interesada en ti. Eres demasiado buena para eso.

Lamento no tener mejores noticias.

Y eso le puso un punto final. Brooke me dejó en claro que no quería que mencionara su beso con Jaz cuando intenté preguntarle al respecto así que no hablé más del asunto. Y durante el verano, Jaz conoció a una chica en la iglesia y comenzaron una relación seria.

Solo después de esto, Jaz y Brooke se sintieron lo suficientemente cómodas para pasar tiempo juntas otra vez y conversar sobre el beso. Y lo descubrieron.

—Fue casi como si el casillero nos hubiera saboteado —dijo Brooke furiosa la siguiente vez que nos vimos—. Comprendo que quien responde las cartas debe recibir muchas preguntas cada semana, pero ¿*realmente* no se dio cuenta de que Jaz y yo hablábamos la una de la otra?

—No lo sé —respondí y tragué saliva—. Quizás no prestó atención.

—Quizás —replicó Brooke, pero sus ojos ardían.

Durante el resto de la semana tuve pesadillas causadas por la culpa todas las noches. Soñaba que Brooke descubría que yo administraba el casillero y nunca volvía a hablarme y que encontraba a Jaz llorando en el baño de chicas por haber perdido al amor de su vida.

Por muy horrible que fuera la situación, por más que *odiara* lo que estaba a punto de oír, tenía que redimirme por lo que había hecho el año pasado. Esta vez la apoyaría. Estaría feliz por Brooke, aunque me estuviera muriendo por dentro. Solo tenía que superar esta llamada, luego podría llorar todo lo que necesitaba.

Apenas respondió, Brooke comenzó a hablar casi sin respirar.

—De acuerdo, aquí va. Ray vino a casa y me ayudó con el ensayo y todo estuvo bien y tranquilo. Luego mamá y papá la invitaron a cenar con nosotros y se llevaron super bien y ella estaba siendo tan agradable y, de hecho, es muy divertida, lo que *no* me esperaba. Luego pasamos algo de tiempo juntas y estábamos viendo algo en mi teléfono y ella, oh, por Dios, Darcy, *me invitó a salir.*

Respiré profundo, respiré profundo, respiré profundo, pero de todos modos me quedé sin aire. Fue como si me hubiera disparado. Brooke malinterpretó mi falta de aliento como una expresión de felicidad.

—Lo *sé* —siguió—. ¡Y dije que sí! Nos llevamos extrañamente bien afuera de la escuela y fue muy dulce y generoso de su parte ofrecerse a ayudarme con mi ensayo, ¿no lo crees? Y luego me dijo que le gustaba hace mucho tiempo y que siempre terminaba mirándome en el Club Q y en las reuniones del Consejo estudiantil, ¿*tú* lo notaste? Porque yo jamás lo noté y ahora me pregunto si solo soy distraída o qué diablos.

Habla. Di algo.

—Emm, no estoy segura. —*Suena más feliz que eso*—. Pero guau, ¡eso es increíble!

—¿Tú crees? ¡Tal vez podría serlo! No lo imaginaba, quiero decir, *Ray*. Creí que me *odiaba*. Darcy, pasar tiempo con ella fue *lindo*, ¿puedes creerlo?

Oh, podía imaginarlo. Pero no *quería*, pero podía y, ay, Dios, ahora estaba grabado en mi mente y no podía dejar de pensar en ellas riendo y en las puntas de sus dedos tocándose, sentadas la una muy cerca de la otra. ¿Cómo pudo pasar esto? ¿Con *Raina*? De todas las personas que podría haber visto como una amenaza...

—¿Son novias?

—No digas eso, trae mala suerte. No sé qué sucederá ahora, solo necesitaba contártelo.

Está bien. Bueno, no eran novias.

Pero ¿quién sabe cuánto tiempo faltaba?

Así que tragué el llanto que merodeaba por mi garganta, inhalé profundamente y me obligué a sonreír.

—¿A dónde irán?

Lo único que sabía era que, si no funcionaba, no sería por mi culpa.

No esta vez.

Al día siguiente, Brooke era un manojo de emociones y resplandor. Se reía —demasiado fuerte— de todo, flotaba por los pasillos y les sonreía a todas las personas que se cruzaba.

Mis propios pies nunca se sintieron tan pesados.

—Fue muy agradable con mi mamá y mamá *adora* que Raina tenga tantas actividades extracurriculares —me contó Brooke emocionada durante la primera clase.

»¿Sabías cuán inteligente es Ray? Quiero decir, es obvio que es inteligente, pero su conocimiento de Lengua es asombroso —susurró Brooke mientras yo intentaba tomar notas en Matemáticas.

»Creí que nos besaríamos cuando se despidió, pero luego nos asustamos —repitió por cuarta vez cuando caminábamos hacia la clase de Historia.

Cada vez sonreí sin mostrar los dientes y asentí y concordé cuando era apropiado mientras deseaba que mi agonía no fuera evidente en mi rostro. Estaba resultando tortuoso estar cerca de ella y saber que su felicidad, sus risitas y sus pies danzantes eran causados por Ray y no por mí, y me alivió recibir un mensaje de Brougham para encontrarse conmigo en el pasillo. Prefería estar cerca de sus nubes grises y tormentosas al radiante arco iris que era Brooke.

Pedí autorización para ir al baño y avancé en dirección a los pasillos de ciencia en donde encontré a Brougham atento a notar si pasaba algún profesor o algún curioso. Combinó su saco con pantalones de gabardina y una corbata marrón oscuro. Aunque su atuendo era coordinado y prolijo, su postura era rígida y se mecía sobre sus talones, agotado.

—Ey, camina conmigo —dijo apenas me acerqué lo suficiente.

—Sí, señor.

Ignoró mi tono.

—Hice lo que me dijiste y *ella* fue quien sugirió pasar un día juntos como amigos, así que ahora estoy convencido de que eres una bruja o una genio.

—Y nunca permitiré que descubras la verdad. Eso es genial, ¿cuándo irán?

—El sábado.

—¿Quieres que nos reunamos antes para hacer un plan?

—Definitivamente. También, realmente necesito que estés conmigo ese día.

Me detuve en seco.

—¿En *Disneyland*? —¿Quería que condujera una hora de ida y una de vuelta hasta Anaheim por él?

—No puedo hacerlo sin ti. Estoy perdido si las cosas empiezan a salir mal y, si no puedes ver su lenguaje corporal, ¿cómo se supone que sepas qué sucedió para ayudarme a solucionarlo?

—Me verá.

—Confío en ti. No eres una idiota.

—Me alegra saber que confías en mis habilidades de acecho.

—Puedes traer a Ainsley contigo si quieres. Les daré dinero para el combustible, compraré sus entradas, pagaré su comida, lo que necesiten. Solo necesito… te necesito. No puedo hacer esto solo.

Reanudamos el paso. Convenientemente, hacia el baño de chicas, en dónde se suponía que debería estar. Pensé en su propuesta por un momento y luego sacudí la cabeza.

—No. Definitivamente, no. Lo lamento.

Brougham ralentizó su paso desalentado.

—¿Hay algo que pueda hacer para que cambies de opinión?

—No.

Inhaló profundamente luego apretó los dientes y asintió.

—Está bien. Es justo.

Esperé un minuto, pero no intentó volver a chantajearme ni mencionó el bono que me esperaba. Nada.

—¿Eso es todo?

—Emm, supongo que sí.

Bueno, eso estaba mejor.

—¿Pagarías por nuestra comida y bebida?

—Sí, dentro de lo razonable.

No insistí sobre el asunto. Históricamente, Brougham no parecía preocupado por el costo de las cosas así que presentía que su "dentro de la razonable" era más generoso que mis estándares.

—De acuerdo.

—¿De acuerdo, qué?

—Lo haré.

Brougham llevó su mano hasta su nuca y dejó caer la cabeza hacia atrás.

—*Maldición*, eres confusa.

—Solo quería saber si estabas pidiéndome ayuda u ordenándome que te acompañara.

Puso los ojos en blanco.

—*Obviamente* no estás obligada.

—Entonces, *una vez más*, te recuerdo que los favores suelen estar acompañado de un "por favor".

Ignoró mi comentario.

—Entonces, sábado, ¿sí? ¿En algún horario en particular?

Suspiré resignada.

—Estoy libre todo el día.

—Okey, genial. Ahora puedes volver a clase.

—*Gracias, señor.* —Hice una reverencia.

—¿Qué dije esta vez? —preguntó indignado.

No tenía sentido intentar explicárselo.

—Envíame un mensaje —dije con una sonrisa poco entusiasta antes de entrar al baño.

Me miré en el espejo, arreglé mi cabello y volví a peinarme, y limpié el delineador que se había corrido debajo de mi ojo. Luego, como el baño estaba vacío, llamé a Ainsley mientras me apoyaba contra el lavabo. Si iba a pasar un día persiguiendo a Brougham y a su novia, quería algo de compañía y era casi seguro que Ainsley podía ser persuadida con la oferta de comida gratis.

Siete

Querido casillero 89,

Mi novia me dejó. No sé qué hacer. Fue hace una semana y totalmente inesperado. Estábamos discutiendo un poco, pero nada importante, solo pequeños desacuerdos que resolvíamos después de unas horas. Dice que no está lista para una relación, pero ha estado coqueteando sin reparos con una de las chicas en nuestra clase de Inglés y no sé si es para provocarme celos o si quizás quiere estar con ella. No he dejado de llorar. Voy constantemente al baño porque sé que no podré sobrevivir los siguientes cinco minutos sin romperme en pedazos. Siento que estoy muriendo, solo quiero que vuelva a quererme. Se suponía que lo nuestro duraría para siempre. Íbamos a compartir habitación en la universidad. Esto no puede estar sucediendo. ¿Qué hago?

correobasuraaa@gmail.com

Casillero 89 <casillero89@gmail.com> 6:35 p.m. (hace 0 minutos)
Para: correobasuraaa

Querido Correo Basuraaa,

Lamento mucho lo sucedido. Las rupturas son lo peor, no hay otra manera de decirlo. ¡Hay un motivo biológico! Después de una ruptura, nuestra actividad cerebral se asemeja a lo que sienten las personas en abstinencia de drogas. Es casi como si fuéramos adictos a esa persona y ahora tenemos que desintoxicarnos. Así que, en primer lugar, se amable contigo. Y, en seguro lugar, no puedo prometerte que tu novia querrá volver contigo. Pero puedo darte algunos consejos a prueba de tontos.

A) Evita el contacto con ella por un tiempo. No es necesario que la ignores por completo, pero, al menos por unas semanas, no inicies conversaciones. Si ella te habla, sé cortés y agradable, pero no te involucres. ¡Y *no* llenes su teléfono con mensajes de disculpas o diciéndole que la extrañas! Mi razonamiento tiene dos motivos: primero, le da una oportunidad de extrañarte y pensar en por qué terminó contigo y recordar los buenos tiempos. El segundo motivo es que te da una oportunidad para desintoxicarte y recordar quién eres sin ella. Eres una persona competa con o sin una pareja y es hora de volver a conocerte. Seguramente tenías una vida plena antes de ella y seguirá siendo así ahora que ya no está contigo.

B) Concéntrate en ti. Empieza un nuevo pasatiempo, comparte tiempo con tus amigos y familia, lee algunos libros, sal a caminar. Lo que sea que te haga sentir bien. Eso no solo te ayudará a reencontrarte, hacerte más feliz y con más confianza, sino que tu ex probablemente note que estás bien.

Entonces, ¿por qué digo que es a prueba de tontos? Porque este método puede desencadenar en dos escenarios. Opción uno: tu ex te extraña, te ve bien, recuerda el motivo por el que se enamoró de ti y está dispuesta a intentarlo de nuevo. Opción dos: eso no sucede, pero te diste espacio para trabajar en tu propia felicidad y en tus habilidades, superas a tu ex y te encuentras más feliz y con más talentos que nunca. De cualquier manera, tú ganas.

¡Buena suerte!
Casillero 89

Mi fin de semana comenzó condenadamente temprano mientras mi teléfono vibraba, vibraba y vibraba contra la madera de mi mesa de noche. Abrí mis ojos somnolientos y revisé mis mensajes. Era Brooke, quien era una de esas personas que presionaba "enviar" después de cada oración y causaba estragos en las notificaciones del destinatario. Estaba enamorada de una caótica neutral.

> Hola!
> Me desperté temprano y estoy aburrida!
> Quieres hacer algo?
> OMG busqué los horarios del cine y hay cuatro películas que me interesan
> Cita en el cine?
> Puedo comprar palomitas de maíz
> DESPIERTAAAAAA

¿Cita en el cine?

¿Qué significaba eso? ¿Una cita de verdad? Había tenido una cita de verdad anoche con Ray y me había dicho que no se habían besado. ¿Habría algún motivo? ¿Por qué me preguntaba a mí y no a Ray? Todo mi interior se tensó con esperanza e inquietud y…

Demonios. Hoy era sábado.

Okey, obviamente no podía ir al cine. Mierda, mierda, mierda. *Realmente* quería salir con ella, aunque el gusto de Brooke era terrible y odiaba las películas de terror, pero no podía. Maldición, Brougham, ¿por qué su vida tenía que complicar tanto la mía? ¿Podía abandonarlo? No, nop. Él me había preguntado antes. *Odiaba* a la gente que cancelaba un plan porque le surgía algo mejor. No sería esa persona. Así que le diría a Brooke que pensaba ir a Disneyland con Ainsley.

Ah, pero no, no podía hacerlo porque querría venir. Así que le mentiría y le diría que estaba ocupada haciendo otra cosa... Y eso funcionaría por una hora hasta que alguno de nuestros amigos en común me viera en el parque de diversiones. La mitad de la escuela tenía pases anuales. Era como jugar a la ruleta rusa con una sorpresa distinta en cada bala.

Decidí enviar lo siguiente:

> Lo lamento tanto, pero ya le prometí a Ainsley una tarde de hermanas en Disney.
> Ella le dijo a una de sus amigas que no podía venir así que no puedo invitarte, aunque realmente quiero hacerlo 😭
> Mañana?

> No puedo mañana 😭 😭
> Trabajo.
> Ah, está bien. Pero estoy celosa.
> No me envíes fotos, alimentará mi sensación de perderme algo y podría llorar.

¿Estaba *segura* de que no estaba bien cancelarle a Brougham?

—*No* —me dije a mí misma en voz alta y lancé mi teléfono sobre la cama. Por más que lo odiara, tenía que considerar la excursión de hoy como un día de trabajo sin posibilidades de cambio. Después de todo, recibiría un pago.

Entonces, con el corazón roto y mascullando mentalmente, me peiné y maquillé (utilizando principalmente muestras del trabajo-sin-posibilidades-de-cambio de Brooke), me vestí (elegí un suéter tejido liviano, una camiseta de manga corta y una minifalda vaquera que Ainsley había ajustado para mis caderas) y me perfumé con una botella a medio usar de Dior Poison que mamá me regaló cuando le dije cuánto amaba su aroma. Mientras observaba el producto final en el espejo, me di cuenta de que hoy me habían vestido las tres mujeres más importantes en mi vida. Cursi, pero también algo especial. Tan especial que probablemente ningún atuendo comprado con una Mastercard Platinum lograría igualarlo.

Bueno, tenía cuarenta y cinco minutos antes de tener que encontrarme con Brougham. Eso me daría tiempo suficiente para revisar las cartas que había guardado en mi mochila ayer y así no tener que estar pensando en ellas todo el día. Perfecto.

Mientras papá hacía ruido al final del pasillo y el aroma de tostadas se escabullía por la puerta a medio abrir de mi habitación, acomodé mi computadora sobre el escritorio de madera vacío y comencé a trabajar en las cartas. Parecía que apenas me había sentado cuando papá golpeó mi puerta, pero le eché un vistazo a la hora y me di cuenta de que ya habían pasado treinta minutos. Sabía que era papá porque Ainsley, quien había venido a dormir a lo de papá anoche para que podamos ir juntas en coche, no golpeaba y esperaba, ella llamaba a la puerta y entraba.

—Adelante —grité.

No me molesté en esconder las cartas. Papá era... poco perceptivo, para ser amable, y si las notaba solo asumiría que eran tarea.

Asomó la cabeza por la puerta y arrugó los labios y su bigote dio una vuelta.

—Hay un chico esperándote.

—Ah, llegó temprano.

Todavía me faltaba responder una carta. Brougham tendría que entretenerse solo hasta que terminara. No me retrasaría con mis deberes del casillero solo porque Brougham pensó que 3:45 p.m. era sinónimo de 4:30 p.m. y que 9:00 a.m. significaba 8:45 a.m. Tal vez en Australia el tiempo era un concepto vago, pero en Estados Unidos cuando decimos "a las nueve" queremos decir a las *nueve*, maldición.

Papá empujó la puerta un poco más y se recostó contra la pared para bloquear a Brougham incluso cuando me puse de pie.

—¿Quién es este chico? ¿Qué quiere contigo? ¿Por qué no oí de él antes?

Miré a papá a los ojos, como había heredado su altura, no fue muy difícil, y crucé los brazos.

—Emm, la pregunta real es por qué no me interrogas así cuando una chica llama a la puerta.

Papá, quien recientemente dejó de clasificarme como hetero o lesbiana dependiendo de qué género era la persona que creía que me gustaba en el momento, me sorprendió con su respuesta.

—Porque las chicas adolescentes son dulces, responsables y comprenden qué significa el consentimiento y los chicos adolescentes son la pesadilla de todos los padres.

Vacilé y luego encogí los hombros.

—De hecho, es una buena respuesta. La permitiré.

—Nuestro padre, el aliado —cantó Ainsley con felicidad desde su habitación desde donde había estado escuchando nuestra conversación.

Ah, bien, está despierta. Tuvo que conducir hasta lo de mamá anoche después de que me metiera en la cama porque había olvidado por accidente sus hormonas en casa. Una de las tantas molestias de los hijos de padres divorciados.

Papá me siguió hasta la puerta de entrada y revoloteó desconfiado detrás de mí mientras saludaba a Brougham. Cuando los presenté, a pesar de que Brougham estrechó su mano con firmeza y utilizó palabras educadas, papá apenas logró emitir un "hola, ¿cómo estás?". Brougham no pareció molestarse y, siendo sincera, en comparación con la manera en que su mamá me saludó, papá prácticamente había desempolvado la alfombra roja, así que no me molesté en generar una conversación informal. Además, probablemente papá no volvería a verlo, así que casi no importaba.

—Necesito unos pocos minutos —le dije a Brougham mientras llegábamos a mi habitación—. Estoy terminando un correo.

Me senté en mi escritorio y él se quedó de pie mirando a su alrededor.

—Es muy distinto aquí —dijo.

—¿Eh?

—Está vacío. No luce como tu habitación.

—Solo estoy aquí unos pocos días por mes —repliqué sin girar—. Cumple su función.

—Luce más como una habitación de invitados.

—Bueno, cuando no estoy aquí —dije mientras tipeaba mi respuesta—, lo es.

—Ah, pero *por supuesto*. Ahora sueno como un imbécil.

—¿"Suenas" como uno? —murmuré antes de echarle un vistazo.

—¿Perdón?

Echó un vistazo sobre su hombro.

—Nada. De todos modos, es mejor que las discusiones.

Eso pareció desarmarlo y se sentó con fuerza sobre mi cama.

—Buen punto.

Durante los próximos minutos, Brougham se entretuvo con su teléfono mientras terminaba mi última respuesta. Por suerte, era sencilla y no necesitaba investigación para descifrar el mejor abordaje. Cuando terminé, tomé mi propio teléfono para responder algunos mensajes que Brooke había dejado sobre su interminable y abominable aburrimiento.

Brougham se aclaró la garganta.

—Me preguntaba una cosa.

—¿Eh?

—¿Podría...? Solo tengo mucha curiosidad sobre cómo funciona tu sistema. ¿Crees que podrías mostrarme?

—¿Te refieres a leer mis correos?

Encogió los hombros esperando.

No era lo que esperaba y casi digo que no. Pero luego, era agradable tener a alguien con quien compartir esto. Nadie, salvo Ainsley, me había visto hacerlo.

—Eh, seguro. Pero déjame encontrar alguno que sea vago, ¿sí? Sin nombres ni nada.

—Está bien.

Hojeé los últimos correos y abrí uno que era suficientemente anónimo. Brougham se sentó en mi lugar y se puso cómodo, peinó un mechón de cabello rebelde y leyó con los ojos entrecerrados. Hoy no tenía sus gafas de lectura.

—¿En qué se basa esta respuesta? —preguntó mientras agitaba el cursor sobre la pantalla.

Era la respuesta que había enviado el día anterior.

—Se basa en la regla de no contacto.

—¿Qué dice?

Aunque lo preguntó de manera inocente, sentí que se estaba preparando para destruirla. Era la primera persona que veía mi trabajo y en vez de alabarme, me criticaba. Excelente, maldita sea.

—En realidad, como suena. Después de una ruptura, no tienes contacto con la otra parte por un tiempo. En general unos treinta días. Más o menos el tiempo que dejaste de hablar con Winona. Si no puedes evitar el contacto porque debes trabajar en algún proyecto o algo, debes mantener un tono profesional y distante.

Brougham asintió lentamente.

—¿Y la utilizas cuando quieres volver con alguien?

—Puedes. O, como dije en el correo, también la puedes utilizar para superar a alguien. Es una solución en la que ganas sí o sí.

—¿Y las chicas usan esto?

—Cualquiera puede utilizarlo. No importa el género.

—Cierto, cierto —le dijo a la pantalla antes de levantar la mirada hacia mí—. Tengo una pregunta.

—Por supuesto que tienes una pregunta —murmuré.

—El otro día me dijiste que según *Simplemente no te quiere*, si un chico no te persigue, es porque no está interesado en ti.

—Cierto.

—Y que, si eso sucede, deberías seguir con tu vida.

—Idealmente, sí.

—Pero ¿y si no te está ignorando porque no está interesado? ¿Y si está siguiendo la regla de no contacto?

Lucía triunfante mientras giraba en la silla y cruzaba una pierna sobre la otra. Pero yo estaba inmutable.

—Bueno, si está haciendo eso, ¿cuál es su objetivo?

—Que quieras volver con él.

—¿Y por qué existe *Simplemente no te quiere*?

—¿Para estafar a personas desesperadas y solitarias que creen que seguir una regla universal los ayudará a conseguir que un individuo complejo sea su pareja?

—El motivo por el que *puede* hacer dinero es porque la gente necesita que le digan que, si son ignoradas, deberían rendirse. Y eso sucede *porque* a muchas personas les gusta la persecución. Precisamente por eso mismo la regla de no contacto funciona con tanta frecuencia.

—Seguro, pero ¿y si las dos partes están siguiendo libros distintos?

Parpadeé.

—¿Disculpa?

—Bueno, ¿y si sigo la regla de no contacto con la esperanza de que mi ex vuelva a enamorarse de mí, pero ella lee *Simplemente no te quiere* y decide que treinta días de silencio significa que debe conocer a otra persona?

—Bueno, ella...

—¿Y si conozco la regla de no contacto y no puedo seguir adelante cuando la otra parte corta la comunicación porque tengo la esperanza de que esté siguiendo esa regla porque quiere volver *conmigo* cuando en realidad debería estar siguiendo a *Simplemente no te quiere*? No pueden ser las dos ciertas al mismo tiempo.

—No. Por eso debes considerar más información. Como, cuán comprometida estaba la pareja durante la relación. ¿Solía utilizar el silencio para demostrar enojo o desinterés? Quién terminó con quién y por qué.

—Entonces no hay una regla universal —dijo Brougham con un aire de triunfo. Como si me hubiera acorralado de alguna manera. No estaba ni cerca.

—Estoy de acuerdo. Por eso baso mi consejo en la situación personal del escritor, cada carta es distinta.

—Correcto —replicó Brougham—. Y *ese* es el motivo, por supuesto, por el que nunca aceptas el dinero de alguien antes de recibir toda la información. Quién terminó con quién, la historia de la relación, etcétera, etcétera. Incluso si no detallan todo eso en la carta inicial.

Flaqueé.

Su ceja se alzó casi imperceptible. Lucía muy complacido con sí mismo. Lo molesto era que *había logrado* acorralarme. Salvo por un pequeño detalle.

—Tengo un porcentaje de éxito de noventa y cinco por ciento, ¿no es así? —pregunté—. Obtengo toda la información que necesito de la energía de la carta.

—¿Sabes toda la información sin tener toda la información? —dijo Brougham antes de ponerse de pie para mirarme a los ojos—. Milagroso.

Sorprendentemente, no lo asesiné.

—¿Podemos empezar?

—Seguro. Solo una pregunta pequeñita.

Seamos honestos, iba a hacer su consulta de todos modos, ¿no?

—¿Qué?

—Si alguien te envía una carta que dice: "Ayuda, mi novio me ignora durante varios días si digo o hago algo que no le gusta", ¿qué le dirías?

Podía ver a dónde se dirigía, pero mi mente no podía funcionar de manera efectiva cuando me *miraba fijo* de esa manera, así que cedí y dejé que me guiara a su trampa.

—Diría que utilizar el silencio para castigar o manipular a alguien es abuso emocional. Pero eso es diferente, esto no es para castigar...

—Pero sí es un intento de manipular a alguien para que cambie sus sentimientos, ¿no?

Bueno, sí, algo así, pero... pero esto era diferente, ¿no? Era más sobre lograr distanciarse de una persona más que un intento de reconquista. *Incluso* si todos siguieran ese camino para recuperar a alguien, está bien hacer algo si el objetivo es bueno. ¿Y qué podría ser mejor que revivir el amor y cariño entre dos personas?

Seguro, tal vez parte de la regla de no contacto era hacer que la otra parte se sintiera sola, incómoda o que te extrañara, pero...

De hecho, si lo pensaba de esa manera, quizás Brougham tenía un punto. Pero no parecía lo mismo. *No* es abusivo emocionalmente crear límites y marcar algo de espacio después de ser abandonado por alguien. Era una acusación ridícula.

¿Cómo logró que *dudara de mí misma*? ¿Quién era la experta?

—Podemos solo...

No terminé la oración y agité mi mano en un círculo.

—¿Solo qué?

—¿*No* hacer esto ahora? Es demasiado temprano y no tenemos mucho tiempo para prepararte.

Quería insistir. *Ah*, podía ver en sus ojos que quería insistir. Y tenía la horrible sensación de que, si lo hacía, me haría escribirle otra respuesta en la que le implorara a mi cliente que ignorara mi consejo inicial.

En cambio, se dejó caer en la cama y extendió los brazos con el mentón hacia arriba confiado de sí mismo.

—Podemos reprogramarlo. Dispara, Phillips, ¿qué tienes?

Busqué debajo de la cama y saqué la pizarra.

—Me di cuenta de que falta algo importante en tu historia con Winona.

Brougham sacudió la cabeza, sorprendido.

—¿Trajiste eso de la casa de tu mamá para hoy?

—De nada. Sabemos bastante sobre qué funcionaba en su relación, pero no tengo muy claro qué estaba fallando. Entonces: ¿primera pelea?

—Dios, no lo sé —dijo mientras buscaba mi pluma y un papel para añadir a la pizarra—. ¿Cómo se supone que recuerde la *primera* discusión?

—Muchas peleas —murmuré mientras tomaba nota.

—No discutíamos... no eran "muchas".

—Lo que sea que funcione para ti, amigo. Está bien, ¿cuál era la discusión más frecuente?

—Mayormente discutíamos por la frecuencia con la que debíamos intercambiar mensajes.

Asentí y comencé a dibujar debajo de mis palabras. Una figura de palitos masculina y otra femenina con cejas enojadas. Esbocé una burbuja de diálogo sobre la imagen de Winona y escribí: "Envíame más mensajes".

—No —dijo Brougham.

Subí la mirada.

—Se acerca lo suficiente, no tiene que ser palabra por palabra.

—No, quiero decir...

De pronto parecía estar incómodo.

—Era yo quien quería hablar con más frecuencia, no ella.

Y, por primera vez, me quedé sin palabras. ¿Cómo se suponía que dijera algo cuando la imagen que tenía de Brougham se desmoronaba en píxeles y se reacomodaba en una persona que no lucía para nada como lo imaginaba en mi cabeza? Esa versión de Brougham que le temía al compromiso. Que ponía distancia cuando la gente se acercaba demasiado. Que era disperso mientras que otros eran dependientes. Que tenía el corazón cerrado.

Pero, aparentemente, todo eso era falso.

Las palabras descansaron unos momentos en mi boca antes de que lograra decirlas en voz alta.

—Ah, entiendo.

Estiré la flecha de la burbuja de diálogo y la conecté con la figura que representaba a Brougham.

—Suenas totalmente sorprendida.

Presioné mis labios y seguí dibujando.

—No deberías ser tan sexista, Philips —añadió Brougham en

tono relajado mientras se entretenía con un hilo de su suéter–. Suposiciones como esa me mantendrán atrapado en las garras de la toxicidad masculina.

Una puntada de dolor en mi mandíbula me advirtió que estaba apretando los dientes. Pasé mi lengua por mi boca para liberar la tensión y dibujé una nueva burbuja de diálogo sobre Winona: ¡No! ¡Odio tu rostro!

–¿Cómo sabías que dijo eso? –preguntó Brougham fingiendo sorpresa–. *Eres* una máquina de hacer milagros.

–¿La ruptura fue resultado de una discusión? –indagué mientras colocaba la imagen en la pizarra.

–Más o menos. Supongo que le di un ultimátum.

Dejé caer mis manos a los costados y giré hacia la cama.

–*No* hiciste eso.

–Desearía que fuera mentira.

–¿Por qué no aprovechaste la oportunidad para lanzar una maldita granada?

Brougham me miró sorprendido y un mechón de cabello peinado perfectamente se liberó y cayó sobre su rostro.

–Vamos, *¿es tan malo?*

Sacudí la cabeza sin poder creerlo.

–Sí, Brougham, es malo. ¿Cuál fue el ultimátum?

–Bueno... Dije que, si ella no podía molestarse en hablar conmigo, obviamente no estaba tan comprometida con la relación y que no quería estar con ella si no podía lograr hacer algo tan sencillo como eso.

–¿Y ella qué dijo?

–Que la estaba asfixiando y que no quería seguir saliendo conmigo de todos modos.

Simulé apuñalarme en el estómago con una espada imaginaria y me desplomé fingiendo dolor.

—Sí, básicamente.

Me puse de pie y crucé la habitación para comenzar a dibujar otra imagen.

—¿Supongo que te arrepientes?

—A decir verdad, no hablaba en serio. Creo que solo quería que supiera cuán serio era para mí para que se preocupara y cambiara su actitud.

—Entonces, para recapitular, ¿creíste que al amenazar a tu novia ella sentiría tanto amor y cariño por ti que querría hablar *más seguido*?

Levanté la mirada hacia él. Retorció la boca y respiró profundo.

—… Sí.

En una hoja nueva, dibujé las figuras con palitos con un corazón sobre sus cabezas mientras Brougham observaba.

—¿Qué es eso que estoy apuntando a su corazón? —preguntó.

—Un arco y flecha.

—Ah, por supuesto.

—Okey, esto es útil. ¡Ahora sabemos que debemos concentrarnos en que no la asfixies!

—Guau, cielos, ¿por qué no se me ocurrió antes?

Brougham me fulminó con la mirada. Pero su actitud no podía afectarme ahora; simplemente desbordaba confianza.

—Bueno, practiquemos. ¿Qué le dirás cuando la veas?

—No sé, "hola" supongo.

—¡No! No digas "hola" porque si ella solo responde "hola", la conversación muere y la situación se torna incómoda y es una caída en picada desde ese momento. Debes hacer preguntas abiertas.

—¿Cómo qué? —replicó tirando la cabeza hacia atrás.

Dios, ¿así se sienten las maestras cuando los niños son insolentes en clase? Hice una nota mental para decirle a mamá cuánto la admiraba cuando llegara a casa, porque si fuera ella, hubiera abandonado el salón a mitad de la lección, conducido hasta McDonalds y hubiera comido nuggets de pollo mientras pretendía no tener responsabilidades hace unos cuántos años.

—¿Cómo estás? ¿Cómo están tus padres? Ese tipo de cosas.

—Okey, entiendo.

—Bien, intentemos. ¡Hola, Brougham!

—Ah, brillante, eres la Winona falsa otra vez.

—Sip. *Hola, Brougham.*

—Esto es estúpido.

—No es estúpido, solo no quieres hacerlo. Qué lástima.

Clavó la mirada en una esquina del techo mientras inhalaba lenta y profundamente. Me pregunté si esa era una reacción natural o un mecanismo ensayado para lidiar conmigo.

—Hola, Winona. Ha pasado mucho tiempo. ¿Cómo has estado?

Su tono era demasiado alegre, como si estuviera en una audición para un producto de limpieza. Hasta inyectó algunas emociones en sus expresiones faciales.

—Está bien, ahora vayamos a más. Intenta iniciar la conversación con más dinámica esta vez.

Me miró sorprendido, todos los rastros de alegría desaparecieron de su rostro de golpe.

—¿Como...?

—Algo para romper el hielo. Cuéntale sobre algo gracioso que haya sucedido mientras ibas al parque o algo que hayas visto que te hizo pensar en ella.

—Entiendo, ¿qué te parece un: ¡Hola! Hoy pasé la mañana siendo molestado y criticado por una chica que conozco y me recordó a esa pelea que tuvimos en el coche la noche que conocí a tus padres. Ah, por cierto, ¿cómo están?

—Si no piensas tomarte esto en serio...

—Ey, Philips.

Se puso de pie y entrelazó sus manos delante de él.

—Gracias. Pero, por favor, confía en mí, conozco a Winona. Si estoy concentrado en reglas de conversación, *eso* hará que todo sea extraño. No necesito ayuda con esto. Necesito ayuda con lo que sucederá después, una vez que hayamos estado juntos un tiempo. *Allí* es cuando ella comienza a distanciarse.

Me dolió. Él me buscó *a mí* y me pidió que renunciara a mi mañana para ayudarlo a recuperar a Winona y ahora no quería escuchar ninguno de los consejos que tenía. Tampoco estaba inventando cosas. Pasé toda la noche estudiando videos de YouTube, en especial los de Pris Plumber buscando los elementos básicos de la seducción y nada de eso era suficientemente bueno para él.

Pero supuse que no dependía de mí. Solo tenía que confiar en él.

—Okey —dije—. Entendido.

—Genial. Entonces, ¿deberíamos irnos ya?

—Un segundo. Solo... déjame... —Pasé mis dedos por mi cabello para darle volumen—. Listo. Ahora podemos salir.

Podría haber jurado que, solo por un momento, *casi* sonríe.

Ocho

Análisis de carácter:
Alexander Brougham

Le tiene tanto miedo al rechazo que reacciona mal para mantener el control.

Sus padres no le dieron afecto de manera consistente cuando era un bebé por lo que no cree que el amor sea ilimitado e incondicional. No se aleja porque la cercanía lo abrume: se aleja porque desea desesperadamente que lo sigan.

¡Es del tipo de apego ansioso!

Por algún motivo, Disneyland era misteriosamente perfecto. Era difícil distinguir si la magia provenía del ambiente, de la emoción contagiosa que emanaba de los cientos de niños alegres e inquietos que hacían filas en los molinetes o si era pura nostalgia. Si tuviera que adivinar, diría que era una combinación de los tres. Volví a tener cuatro años de pie en aquellos ladrillos anaranjados, rodeada de familias que posaban para fotos delante de canteros con arbustos prolijos repletos de flores púrpuras y blancas en la forma de Mickey Mouse, inhalando el aroma a *corn dogs* y agua utilizada mil veces. Ainsley tenía seis y sujetaba la mano de mamá, yo la de papá. Nadie peleaba, ni siquiera podía imaginar a mi familia dividida, lo único que importaba era conseguir el próximo Pase Rápido para el siguiente juego.

Supongo que ese es el verdadero significado de nostalgia. Aunque fui docenas de veces a Disneyland desde aquel entonces, mi primer recuerdo era el que resurgió hoy.

La mañana era cálida; ya había guardado mi suéter en la mochila de Ainsley para no perderlo hasta que lo necesitara después del atardecer. Una ráfaga de viento despeinó mi cabello alrededor de mi rostro. A la derecha, una niña que estaba entrando al parque con sus padres perdió su gorro de Elsa y salió corriendo para recuperarlo mientras varios extraños realizaban maniobras alocadas para ayudarla.

Realmente fue un gran plan por parte de Brougham invitar a Winona a este lugar. Era imposible sentir rencor alguno en el Lugar Más Feliz del Mundo.

Brougham y Winona estaban esperando más adelante, cerca de los molinetes. Winona parecía estar de buen humor, conversaba con Brougham mientras buscaba algo en su bolso azul y púrpura cubierto de flores, diseños coloridos e imágenes de Mickey y Minnie en distintas poses. Eso sumado a sus zapatos de tela de Campanita y sus aretes de rosas en cristal de La Bella y la Bestia me hizo saber dos cosas: a) los niños ricos tenían demasiado dinero para gastar y nunca dejaría de sentir celos por eso; y b) Brougham era observador. No había llevado a Winona a Disney de casualidad el año pasado. La había catalogado correctamente como una superfan.

Eso era una buena señal. Lo único que necesitábamos hacer era incrementar su consideración y reducir su dependencia y lo convertiríamos en un príncipe de Disney.

Una vez que superamos la mágica revisión de seguridad y el encantador escáner de bombas y otras armas letales, Brougham me envió un mensaje.

> Consigue un pase rápido para Space Mountain justo ahora.

Me había ayudado a crear una cuenta en la aplicación de Disney para mí y para Ainsley y había comprado Pases Máximos para nosotras así podíamos conseguir los pases rápidos desde nuestros teléfonos en lugar de los puestos en el parque. Si quieren mi opinión, eso le quitó mucha adrenalina al día, pero nadie me preguntó.

> Entendido. Conseguí de 10:45 a 11:45

Un poco más delante de nosotras, Brougham, revisó mi respuesta con discreción y respondió.

> Listo.

Comenzamos a caminar por la Calle Principal rodeados por una variedad de música alegre. El castillo de la Bella Durmiente se erguía delante de nosotros. Mientras caminábamos, le envié un mensaje a Brooke y echaba algunas miradas hacia Brougham y Winona.

> Una vez más, lamento lo de hoy.

Pasamos por un puesto que vendía orejas de Minnie Mouse y los ojos de Ainsley se detuvieron un minuto demasiado largo en ellas. Pero no dijo nada, por muy lindas que fueran, ninguna de las dos tenía dinero para gastar en prendas *tan* específicas. Ni siquiera Ainsley pudo encontrar una manera de modificar e incorporar las orejitas de Minnie a su vestuario de cada día.

Mi teléfono vibró en mi mano.

> ¡No pasa nada! De hecho, le pedí a Ray que viniera al cine conmigo... 😯

Ralenticé mi paso para poder concentrarme en estabilizar mi respiración. Este era mi karma por haber saboteado a Brooke y Jaz. Tenía que ser eso. La vida no podía ser tan cruel de manera aleatoria.

—Carro rojo, carro rojo, carro rojo —cantó Ainsley saltando en sus talones y me obligué a concentrarme en la tarea del día de hoy. No podía distraerme.

Brougham y Winona ya estaban doblando a la derecha en dirección a Tomorrowland.

—Ay, por Dios, Ainsley, es *muy* temprano.

—Nunca es demasiado temprano.

Nuestro objetivo se alejaba de nosotras, sus cabezas ya se mezclaban con la de la multitud.

—Okey, pero yo tengo que seguir. ¿Puedes comprarlos y enviarme un mensaje cuando hayas terminado? Nos encontraremos después.

—¿"Comprarlos"? —preguntó Ainsley—. Entonces, ¿tú también quieres un *corn dog*?

La miré sorprendida.

—Bueno, quiero decir, si *tú* te comprarás uno...

—¡Está bien, está bien, ve!

Agitó una mano.

No necesité que me lo dijeran dos veces. A esta altura, ya había perdido de vista a Brougham y Winona así que comencé a trotar sobre el camino pavimentado y esquivé familias, niños, cochecitos de bebé y globos hasta llegar a las mesas con sombrillas afuera del restaurante Tomorrowland Terrace. Finalmente, los vi paseando en las afueras de la tienda de recuerdos Star Trader. Brougham le decía algo a Winona, pero lucía distraído.

Su mirada me encontró y se detuvo por un instante en mí antes de regresar a Winona. Su postura tensa se relajó.

Luego comenzaron a moverse otra vez y los imité. Estaba lo suficientemente lejos como para no alertarlos. La conversación parecía dividirse de manera equilibrada entre los dos, no había pausas largas e incómodas. Winona hasta lanzó su cabeza hacia atrás por la risa en una ocasión, su cabello castaño caía sobre sus hombros. Muy prometedor.

Cuando faltaban diez minutos para nuestro turno en Space Mountain y comenzamos a caminar hacia el juego, le envié mi ubicación a Ainsley.

Apareció justo después de que Brougham y Winona entraran al juego, con un palito casi vacío y otro perrito de maíz con un mordisco importante. Me dio el segundo con gentileza.

—*Ey* —protesté.

—Considéralo mi comisión por conducir hasta aquí. Ah, Darc, ¿podemos ir a la Bibbidi Bobbidi Boutique después de esto?

—¿Por qué? —pregunté con la boca llena de carne y fritura.

—Quiero que me conviertan en una princesa. No pude hacerlo cuando éramos niñas.

—Estoy bastante segura de que hay un límite de edad. Llegaste una década demasiado tarde.

Su rostro se ensombreció.

—Eso es una estupidez.

Le ofrecí otro mordisco de mi *corn dog* como consuelo y aceptó y le dio otro bocado más mientras me fulminaba con la mirada. En ese momento, decidí ser el diablo sobre el hombro de Ainsley la próxima vez que pasáramos por un puesto de las orejas de Minnie Mouse. ¿A quién le importaba si nunca más podía usarlas? Merecía el tratamiento comercial y capitalista de princesa de Disney que se había perdido.

Con la ayuda de Ainsley, terminé mi bocadillo y comenzamos a caminar por un pasillo iluminado de rojo y luces espaciales brillaban a nuestros costados mientras una voz metálica de robot nos advertía con amabilidad que no nos subiéramos al juego si teníamos problemas cardíacos.

Acabábamos de unirnos a una fila cuando mi teléfono vibró con un mensaje de Brougham.

> Estoy subiendo.

> Estoy en la fila detrás de ti.
> Te enviaré un mensaje cuando terminemos. ¿Todo bien?

> Sip.

¿Ven? Estaba bien. Traernos a Ainsley y a mí aquí como su red de seguridad era una pérdida de dinero.

—¿Cómo está Romeo? —preguntó mi hermana mientras espiaba sobre mi hombro.

—Bastante bien. Espero que nos libere antes.

—No me sorprende. Su rostro hace la mitad del trabajo por él.

—Sigo sin ver el porqué.

Después de que terminamos en Space Mountain, Brougham nos envió un mensaje para que fuéramos al juego de las tazas giratorias de Alicia en Fantasyland. Desafortunadamente, subirme a una montaña rusa inmediatamente después de devorar un *corn dog* no fue la mejor idea y le aseguré a Ainsley sin vacilación que *no* me subiría a nada que diera vueltas.

El sol comenzó a arder en mi nuca, así que buscamos sombra debajo de un árbol cercano. Solo tardé unos pocos minutos en recordar cuál era el problema de este paseo. Competía con *Un mundo pequeño* por la canción que más se grababa en tu cerebro. La misma canción de la película, *Feliz no cumpleaños*, sonaba una y otra y otra y otra vez; era una especie de flauta aguda, chillona e irritante. Tenía la esperanza de tener algún tipo de noticia de Brooke para estas alturas, pero no tenía mensajes. Probablemente se encontraría pronto con Ray.

En cuanto a Brougham, con cada minuto que pasaba, me sentía más segura de que tenía la situación bajo control. Al darme cuenta me sacudió un sentimiento de orgullo y felicidad y de algo un poquito más profundo. Había ayudado a hacer que esto sucediera. Había contribuido directamente para que el mundo tuviera un poquito más de amor en él.

Aunque hubiera sido para ayudar a mi *chantajista*.

Le envié a Brougham un mensaje para ver cómo estaba y él bajó la mirada, sacó su teléfono para revisar quién le hablaba y luego lo volvió a guardar en su bolsillo. *Bueno, rayos. No te preocupes por mí, Brougham, solo estoy aquí literalmente porque necesitabas que estuviera disponible para darte un consejo en cualquier momento.*

Finalmente, llegó el turno de Brougham y Winona. La chica le decía algo con una sonrisa en el rostro y él señaló al volante cuando inclinó su cabeza hacia la de ella para responder de manera más íntima.

Estaba tan orgullosa de él.

Ainsley y yo caminamos hasta la cerca para observar cuando el juego empezó a funcionar. Ahora que estaban girando, no corríamos el riesgo de que nos vieran. A nuestro lado, Alicia y el Sombrerero Loco, o los actores que los representaban, se acercaron a la cerca.

Ainsley chilló tan fuerte que los pobres actores saltaron un metro.

—Ay, por Dios, ¡Alicia!

Se aferró a mi brazo.

—Necesito una foto con ella.

Cuando el juego dejó de moverse y Brougham ayudó a una Winona mareada a llegar a la salida, la chica se excusó para ir al baño que estaba cerca del castillo de la Bella Durmiente. Ainsley ya había regresado y aproveché el momento para acercarme a Brougham con ella detrás de mí.

—Estás haciéndolo bien.

El chico se apoyó contra una cerca de hierro que bordeaba a un árbol que parecía salido de un cuento de hadas.

—Por ahora, todo va bien. Pero todavía no hemos hablado de la ruptura. Es un poco extraño. Estamos actuando como si siempre hubiéramos sido solo amigos. ¿Debería mencionarlo?

—No —dijimos Ainsley y yo al unísono.

Los ojos de Brougham se ensancharon.

—*Okey.*

—Sé *casual* —dije.

—¡Soy *casual*!

—Si tú lo dices. Entonces, ¿todavía me necesitas?

Me miró sorprendido.

—Por supuesto que sí. Solo porque todavía no haya arruinado todo no significa nada.

—Pero ¿qué esperas que... haga?

Brougham intentó compartir una mirada exasperada con Ainsley, pero mi hermana encogió los hombros. Estaba de mi lado.

—Si Winona empieza a lucir asfixiada, dímelo y explícame cómo solucionarlo —explicó.

—Estuviste muy bien todo el día, Brougham. Creo que me estás utilizando como una manta de seguridad. Tienes que ajustarte a estar solo con ella.

Lució indudablemente alarmado ante esa idea.

—No, *no*. Solo porque ahora todo está bien, no significa que seguirá así. No lo entiendes. siempre creo que todo está bien hasta el momento en que ella se siente abrumada por mí. Necesito *ayuda*. Lo arruinaré. *Sé* que lo haré.

—Está bien, respira —dije. Este pajarito no estaba listo para abandonar el nido—. Estaré aquí todo el tiempo que me necesites.

—Gracias, gracias, pero, ¿puedes irte, por favor? Regresará en cualquier momento.

Ainsley y yo fuimos hacia un punto lleno de gente cerca de la cascada Matterhorn. Al menos, esta vez dijo "por favor".

El resto de la tarde fue similar, Ainsley y yo acechamos a Brougham, lo seguíamos en los juegos y comíamos algún snack cuando teníamos algún momento de descanso. Hasta tuvimos tiempo de comprar unas orejitas de Minnie color rosa con brillitos. A decir verdad, a pesar de que fueran indignantemente caras y salieran lo mismo que varios atuendos en Jenny's, no mentí cuando le aseguré que era una compra justificada. No podrían haber visto la expresión en su rostro cuando se tomó una selfie con ellas y pensar otra cosa.

En cuanto a Ray y Brooke, no recibí ninguna novedad. Solo

revisé mi teléfono unas mil veces. Y solo dejé que mi mente imaginara qué estarían haciendo unas dos o tres veces por minuto, como *máximo*. Para cuando cambiamos de parque y fuimos a California Adventure, seguía sin noticias de Brooke y comencé a sentir algo de optimismo. Seguramente, si algo hubiera sucedido entre ellas, Brooke se hubiera excusado para ir al baño o algo así y me hubiera contado todo. Incluso si pensara que algo *podría* llegar a suceder, me lo hubiera contado. Así que tal vez la cita se desvió por un camino platónico.

En cuanto a Ainsley y a mí, solo nos quedaban unas pocas horas y luego Brougham y Winona revivirían su cita durante el espectáculo nocturno Mundo de Colores y o compartirían un momento romántico o Winona se marcharía con una imagen positiva de Brougham. Luego yo podría regresar a casa y hablar con Brooke para que me cuente detalle por detalle.

Todo empezó a salir espectacularmente mal cuando llegamos al juego de rápidos en el río.

Inició cuando Ainsley anunció que necesitaba ir al baño justo cuando comenzábamos a oír el agua. Brougham y Winona entraron al juego y la fila era, para mi sorpresa, bastante corta, así que intenté convencerla de aguantarse, pero insistió. Y, naturalmente, durante los tres minutos que tardamos en el baño, la fila se llenó con docenas de personas y nos separaron de nuestro objetivo durante unos buenos quince minutos.

—Deberíamos esperarlos a la salida —dije cuando vi a mi hermana—. Terminarán en unos segundos.

—Pero es mi juego preferido —lloriqueó Ainsley—. Han estado bien todo el día. ¿No puedes enviarle un mensaje a Brougham para decirle que estamos atrás? Merecemos un *segundo* para nosotras.

No podía decirle que no a esos ojitos. Además, tenía un buen punto. Brougham me había utilizado como red de contención todo el día. En realidad, no me necesitaba. Así que seguí el consejo de mi hermana y le envié un mensaje a Brougham. Tardamos una media hora en hacer la fila y para cuando terminamos, estábamos medio empapadas, olíamos a cloro y temblábamos por la brisa fría de la noche. Comencé a sentir una pizca de culpa. Probablemente deberíamos haber pasado más tiempo negociando la logística de mis descansos personales.

Mientras Ainsley tarareaba la canción *Feliz no cumpleaños* inconscientemente, tomé mi teléfono de su mochila impermeable –gracias a Dios eligió esa mochila porque se había salpicado bastante– y revisé mis mensajes.

Cinco notificaciones. La más reciente era de Brooke.

Bueno, tengo novia. LLÁMAME?!?!?!

Todos mis pensamientos de culpa y dudas sobre el paradero de Brougham se evaporaron. Mis piernas cedieron y mis mejillas comenzaron a arder. Sentía que no tenía suficiente aire, como si me hubiera chocado con una puerta de vidrio cuando creía que no había nada.

–¿Qué? –preguntó Ainsley.

Le pasé el teléfono sin decir una palabra.

–Mierda.

No podía responder. Estaba demasiado mareada. Había dejado a Brooke sola para poder seguir a Brougham por Disneyland por *ningún maldito motivo*. Lo aceché a él y a esa pobre chica para poder darle consejos que *nunca fueron necesarios* y ahora había perdido a Brooke. La había perdido. Podría haberse sentado a mi lado y mi mano hubiera sido la que rozara la suya, podría haber sido yo en quién se refugiara durante un momento de miedo y recibido un beso. Pero no fue así. Porque yo estaba aquí y Ray con ella. Mi respiración comenzó a acelerarse y mis ojos se llenaron de lágrimas.

—Okey, tiempo fuera —dijo Ainsley—. Busquemos un lugar para sentarnos.

—No —logré decir casi sin voz—. Tenemos que encontrar a Brougham. Tenemos que...

—Él puede esperar. Toma, desbloquea tu teléfono. Le enviaré un mensaje. No nos tardaremos mucho.

La gente me echaba vistazos mientras resoplaba y las lágrimas caían por mis mejillas. Froté un puño sobre ellas intentando componerme. Debí haber sido la niña más grande en romper en llanto en medio de Disneyland.

—Esto amerita un tazón de pan —dijo Ainsley.

Avanzó en línea recta hacia el Pacific Wharf Café. Debió haber comprendido la gravedad de la situación porque a Ainsley nunca le gustó particularmente el pan.

Con mi hermana como mi guía, crucé como un zombi los ladrillos rojos de la panadería Boudin y ni siquiera subí la mirada cuando pasamos por los ventanales gigantes que mostraban a los pasteleros trabajar del otro lado. Cuando era pequeña, solía plantar mis pies con firmeza delante de esas ventanas y observaba por lo que parecían horas, deslumbrada por el pan de masa madre dorado y les rogaba a mis padres que nos llevaran una vez más al recorrido del interior para poder observar el proceso de producción cuidadosamente coreografiado. Hasta el aroma a levadura de la zona debería haber sido suficiente para envolverme en una burbuja acogedora. Pero, aunque mi estómago gruñó cuando llegamos a los mostradores café y celeste, todo desde mi pecho hasta mi cabeza estaba dormido.

—¿La llamarás? —preguntó Ainsley mientras nos sumábamos a la fila como ganado.

—Ahora no puedo. Quizás más tarde.

—¿Sabes con quién podría estar saliendo?

—Sí, Raina del Club Q.

—¿Raina, la que tiene cara de bulldog francés?

Esbocé una pequeña sonrisa.

—¿Qué?

—Siempre frunce el ceño así. —Ainsley bajó sus cejas y arrugó su rostro frunciendo el ceño de manera dramática.

—Bueno... sí, me refiero a *ella*.

—¿Ves? Es eficiente. Si hubiera dicho "Raina, así de alta y con cabello castaño" hubiéramos tardado toda la noche en identificarla. Además, estoy segura de que tiene una gran personalidad... cuando llegas a conocerla.

—Su personalidad es *horrible* —repliqué de mala manera—. Está siempre compitiendo con Brooke, hablándole como si fuera superior y nunca la escuché decir algo amable. *Ni una sola vez.*

—Entonces, ¿me estás diciendo que, inexplicablemente, Brooke se enamoró de alguien con el rostro de un bulldog francés y la personalidad de un gato persa?

—... Quiero decir, sí, supongo que sí.

—Suena creíble.

El tono de su voz me hizo saber que en realidad quería decir "suena como que estás celosa y transformas a Raina en una caricatura sin salvación para convencerte a ti misma de que la relación no durará mucho". Y eso fue lo más grosero y preciso que me dijo en su vida. De repente deseé que su plato estuviera rancio.

Llevamos nuestros pedidos afuera —macarrones con queso para mí, crema de mariscos para Ainsley—, ya estaba anocheciendo. En vez de comer, volví a leer el mensaje una y otra vez, como si fuera posible que mágicamente dijera otra cosa cuando lo abriera por enésima vez.

—Lo lamento —dijo Ainsley mientras me observaba—. No hay nada que pueda decir para hacerte sentir mejor. Con la excepción de que las relaciones de secundaria no suelen durar. Solo conozco una pareja que empezó a salir en tercer año y que siguen juntos hasta hoy. Todos los demás fracasaron catastróficamente, en general cerca de la época de admisiones a la universidad y... Oh, no, cariño, no llores.

Pero no podía evitarlo. Brooke tenía sentimientos por otra persona —estaba saliendo con otra persona— y, aunque parte de mí creía que nunca se sentiría de esa manera por mí, otra parte tenía esperanzas. Era su mejor amiga, la que la apoyaba, la que la escuchaba y se reía con ella y se quedaba despierta hablando con ella hasta cualquier hora.

Pero no me había elegido. Nunca lo haría. Y no importaba cuán atenta fuera o cuánto esfuerzo le dedicara a mi cabello, maquillaje o cuánto tiempo pasara con ella. Era yo quien no era suficiente para ella. No había nada que pudiera *hacer* para cambiar eso. Y eso me hizo sentir que había algo inherente en mí que no era lo suficientemente bueno. Comencé a tener hipo y a resoplar mientras los sollozos se atoraban en mi garganta. No era linda cuando lloraba, mis mejillas se teñían de rojo, mis labios temblaban y mis ojos se hinchaban tanto que parecía que mi rostro había impactado contra una mesa para probar cuan resistente era.

—Está bien —intentó consolarme Ainsley—. Ya encontrarás a tu propio gato persa.

—No... quiero... mi... propio gato persa. —Tragué saliva—. Quiero a Brooke.

—Lo sé. La vida es un asco.

—Y *se casará* con ella —escupí—. Te apuesto lo que quieras a que se casará con ella, porque esa es mi suerte. Y planearán viajes elegantes a la nieve y posarán con su equipo para esquiar elegante y Raina le propondrá matrimonio en la cima del *maldito* Monte Everest y me enteraré por Instagram y tendré que fingir que estoy feliz por ellas.

—Eso es *demasiado específico.*

—Es mi intuición, ¿okey? Y Brooke estará tan *radiante.*

—Sí, que se pudra, ¿no? —replicó Ainsley sin emoción.

—… y ni siquiera extrañará a Austin y Ally.

—¿Quiénes son Austin y Ally?

—Así llamaríamos a nuestros bebés mellizos.

Apuñalé mis macarrones con queso con mi tenedor y luego lo hice otra vez.

—No, como tu hermana, no puedo permitirte que nombres a tus hijos de la misma manera que una pareja de televisión, eso es *increíblemente* extraño y asqueroso.

—Para ese entonces hubiera sido adorable y nostálgico, pero ¿sabes qué? No importa porque ahora Austin y Ally están *muertos.*

—Qué oscuro.

Limpié mi nariz con la palma de mi mano.

—Todo esto está *mal.* Lo odio.

—Lo sé. Come un poco de macarrones.

Lo hice y estaban condenadamente deliciosos, pero no solucionó nada. Solo hizo que mi garganta se sintiera pegajosa.

—Quizás deberíamos irnos pronto —sugirió Ainsley—. Te ves terrible y no quiero llegar a casa demasiado tarde. ¿Crees que a Brougham le molestará?

Brougham.

De repente, recordé los otros mensajes que estaban en mi teléfono. Estaba el que yo le había enviado para decirle que estábamos atrasadas en el juego. Uno suyo en el que me decía que no me preocupara. Otro con su ubicación. Un tercer mensaje preguntándome si ya habíamos terminado. Un cuarto mensaje en el que decía que las cosas se sentían un poco extrañas con Winona, pero que no podía descifrar por qué. Un quinto con su nueva ubicación y un pedido de ayuda. Luego, una respuesta de Ainsley en la que le decía que necesitábamos un descanso para cenar; obviamente no había leído sus mensajes anteriores. Y, finalmente:

> Winona acaba de abandonarme.

Mi lloriqueo se detuvo cuando leí el último mensaje y toda mi tristeza fue reemplazada por una horrible sensación de culpa e ira frustrada.

—¿Esto es una *maldita* broma? —siseé y luego tomé mi bandeja y la estampé contra la mesa—. ¿POR QUÉ HA MUERTO EL AMOR?

Ahora *todos* me estaban mirando. Algunos padres posaban sus ojos nerviosamente sobre mí y luego sobre sus preciosos niños inocentes. Los fulminé con la mirada.

—¡No me culpen a mí! ¡No fui yo quién *mató a Cupido*!

—Está bien, vamos —dijo Ainsley con firmeza.

Sujetó mi brazo y me arrastró lejos del café antes de que alguien pudiera llamar a seguridad mientras seguía quejándome sobre la injusticia de la situación.

Nueve

Se estaba acercando la hora de cenar para el resto de la gente y los restaurantes a nuestro alrededor comenzaban a llenarse de comensales y de personas que los atravesaban para acortar camino, todo estaba iluminado con cálidas luces naranjas. La música de las distintas secciones del parque se superponía en la intersección; una mezcla de flautas y trompetas aplacadas por las conversaciones de cientos de extraños. Ainsley y yo nos abrimos paso entre las familias que se quedaban en el medio del camino mientras luchábamos por regresar a la entrada del muelle Pixar.

Brougham estaba parado con los brazos cruzados no muy lejos de las luces del cartel del muelle. Estaba recostado contra la base de piedra de un poste de luz estilo victoriano. Detrás de él, luces de todos los colores se reflejaban en el agua negra debajo del muelle.

Abandoné a Ainsley, caminé hasta él y apoyé los codos sobre el barandal ornamentado de hierro de frente al agua.

—Lo lamento —dije.

—No es que nos hayamos peleado ni nada.

Su voz era moderada.

Giré para mirar hacia la misma dirección que él y apoyé mi espalda contra el barandal.

—¿Okey?

Esperaba que mencionara mi desaparición, pero supuse que tenía preocupaciones más grandes.

—Sí. Solo fue mala suerte. Empezamos a quedarnos sin temas de conversación y empezó a hacer eso de responder con una sola palabra y luego vio a algunas de sus amigas y quisieron ir a algunos juegos juntas. Así que me preguntó si me molestaba que volviera a casa con ellas.

—¿Qué dijiste?

—Que estaba bien, por supuesto. ¿Qué más iba a decir?

—¿Está bien?

—Totalmente. Tiene permitido hacer lo que quiera.

Su tono sonó demasiado ligero. Luego sus ojos encontraron los míos y una ráfaga de incertidumbre cubrió su rostro.

—¿Crees que hice algo mal?

La respuesta realista era "es difícil decirlo, no pude oír nada desde mi lugar" o "posiblemente, es un campo minado salir con una ex pareja" o "no me sorprendería considerando mi experiencia contigo y cómo imagino que sería salir contigo".

Pero ninguna de esas respuestas era constructiva en este momento y, aunque estaba haciendo un trabajo excelente en pretender lo contrario, tenía la sensación de que estaba dolido. Así que dije:

—Nah, estoy segura de que solo fue eso. Vio a sus amigas y quiso pasar tiempo con ellas. No podrías haber evitado eso.

—Correcto. Es normal querer pasar tiempo con tus amigos.

—…. Sí —dije, pero vacilé por un segundo demasiado largo.

Sus hombros se desmoronaron.

—¿Crees que es una mala señal?

—Bueno... tienes razón, es totalmente aceptable querer ver a tus amigos...

—Pero si le gustara, no hubiera querido hacerlo.

Elegí mis palabras con cuidado.

—Es bastante grosero marcharse en el medio de una actividad. Significa que está intentando jugar contigo o que...

—No está interesada.

—En pocas palabras, sí.

—¿Qué crees que sea?

—¿Yo? No la conozco. ¿Qué dice tu intuición?

Giró la cabeza para mirar el muelle. Sus ojos siguieron el recorrido de la montaña rusa, dejó caer la mirada junto a los gritos de terror distantes.

—La segunda opción.

—Lo lamento.

—Yo no —replicó un poquito demasiado rápido—. Está bien. Tuvimos un buen día y si quiere que seamos amigos es mejor a que seamos enemigos. No puedo forzarla a tener sentimientos por mí. Y si no está interesada, probablemente no hubiera funcionado de todos modos.

Encontré los ojos de Ainsley en el muelle y encogió los hombros con una pregunta. Alcé un dedo. *Dame un segundo.*

—Quiero decir, no tuvimos una gran historia de amor épica o algo por el estilo. —Siguió hablando sin dirigirse a nadie en particular—. Cosas como esta, constantemente habla mal de sus mejores amigas y si siquiera me *atrevo* a tomar su lado durante su monólogo de dos horas, les cuenta todo lo que dije y ¡lo utilizan en mi contra! ¿Cuán retorcido es eso? ¿Por qué *quiero* salir con ella en primer lugar?

Distanciarse y devaluar. Brougham se sentía en control cuando era él quien no quería salir con *ella*. De manual.

—Ah, pero *ahora* estaba *desesperada* por pasar tiempo con Kaylee y Emma. Las misma Kaylee y Emma que llamó reinas del drama en Space Mountain, pero, ey, no es asunto mío. Puede hacer lo que quiera, ¿no?

—Correcto —añadí. Solo para pretender que esto era una conversación y no un reclamo unilateral.

—Solo digo que no soy *el único* con defectos. No me degradaré para rogarle que se interese por mí. No es como si le hubiera causado un *gran mal*.

—Bueno...

—Quiero decir, puede que no haya sido perfecto, pero nunca la hubiera lastimado o permitido que alguien más lo hiciera, por nada del mundo. Estoy cansado de sentir que fui yo el que arruinó todo entre nosotros. Ella terminó conmigo de la misma manera en que yo terminé con ella.

Era fascinante. Incluso cuando era condescendiente, Brougham lograba mantener su rostro casi totalmente pasivo. De no ser por el extraño tic en la esquina de su boca, tranquilamente podría haber estado hablando de los niveles de humedad.

—Estás herido —dije con sencillez.

—Ah, no —resopló—. Estoy molesto.

—Y herido.

—Para estar herido tiene que importarte —replicó.

—¿Y no te importa?

—No. Como dije, está bien. Me *alegra* que se haya marchado. Me ahorra tener que seguir dedicándole tiempo y esfuerzo.

Hablemos de un caballero que no se queja tanto.

—Si tú lo dices.

Subió la cabeza de pronto y me miró con ojos severos.

—Ahora puedes irte. No tiene sentido que te quedes, a menos que quieras divertirte con tu hermana. Sé que no querías estar aquí en primer lugar.

Y allí estaba. Por un momento creí que no me reclamaría haberlo perdido y desaparecido cuando me necesitaba.

—Sé que lo arruiné. Lo lamento mucho. No fue el mejor momento.

La única indicación de que estaba molesto era sus dientes sobre su labio.

—No fue solo al final. Te perdía todo el tiempo.

—Disneyland es un lugar enorme —dije, pero era una defensa débil—. Y supongo que no creí que me necesitaras.

—Bueno, la próxima vez, si no crees que tenga sentido, no vengas. Sabes que no te obligué. Pero dijiste que estarías aquí y confiaba en eso.

Okey, no. Eso no era justo.

—Bueno, chantajear a alguien en primer lugar hace que se sientan muy obligados a hacer lo que les pidas, incluso si dices que pueden negarse.

Frunció el ceño y quedó boquiabierto.

—¿De qué hablas?

—… me chantajeaste.

—¡Claro que *no*!

—¡Lo hiciste! Dijiste "oh, odiaría decirles a todos en la escuela quién eres" —imité su acento para avivar sus recuerdos.

—Estás tergiversando mis palabras. Dije que supuse que querías mantenerlo en secreto. Es decir, no te preocupes, ¡no le diré a la gente que estás trabajando conmigo!

Hice una pausa, de repente estaba tan sorprendida como él. ¿Eso fue...? No, no quiso decir eso, ¿o sí? Había dicho... la manera en que lo había dicho, de todos modos, había sido... pero bueno, no me había amenazado desde entonces. Ni siquiera de forma sutil.

—*Creí* que comenzaste a tratarme mal de la nada —añadió Brougham y apoyó sus manos en su nuca y sacudió la cabeza.

—Bueno, sí, creí que me estabas amenazando.

Brougham arrastró sus dedos sobre su boca y mandíbula.

—No quise que sonara así.

Ya no sabía qué pensar. Me dolía la cabeza. De repente, no estaba segura de que mi actitud hacia él había sido merecida. Mis mejillas se ruborizaron al darme cuenta.

—Supongo que solo fue un malentendido —dije con suavidad.

Nos quedamos en silencio mientras intentaba reproducir nuestras interacciones en mi cabeza para comprender lo que había sucedido.

—Lamento haber desaparecido hoy —dije—. Supongo que estaba un poco resentida porque sí me sentí obligada y luego todo se desmoronó y... —No pude terminar la oración porque un nudo apareció en mi garganta.

—Ey, ¿qué sucede?

Su voz era sorpresivamente gentil considerando que tenía derecho a estar molesto conmigo.

Agité una mano para quitarle importancia.

—No quiero hablar de eso ahora. Solo... ha sido un día difícil. Lo lamento. —Mientras respiraba para recuperar la compostura, Brougham no apartó sus ojos de mí.

—Sí, mi día tampoco fue de los mejores. Creo que volveré a casa. Estoy cansado de este lugar.

El asunto es que no estaba segura de creerle. Si tenía razón sobre él y tenía un tipo de apego ansioso, entonces cuando se cerraba, en realidad, quería que alguien le insistiera para abrirse. Si alejaba a la gente, era porque quería que lo buscaran.

Por suerte, Oriella me enseñó exactamente qué hacer en una situación como esta. Y yo les había enseñado a *otros* qué hacer en una situación como esta.

—Honestamente —dije—, solo quiero comer comida chatarra y subirme a algunos juegos más y no preocuparme por nada durante una hora.

—Entonces hazlo.

Le eché un vistazo a Ainsley. Había perdido interés en Brougham y en mí, estaba enfrascada en su teléfono inclinada sobre un cesto de basura del otro lado del puente.

—Lo haría, pero Ainsley quiere volver a casa.

—Ah.

Brougham se meció sobre sus talones como si estuviera debatiendo algo. Luego encogió sus hombros.

—Si Ainsley quiere irse ahora, yo podría llevarte a casa más tarde.

Esbocé una sonrisa lentamente.

Cuarenta minutos después, Brougham y yo estábamos sentados uno en frente del otro en una de las cabinas del juego Pixar Pal-A-Round. En lo personal, es uno de los juegos a los que todo el mundo debe subir porque Pixar Pal-A-Round o "La rueda de Mickey" como Ainsley y yo la llamábamos de niñas, no se parecía en nada a la típica rueda de la fortuna, sino que se trataba de un juego emocionante escondido tras una fachada poco sugerente. Al menos, si elegías una de las cabinas con movimiento, y para mí eso no era negociable. Básicamente, subes con gentileza mientras observas a la gente y a las luces debajo de ti y de la nada la cabina cae unos cuantos metros y sientes que morirás y luego vuelve a mecerse utilizando la fuerza de la caída.

Parecía que Brougham no se había molestado en subirse a la rueda de Mickey antes porque la caída inesperada lo tomó por sorpresa. La primera vez que sucedió gritó como si lo hubieran empujado de un edificio. Cuando la cabina dejó de mecerse —o, por lo menos, dejó de mecerse con tanta *ferocidad*— me miró con ojos acusadores como si lo hubiera engañado.

—¿No te gusta? —pregunté entre risas.

Necesitó un momento para recuperar el aliento, presionó su espalda con fuerza contra la cabina y estiró las manos para tocar las dos paredes mientras nos mecíamos.

—Esto no es seguro, esto no es seguro, quiero bajarme.

—Es Disneyland, es seguro.

—¡*Ha muerto gente aquí*!

—Grítalo un poquito más fuerte, creo que algunos de los niños pequeños todavía no te oyeron.

—¿Es demasiado tarde para bajarnos?

—Me temo que sí, pero te acostumbrarás al movimiento, lo prometo.

Lucía desconfiado, pero el tiempo me dio la razón. Para nuestro tercer desafío contra la gravedad, Brougham solo emitía un pequeño grito por caída. Se ve que estaba lo suficientemente tranquilo para mencionar algo que quería discutir.

—Ey, ¿recuerdas que esta mañana dijiste que utilizar el silencio como un arma es abuso emocional? —preguntó—. Creo que es complicado.

Sonreí y acomodé un mechón de cabello que había caído sobre mis ojos.

—Quizás no es tan complicado.

Miraba al parque debajo de nosotros mientras hablaba.

—Pero lo es. Nunca supe quién estaba equivocado cuando se trataba de Winona y de mí. Pero a veces, de hecho, con frecuencia, sentía que se alejaba. Y hacía un *gran* esfuerzo para no desesperarme porque *sabía* que ella pensaba que era dependiente y lo último que quería era hacer que se alejara todavía más. Pero sin importar lo que hiciera, ella me hablaba cada día menos hasta ignorarme por completo durante días. Una vez fueron dos semanas. Como si no estuviera allí, ¿sabes? Luego entraba en un maldito *espiral* en el que intentaba evitar hablarle, pero me convencía de que Winona estaba a punto de terminar conmigo así que pensaba alguna buena razón para enviarle un mensaje o llamarla de manera casual y ella ignoraba *eso* y luego me culpaba a mí mismo por haberme comunicado con ella e invadido su espacio.

»Nunca sabía qué hacer. Y todos me decían, "tranquilízate, no te debe su atención cada segundo de su vida, no eres su dueño". Y yo pensaba, no estoy intentando adueñarme de nadie, lo juro, pero es solo que... ¿no es normal querer hablar con tu novia *una vez* en un período de DOS semanas?

Nuestra cabina volvió a caer y las manos de Brougham salieron disparadas hacia los costados para estabilizarse. Intenté contener mi risa por la adrenalina. Por un lado, estábamos teniendo una conversación seria, por otro, no era mi culpa que Brougham hubiera elegido un tema serio durante un juego en un parque de diversiones.

Cuando la respiración de Brougham regresó a la normalidad y el movimiento cesó, siguió como si nunca se hubiera detenido.

—Luego Winona regresaba y actuaba como si nada hubiera sucedido y solo hubiera estado ocupada. Por otro lado, me odiaba a mí mismo por ser tan demandante cuando ella solo intentaba vivir su vida. Pero luego me preguntaba cuánto se preocupaba por mí en realidad si no podía encontrar treinta segundos para responder un mensaje en las dos semanas que estuvo de vacaciones.

La última oración la dirigió a mí. Lamió sus labios y encogió los hombros. No era una pregunta, pero definitivamente parecía una invitación para un consejo.

—No suena como si lo estuviera haciendo para ser cruel —empecé—. Quiero decir, no era después de una pelea o para hacer que hagas algo, ¿no?

Algo extraño brilló en la expresión de Brougham.

—No, para nada —replicó—. Ella no estaba haciendo nada mal. Nunca quise decir eso. *Sé* que yo estaba siendo demandante, *obviamente* está bien tomarse tiempo para uno mismo. Ella no me debía...

—Bueno —interrumpí—, en realidad no. Porque, de hecho, no es poco razonable esperar una línea de comunicación con tu novia.

Por la manera en que me miró, hubieran creído que le dije que el océano estaba hecho de chocolate y que el césped era de bastones de menta.

—Quizás ella tiene derecho a estar ocupada, pero cuando estás en una relación con alguien, debes respetarlo. Debería haberte comunicado que estaba lidiando con muchas cosas. Podría haberte avisado cuando todo volviera a la normalidad. En la cultura occidental se valora *mucho* la independencia, pero no eres el malo por querer cercanía. No estabas siendo dependiente o hiriendo a nadie. Simplemente tus necesidades no estaban siendo satisfechas.

Se estaba aferrando al borde de su asiento con los nudillos blancos. Me pregunté si lo había notado.

—No es una mala persona.

—Lo sé, pero tú tampoco.

De repente, sus ojos se humedecieron y su mandíbula se tensó. Pareció que algo de lo que había dicho había tocado una fibra sensible. Me pregunté si Alexander Brougham oía eso con frecuencia. *No eres una mala persona.*

Era confuso. Parecía bizarro que el mismo chico que caminaba con un nivel irritante de seguridad y afirmaba que era un gran candidato, que era intimidante y que sabía todos los trucos para coquetear ahora fuera tan vulnerable e inseguro.

Inclinó la cabeza hacia atrás e inhaló profundamente como si estuviera intentando contener sus emociones.

—Entonces, ¿ahora qué, entrenadora?

Solo había una opción para nosotros.

—Bueno, no hay mucho que puedas hacer más que sentir la situación.

Una de sus cejas salió disparada.

—¿Sentir la situación?

—Solo déjalo salir. —Lancé las manos al aire—. Di "al diablo, esto *apesta*".

Porque, maldita sea, era verdad. Apestaba, apestaba, apestaba.

Brougham me miró fijamente.

—¿Quieres que grite "al diablo, esto apesta" en el medio de Disneyland? ¿El Lugar Más Feliz del Mundo?

Bueno, no era necesario que lo dijera de *esa* manera.

A nuestro lado, la montaña rusa Incredicoaster salió disparada y los pasajeros soltaron gritos de terror mientras enfrentaban sus miedos en el medio del Lugar Más Feliz del Mundo. Estábamos lo suficientemente alto como para que el viento huyera con nuestras palabras tan pronto salían de nuestra boca, teníamos que gritar para que nos oyeran. Por muy raro que pareciera, este era el mayor nivel de privacidad que podríamos conseguir aquí.

—Hay demasiadas personas gritando, nadie te oirá. Deja de hacer tiempo. ¡Vamos!

Brougham echó un vistazo a nuestro alrededor, debería añadir que estábamos suspendidos en el aire, y se movió en su asiento.

—Esto apesta —murmuró.

—¡*Esto apesta*! —escupí. Mi voz estaba cargada con el veneno que sentía por haber sido alejada de Brooke hoy y por haber sido reemplazada por Ray y por mi inhabilidad de arreglar mi propia vida amorosa.

—Esto apesta —repitió Brougham un poquito más fuerte esta vez.

—¡ESTO APESTA! —grité y me puse de pie para demostrar mi punto.

La cabina eligió ese momento para inclinarse, deslizarse y grité por mi vida.

—OH, POR DIOS, NO, AYUDA —grité y me aferré a las barras cerca de la puerta.

Mi cuerpo salió disparado contra mi asiento y caí con tanta fuerza que terminé desplomada de manera extraña en el banco. Estaba casi segura de que tenía un magullón en el trasero y tal vez otro en mi espalda que se había hundido en la parte trasera de la cabina.

—¡Ey!

Brougham se puso de pie con las manos extendidas y una expresión de sorpresa, pero lo alejé con las manos y me reí con tanta fuerza que me caí de mi asiento cuando la cabina se agitó violentamente de un lado a otro.

—ESTO APESTA —volví a gritar, esta vez dirigí mi grito al techo.

Brougham volvió a sentarse y me miró, luego, para mi sorpresa, esbozó una sonrisa. Y juro por Dios que fue una sonrisa real. Sentí que probablemente era la primera persona en presenciar esto. No podría haberme sorprendido más ver a mi propio hijo dar sus primeros pasos.

—*Esto apesta* —repitió con más fuerza casi gritando.

—Más fuerte.

—ESTO APESTA.

Le dio un golpe al banco en el que estaba sentado y lo aplaudí desde el suelo.

—¿Sabes qué más apesta? —pregunté.

Brougham estiró una mano y me ayudó a tomar asiento.

—¿Qué?

Mi risa se desvaneció y mi voz sonó pequeña.

—Estoy enamorada de mi mejor amiga y tiene una nueva novia.

—Espera, ¿Brooke?

Asentí.

—Mierda, Phillips, eso *sí* apesta. Estamos los dos en problemas.

—Nah, tú tienes menos problemas. —Me reí de mí misma—. Me tienes a mí y aún no hemos terminado. ¿Qué te parece si...?

—De hecho, necesito algo de tiempo para pensar.

Mi primera reacción fue sorpresa. Luego, se transformó en algo más parecido a una ofensa. ¿Qué? ¿Un solo error y me despedía? ¿No había dicho que primero tenían que ser amigos? ¿Creyó que mis servicios no eran valiosos porque no estaban besándose apasionadamente en la Rueda de Mickey en este momento?

Lo que era peor que eso, peor que él sintiéndose así, era la pequeña voz temerosa en mi cabeza que susurraba "tiene razón". Había fallado. No era como Coach Pris o como Oriella.

No podía ver mi propio rostro, pero si hubiera podido, estaba bastante segura de que estaba teñido de desesperación. Y Brougham solo necesitó echarme un vistazo para añadir de manera apresurada.

—Estoy realmente agradecido por todo lo que hiciste. Y, siendo honesto, estoy impresionado. Eres buena. Mejor de lo que esperaba.

Encogió los hombros.

—Y no estoy diciendo que renuncio, pero quizás... ¿un descanso?

Okey, eso era justo. Porque después de escuchar a Brougham hablar de su relación con Winona... Digámoslo de esta manera: si quería mi ayuda, contaba conmigo y haría mi *mejor* esfuerzo. Pero no podía decir de que estaba convencida de que fueran una combinación sana. Quizás estaba equivocada. Quizás había muchas cosas que no sabía, pero sí sabía algunas cosas.

Si Winona era como Brougham la había descrito y se alejaba y lo silenciaba cada vez que se sentía asfixiada y se cerraba emocionalmente, sin inmutarse por los pedidos de empatía y afecto, apostaría a que era del tipo evitativo. Honestamente, tenía sentido. Los evitativos y los ansiosos solían encontrarse. Quizás porque los altibajos se parecían al amor. Y quizás porque la gente ama lo que le resulta familiar y encontrar a alguien intrínsecamente equivocado para ellos, reforzaba todas las visiones negativas sobre relaciones con las que crecieron de manera cómoda: que te sofocarán y te robarán tu independencia o que se marcharán y te dejarán solo y herido.

Una persona con tipo de apego ansioso que temía ser rechazada y una persona del tipo evitativo que temía ser consumida por la cercanía se abrumarían el uno al otro constantemente a menos que ambos hicieran un gran esfuerzo en comprender sus detonantes y aprendieran mecanismos para lidiar con ellos.

En otras palabras, si Brougham deseaba que las cosas funcionaran con Winona, ambos necesitaban desprenderse de sus ideas. Y desde mi lugar, ella no parecía interesada en buscar ayuda para reavivar su romance.

Pero no era el momento o el lugar para compartirle todas estas conjeturas a Brougham. Así que solo apoyé mis codos sobre mis rodillas mientras la cabina regresaba al punto de partida.

—Bueno, si algún día decides intentarlo de nuevo, sabes en dónde encontrarme.

Diez

Querido Casillero 89,

Soy yo de nuevo. Fuiste de gran ayuda la última vez, muchas gracias por tu consejo. Me costó escribir esta carta porque, de alguna manera, siento que me conoces y que deseas lo mejor para mí. Espero que esto no cambie eso.

Tengo una confesión. ¿La chica por la que te escribí la otra vez? Ahora es mi novia (¡Sí!), pero he estado ocultándole un secreto. El año pasado estábamos compitiendo por algo (no quiero decir qué porque develará mi identidad) y deseaba tanto ganar que hice algo horrible. En pocas palabras, hice trampa para ganar. Esto fue antes de que me gustara. El problema es que se lo conté a algunos amigos esta semana (me quebré por la culpa) y no es que crea que me delatarán, pero sé que, si lo hicieran, ella nunca me perdonaría.

Supongo que lo que pregunto es... ¿Crees que debería decírselo yo misma? Tengo pánico de cómo podría reaccionar, pero me da más miedo que se entere por otra persona. Solo... por favor dime si crees que estoy cometiendo un grave error.

Gracias,
rayo_de_sol001@gmail.com

La carta que me había enfurecido estaba en casa, escondida en el cajón de mi escritorio debajo de tres libros.

En este momento, solo veía negro sentada en la cama de Brooke con los ojos cerrados y la cabeza inclinada hacia atrás mientras esperaba que mi mejor amiga terminara con mi sombra de ojos, su mano cálida descansaba sobre mi frente.

—Es hora del *cut crease*.

Había anunciado hace diez minutos y mientras tomaba su kit. Era patético, pero me emocionó oír esas palabras porque significaba que recibiría su atención por diez sólidos minutos.

Cuando me dejó volver a abrir los ojos, parpadeé y vi a Ray. Tenía un rizador en la mano y trabajaba metódicamente en su cabello. Lo peinaba en rizos marcados, pero iniciaba el rizo más arriba de dónde debería y la parte superior de su cabeza lucía desprolija. Podría haberle dado una mano, pero después de *esa* carta, no me sentía generosa. Si quería ir al evento de esta noche con un peinado de la época de la Regencia, no era mi problema.

Lucía informal y alegre. Si mi disgusto se había filtrado en mi rostro en algún momento, ni ella ni Brooke parecieron notarlo. Al menos, no habían mencionado nada.

Me pregunté cómo reaccionaría si supiera que su carta estaba en mi dormitorio. Si entonces notaría mi molestia.

Satisfecha con mi maquillaje, Brooke se concentró en Ray y mi frente se sintió fría de repente por la ausencia de su mano.

Teníamos una media hora antes de que la madre de Brooke tuviera que llevarnos a la casa de Alexei para la reunión que organizó el Club Q con otras alianzas de alumnos gais y heterosexuales de varios colegios. Por supuesto, cuando Brooke me preguntó si quería ir a su casa para prepararme con ella, sabía que Ray estaría allí. Ray parecía haberse ganado un pase VIP a todo lo que Brooke y yo hacíamos juntas y hasta apareció en *mí* casa algunas veces sin que yo la invitara de manera explícita. Desde que empezaron a salir, solo había pasado tiempo a solas con Brooke una sola vez. *Una.* Ray estaba en la escuela y después de clases, Brooke trabajaba o pasaba tiempo con ella. El fin de semana, tarea y Ray.

En general, intentaba ser optimista y convencerme de que aprendería a quererla y que debería estar alegre de que mi diada íntima con Brooke estuviera expandiéndose.

Eso no sucedería hoy. Porque ayer descubrí que Ray era una bruja, una sirena, una maldita chupacabras. Me concentré en mi respiración porque le había pedido a Dios esta tarde que me otorgara serenidad para aceptar las cosas que no podía cambiar y eso significaba respirar de manera lenta y meditativa.

En la cama de Brooke, Ray hizo un puchero en frente del espejo y extendió el rizador hacia mi amiga.

—¿Podrías hacerlo, por favooor?

Brooke puso los ojos en blanco, pero con cariño.

—Sabes que amo a una damisela en apuros —murmuró y tomó el artefacto.

Pasó sus dedos por el cabello sedoso de Ray y sacudió los rizos lenta y seductoramente de una manera que gritaba sexo.

Desvíe la mirada completamente consciente de que, si no estuviera allí, estarían besándose. Y que era probable que prefirieran estar solas. En cambio, ahora que mi maquillaje estaba listo, tomé mi atuendo y me metí en el baño para cambiarme. Otra molestia de tener a Ray en todos lados: no me sentía lo suficientemente cómoda como para cambiarme delante de ella.

En el baño, me puse mi vestido —una túnica turquesa que había comprado en lo de Jenny por sus mangas tres cuartos, Ainsley había tomado la cintura para transformarlo en estilo *skater*— y terminé de peinarme en privado para no tener que presenciar las extrañas vibras de pareja que emanaban de Brooke y Ray. Deseaba que Ainsley estuviera allí. Le había suplicado que viniera —después de todo, ella había fundado el club—. Pero había salido con sus amigos universitarios. Comentó que no podríamos superar el evento que ella había organizado el año anterior, ya que *esa* reunión tuvo un castillo inflable; honestamente me dio la sensación de que estaba más decepcionada por la superposición de planes de lo que demostraba. Por lo menos, me había prestado su coche; me aseguró que no tenía intenciones de mantenerse sobria para conducir.

Cuando finalmente regresé a la habitación, Brooke y Ray estaban besándose. Se detuvieron y se rieron con las frentes pegadas y luego volvieron a concentrarse en el cabello de Ray sin siquiera echarme un vistazo. Caminé hasta el escritorio de Brooke y tomé mi teléfono mientras Ray contaba una historia de un estudiante de último año que Brooke no parecía conocer. Después examiné la colección de perfumes de Brooke y elegí uno mientras Brooke le pedía a Ray que le hiciera prometer que no bebería tragos fuertes. Me puse a hacer garabatos en una hoja de papel mientras Ray invitaba a Brooke a una comida familiar ese fin de semana y, *por favor*, ¿no era grosero invitar a alguien a un evento a metros de alguien que *no* estaba invitado?

Intenté aplacar mi mirada fulminante y revisar mi teléfono. Se suponía que nos marcharíamos hace unos diez minutos. La mamá de Brooke seguro estaba esperándonos abajo. Me puse de pie y me estiré. Eso pareció llamar la atención de las chicas.

—¿Estamos listas para salir?

Brooke y Ray intercambiaron una mirada cargada con algo que no comprendí. Una mirada que decía algo sobre mí y no creía que fuera a gustarme.

—Ni siquiera tenemos puestos los zapatos —dijo Brooke como si estuviera sufriendo.

—Okey, está bien —repliqué y un manto incómodo cayó sobre la habitación.

—Bueno —añadió Brooke con una pequeña risa y giró hacia Ray—. Supongo que será mejor que nos pongamos los zapatos, ¿no?

Otra mirada de la que estaba excluida.

Esta noche no sería muy divertida para mí, ¿no?

Brooke se había olvidado de mí otra vez.

Finalmente tuvimos un momento para nosotras sin que Ray sujetara su brazo, abrazara su cuello o recorriera la espalda de Brooke con su mano como si fuera una araña y luego Brooke se excusó para ir al baño. Dijo que volvería en un minuto así que me quedé en mi lugar cerca de la ventana de la sala de estar de Alexei, medio oculta por las cortinas. Luego, la observé regresar del baño, menear sus caderas al ritmo de la música pop a todo volumen mientras entraba en la habitación iluminada tenuemente y encontró a Ray hablando con Jaz y una chica desconocida y se unió a su conversación.

Era de esperar, pero igual se sintió como una bofetada.

Escaneé la habitación en búsqueda de alguien con quien conversar. Ya había hablado con todos un millón de veces esta noche y me estaba cansando de entrometerme en conversaciones. Mi primer instinto fue buscar a Finn, pero había desaparecido con un pelirrojo bajito hacía unos veinte minutos.

Ray se rio de algo que dijo Brooke. Su rostro estaba encendido y suave. Lucía inocente, allí en las sombras. Como alguien que no había cometido fraude en unas elecciones que iba a perder y luego se lo ocultó a su novia incluso cuando empezaron a salir.

Qué lástima que, desde hace algunos días, me enterase de la verdad. Una lástima para Ray, para Brooke y para mí. Porque ahora sabía que Ray no era la indicada para mi amiga, lo sabía con una certeza feroz. La había lastimado, le había robado y no había hecho ni una sola cosa para enmendarlo.

Incluso en la carta no estaba segura. El único motivo por el que quería confesar era para salvar las apariencias en caso de que el secreto lo develara otra persona. No quería confesar por Brooke. Si la amara, no debería dudarlo.

Pero ¿qué podía hacer con información que no debería tener?

Despegué mis ojos de Brooke e hice girar mi vaso vacío entre mis dedos. Mi mirada divagó hasta el espacio que se había liberado en el sofá. Apunté mal y mi cadera chocó contra Hunter, el amigo de Brougham y Finn. Finn me había dicho que había venido con Hunter y Luke porque eran aliados, pero sospeché que era porque les gustaba salir de fiesta.

—Oh, lo lamento —dije.

—No pasa nada —replicó Hunter distraído mientras se movía un poco para hacer algo de espacio para mí.

Estaba inclinándose hacia adelante, sostenía su teléfono entre las rodillas mientras redactaba un mensaje. Le eché un vistazo a su pantalla, un poco pasada de copas, leí el mensaje antes de notar que estaba siendo grosera.

> Estoy en una fiesta con luke y finn, te enviaré un mensaje cuando llegue a casa.
> No puedo esperar para verte mañana.
> Estoy pensando en ti 🖤

Hunter guardó su teléfono en un bolsillo y se puso de pie para darle una palmadita en la espalda a Luke. Ni siquiera había notado que se había acercado por la falta de luz y la cantidad de gente. Debería haber por lo menos treinta personas en la habitación.

—Ey, Finn está en el jardín —dijo Luke.

No pude oír la respuesta de Hunter mientras se marchaban juntos y me dejaban sola en el sofá.

También me pregunté si él era el chico que había llamado "psicópata" a su novia. Si fue él, esperaba que Brougham no se callara ante esos comentarios si los hacía en voz alta. Pero, mirando el lado positivo, si fue él, por lo menos tenía la habilidad de aprender. Su mensaje no podría haber sido más adecuado para tranquilizar a un sistema de apego activo ni siquiera si lo hubiera escrito yo misma. La idea inyectó una corriente de calidez en mi humor amargo.

De todos modos, solo tenía energía emocional para sentarme sola y observar.

Y eso hice. Vi como Brooke y Ray comenzaban una especie de competencia para ver quién terminaba antes su trago y Jaz actuaba como referí.

Observé a Alexei circular por la habitación, conversaba con varios grupos y se aseguraba de que la sala de estar permaneciera limpia y ordenada; tenía sentido considerando que sus padres estaban arriba. Si bien eran candidatos para ganar el premio de "padres más relajados", estoy segura de que no les encantaría encontrar su casa destrozada y tampoco Alexei podría esconder la evidencia rápidamente si las cosas se salieran de control.

Vi a Finn deslizarse en la sala de estar desde el jardín trasero, mirar a su alrededor lentamente y luego avanzar de manera inestable por el pasillo. Puede que estuviera yendo al baño, pero lucía... extraño. No estaba ocupada, así que lo seguí, un poco por preocupación y otro por curiosidad. Deambuló por el pasillo delante de mí sin apuro, examinó las fotos familiares en la pared, el cielorraso y luego, sus propios pies. Se detuvo en el baño, asomó la cabeza y siguió caminando. Encontró una puerta, la empujó y entró sin cerrarla detrás de él.

Eché un vistazo y esperaba encontrar a alguien allí, pero solo estaba Finn dando vueltas a paso lento en el centro de la habitación sobre una alfombra color crema. Era en una especie de segunda sala de estar y/o estudio con un escritorio caoba, una biblioteca que llegaba hasta el techo, un sofá bordó y un sillón ubicado al lado de una mesa de café que lucía costosa.

Golpeé la puerta para anunciarme y entré.

–Ey, amigo. No estoy segura de que tengamos permitido estar en esta parte de la casa.

Finn lucía totalmente encantado de verme y extendió los brazos para abrazarme.

–¡Darcy!

Me acerqué a él y crucé los brazos con incertidumbre. Nunca nos habíamos abrazado antes. Pero mantuvo los brazos extendidos así que cedí y lo abracé.

–¿Qué tal tu noche? –pregunté.

–Oh, genial. *Increíble*, ¿la tuya?

Antes de que pudiera responder, siguió hablando y se alejó de mí, pero posicionó sus manos firmemente sobre mis hombros.

—Conocí a gente *genial*, todos aquí son *geniales*. ¡Todos mis amigos están aquí! Bueno, no todos. ¡Pero Hunter y Luke vinieron! ¿No es genial?

—Muy genial —concordé confundida y divertida en partes iguales—. ¿Por qué no vino Brougham?

Finn agitó una mano y luego la miró por un largo momento y volvió a agitarla mientras entrecerraba los ojos como si desconfiara de su extremidad.

—Tiene un encuentro de natación por la mañana. Además, no bebe alcohol.

—Su cuerpo es un templo —repliqué con ironía.

No sé por qué estaba siendo mala con él. Después de todo, no era malo. No habíamos hablado desde Disneyland, pero habíamos concluido nuestra relación de negocios en buenos términos. Y *sí* había mantenido mi secreto. Supongo que solo estaba molesta por la carta de Ray.

Finn sacudió la cabeza.

—No, no es eso. Es... ¿*qué* le pasa a mi mano?

La extendió delante de nosotros con los ojos abiertos de par en par. Parecía una mano normal.

—No sé, ¿qué le sucede?

Finn la guardó en su bolsillo trasero, luego se dejó caer con fuerza en el sofá y dejó su mano escondida debajo del peso de su cuerpo.

—Oh —dijo distraído.

—¿Finn? —pregunté confundida. ¿Cuánto había bebido?—. ¿Estás bien?

—Hice algo.

—¿Qué hiciste?

Se movió para liberar su mano atrapada y luego se inclinó lentamente hacia atrás en el sofá hasta que casi se pierde en él.

—Comí algunos dulces.

Tardé un segundo en comprender.

—Espera, ¿dulces con marihuana?

Sus cejas se arrugaron, acomodó sus gafas y se concentró en algo en la distancia. Luego parpadeó lentamente y suspiró.

—¿Perdón?

—… Pregunté si comiste dulces con marihuana.

—Ah. Sí. Hice eso.

Oh, oh. No tenía experiencia alguna con este tipo de situaciones. Recién ahora comenzaba a soportar a la gente ebria y eso involucraba demasiado vómito para mi gusto. ¿Finn vomitaría? ¿Debería llevarlo al baño?

—¿Qué? —preguntó filosamente.

—No dije nada.

—Ah. —Lucía aliviado—. Creí que había dicho "*nuggets* de pollo" y pensé "*¿qué?*".

Pero ¿por qué "*qué*"?

Decidí activar el modo enfermera. Lo que era difícil, considerando que no tenía idea qué signos preocupantes estaba buscando, pero mamá, como buena profesora, me había taladrado medidas de seguridad sobre drogas desde que me convertí en adolescente. Averiguar qué tomaron, cuándo y cuánto. Solo en caso de que alguien necesite saberlo en algún momento si llega a haber una emergencia.

—¿Eso era lo que estabas haciendo afuera? —pregunté—. ¿Comiendo dulces?

—No. ¿Cuánto tiempo crees que tarde…?

Bueno, parece que la oración terminaba ahí. Volví a insistir.

—¿Cuándo comiste los dulces?

—Antes de la fiesta.

Revisé mi teléfono. ¿Hace tres horas?

—¿Cuántas comiste?

—Dos, luego comí una más una hora después porque no...

Terminó la oración. Okey, entonces comió tres hace unas dos o tres horas. Eso no parecía demasiado. Y seguramente no estaban haciéndole efecto *ahora*, ¿tres horas después? ¿Eso significaba que había sucedido otra cosa? ¿Algo estaba mal?

No quería exagerar la situación todavía en caso de que los padres de Alexei salieran de su habitación para ver qué estaba sucediendo. Obviamente los involucraría de ser necesario, pero no quería meter a Finn en problemas por ahora. En especial porque lo único que estaba haciendo era sentarse sobre sus manos y alucinar con *nuggets* de pollo. Quiero decir, ¿quién *nunca* ha fantaseado que alguien le regalaba unos *nuggets* de pollo en algún momento de nuestras vidas?

Le envié un mensaje a Brooke pidiéndole que venga al estudio, sola, y puse una mano en el hombro de Finn.

—¿Estás bien? ¿Te sientes mal?

Se concentró mucho en su respuesta. Era bueno saber que sus respuestas eran bien pensadas.

—Siento... como si mi garganta se hubiera convertido en un témpano. Mi garganta es... hielo.

Finn se quitó las gafas lenta y metódicamente y las escondió debajo del sofá.

En ese momento, Dios me envió un ángel en forma de Brooke Nguyen. Le hice señas para que entrara mientras recuperaba las gafas de Finn de su escondite.

—¿Qué está sucediendo aquí? —preguntó.

Le eché un vistazo a Finn.

—Mi rostro se está desmoronando —informó solemnemente.

—Comió tres dulces de marihuana.

Brooke se quedó sin aire.

—¿*Tres*? ¡Debías comer *uno!* O, medio, en realidad. No regulan la dosis correctamente, es muy sencillo comer de más.

—Pero dijo que los comió hace tres horas —intervine—. ¿Estamos seguras de que es eso?

—Sí, Darc, sientes el efecto una vez que los digieres y eso lleva tiempo.

Ah, ahora que lo explicaba, tenía sentido.

Por un lado, Brooke no lucía alarmada. Quizás un poquito preocupada, pero había suficiente humor en su preocupación por lo que no sentí necesidad de llamar a los padres de Alexei o al 911.

—Brooke —dijo Finn con cierta urgencia en su voz—. Brooke, Brooke, Brooke, Brooke.

—¿Sí, Finn?

—Lo descubrí. ¡Me morí hace media hora! ¡Estoy *muerto*! Esa es la respuesta.

—Ay, Dios.

Brooke me miró de reojo.

—¿Es malo? —pregunté—. ¿Puede morirse?

—Nah, los comestibles con droga solo te matan si haces algo estúpido mientras estás drogado y *eso* te mata —dijo Brooke—. Estará bien si lo cuidamos. Podría ponerse un poco verde si empeora.

Eso sonaba preocupante.

—¿Qué significa?

—Vómitos, sudor y todas esas cosas divertidas.

—No siento náuseas —dijo Finn—. Es solo eso... La existencia misma es... la existencia es una aspiradora de lúgubre desesperación.

Se tocó el mentón con dedos inseguros como si casi esperara que hubiera desaparecido.

Brooke se subió al sofá, intentó contener la risa y falló.

—Oh, pobre conejito —dijo mientras envolvía a Finn con sus brazos.

¿Cómo cuidaríamos de él hasta que se le pasara el efecto? ¿Y si huía y bailaba en la carretera o caminaba sobre un barandal al lado de un canal? De repente me golpeó el horror de ser responsable por otro ser humano con la memoria de un mosquito, el poder de pensamiento crítico de un niño de tres años y la fuerza y la velocidad de un chico de diecisiete.

Bueno, ¿en quién podíamos confiar para que lo cuidara hasta que recupere la sobriedad? Hunter y Luke estaban abajo, seguro, pero definitivamente habían bebido y ahora que lo pensaba, de seguro habían comido dulces con él. ¿Podíamos hacer que el Club Q compartiera la responsabilidad? Nop, eso sería peor, todos asumirían que alguien sabe en dónde está si llegara a desaparecer.

¿Podríamos... encerrarlo aquí con algo de comida y agua y cruzar los dedos?

Luego, de repente, me di cuenta de que la mejor opción era obvia.

—Ey, Finn. Llamaré a Brougham para que venga a buscarte, ¿sí?

—Ay, *Brougham*. —Finn exhaló y acarició la mejilla de Brooke mientras hablaba—. *Amo* a Brougham.

—¿Por qué tienes su número? —indagó Brooke mientas Finn la acariciaba.

Pero ya había iniciado la llamada así que alcé un dedo como excusa para evitar la pregunta.

Cuando Brougham respondió con un "hola, ¿Phillips?" sorprendido, mi primer pensamiento fue cuán extraño era oír su voz otra vez actuando como si no nos conociéramos.

—Hola, mmm, no te asustes, pero pasó algo con Finn.

La respuesta de Brougham fue rápida y tensa.

—¿Está bien?

—No lo sé. Al parecer alguien le dio dulces con marihuana y se confundieron con la dosis o algo... está fuera de sí. Yo también estuve bebiendo así que no lo puedo llevar a casa y...

—Sí, sí, voy para allá. ¿Siguen en lo de Alexei?

—Sí, ¿sabes dónde vive?

—Yo los llevé. Tardaré unos diez minutos como máximo. ¿Puedes mantenerlo a salvo hasta entonces?

Le eché un vistazo a Finn, había dejado de acariciar a Brooke y caminaba hacia mí, comenzó a trepar por una de las estanterías como si fuera una escalera. Sujeté su brazo y lo mantuve en su lugar, miró mi mano confundido como si estuviera sujetando a la nada y no debiera estar allí.

—No puedo garantizar nada, pero haré mi mejor esfuerzo.

—Espera, no fui lo suficientemente claro. Mantenlo *a salvo*, sin peros.

—Entonces será mejor que llegues rápido —le dije.

Brougham comenzó a replicar, pero terminé la llamada y guardé el teléfono en mi bolsillo para poder usar las dos manos para bajar a Finn.

Diez minutos.

Solo teníamos que mantenerlo a salvo por diez minutos.

Con un suspiro, Finn caminó con gran determinación hasta el centro de la habitación, se detuvo en el medio de la alfombra y se acostó boca abajo con los brazos a sus costados. Brooke y yo nos miramos.

—¿Crees que sus amigos están así de mal? —pregunté.

—Estaban bien cuando los vi. Le enviaré un mensaje a Ray para que les eche un vistazo. Y, emm, ¿por qué tienes el teléfono de Brougham?

Maldición, así que no había evadido la pregunta después de todo. Decidí responder con una media verdad.

–Usa la piscina para entrenar después de clases y hemos hablado un par de veces mientras espero a que mamá termine.

–Ah, qué extraño –dijo Brooke, pero no lucía particularmente perturbada–. Nunca lo mencionaste.

–Nunca surgió.

–Brougham es el mejor amigo del mundo –añadió Finn desde el suelo–. Ustedes ni siquiera... saben. Ni siquiera lo *conocen*.

–Al parecer, Darcy sí lo conoce.

Finn alzó la cabeza y por la tensión en su cuello, parecía que pesaba unas diez toneladas. Sacudió la cabeza con una expresión seria y con los ojos cerrados.

–Nop, nop.

–Tienes razón –añadí con una sonrisa.

–Yo creo que, de hecho, *Darcy* es la Mejor Amiga del Mundo –dijo Brooke.

De repente me di cuenta de cuánto deseaba que dijera algo tan cariñoso como eso últimamente. Sentía que podría perdonarla por abandonarme mil veces, mientras supiera que seguía siendo su mejor amiga. Que todavía era importante para ella.

Mi teléfono vibró.

–Llegó Brougham –anuncié.

Estaba un poquito decepcionada de que hubiera llegado tan rápido. Estaba disfrutando el tiempo de calidad con Brooke. Porque, sí, en comparación con nuestra amistad estos últimos días, unirnos para cuidar a Finn era prácticamente una escapada de fin de semana para nosotras.

–Apresúrate –dijo Brooke–. Yo... *Finn Park, no lamas la alfombra*, oh, por *Dios*.

Me apresuré.

Once

Querido Casillero 89,

Yo (chica, 17 años) terminé con mi novio (chico, 17 años) hace un mes y desde entonces ha estado dando vueltas a mi alrededor. Le da "me gusta" a todo lo que publico en Instagram, ve todas mis historias, abre cada uno de mis Snapchat, etc. Además, él fue quien prefirió que no fuéramos amigos. Creo que, si ya no somos parte de la vida del otro, entonces no lo somos y ya. No quiero bloquearlo ni nada porque terminamos en buenos términos (dijo que ya no sentía lo mismo 🙁) y no me *molesta* que siga apareciendo. Pero me pregunto qué significa. ¿Debería hablarle y preguntarle por qué mira mis redes? ¿O debería intentar iniciar una conversación? ¿Crees que quiere volver conmigo, pero tiene demasiado miedo de preguntar?

HadleyRohan_9@gmail.com

Casillero 89 <casillero89@gmail.com> 7:53 p.mp (hace 0 minutos)
Para: Hadley Rohan

¡Hola Hadley!

Decir que "da vueltas a tu alrededor" es una gran descripción. Se mantiene en tu órbita y eso también es un signo de que estás en la suya. Si bien no puedo decir si eso necesariamente significa que quiere que vuelvan o que todavía tiene sentimientos por ti, puedo decirte con seguridad de que sigues en su radar. Es consciente de lo que haces y nota tu presencia. Esta observación podría ser incorrecta si él es del tipo de persona que ve todas las historias y publicaciones que aparecen en su inicio. ¡Tú sabes esa respuesta mejor que yo!

Sin embargo, no te recomiendo que intentes hablar con él. Si él terminó contigo y no se ha esforzado por volver a entablar un contacto entonces significa que, por algún motivo, no quiere conversar contigo ahora. No solo eso, pero ¿y si *quiere* regresar contigo? Tienes todo el derecho de volver a ser cortejada con fervor, después de todo, él terminó la relación. No cargues con el peso emocional del arreglar lo que él rompió, en especial porque la ruptura no parece haber sido culpa de ninguno. Si te habla, te recomiendo que seas agradable, pero no apresures tus conclusiones. Mereces tomarte tu tiempo para decidir si tu corazón está listo para volver a intentarlo y preguntarle qué cambió y cómo se supone que sepas que no volverá a cambiar de opinión en un mes.

Brougham me vio instantáneamente y se abrió paso entre la multitud hacia mí dando zancadas.

Por su apariencia, lo había llamado cuando se estaba preparando para dormir. En primer lugar, olía a damascos, como si acabara de salir de la ducha y su cabello estaba despeinado y salía disparado en ángulos extraños. En lugar de su estilo de siempre, tenía unos pantalones deportivos y una camiseta sin mangas blanca que exhibía sus brazos. Lucía, de una manera extraña, dulce. Casi apto para acurrucarse.

Hasta qué habló en tono cortante y directo.

—¿En dónde está?

—Al final del pasillo, vamos.

Se pegó a mi lado mientras bordeábamos la sala de estar y esquivábamos pequeños grupos de personas charlando y bebiendo; nos guiábamos con el suave brillo azul que emanaba del televisor.

—Gracias por venir —dije—. Sé que tienes un encuentro de natación a la mañana, pero...

—Ey.

Me interrumpió, sujetó mi brazo. Me detuve y lo enfrenté, dio un paso hacia mí completamente serio.

—Es Finn. Si algo le sucediera y me enterara que no me llamaste, te odiaría hasta tu muerte y luego iría a tu funeral y le diría a todos cuánto apestabas. ¿Y si muero primero? Te atormentaría hasta que desearas haber muerto antes.

Liberé mi brazo de su agarre. Cuánta gratitud.

—Si siquiera te *acercas* a mi funeral, juro por Dios que conocerás el *verdadero* significado de la palabra "atormentar".

Encogió los hombros.

—No te preocupes, hemos evitado ese desastre porque tuviste el buen sentido de llamarme cuando lo hiciste. ¿No estás contenta?

—Eufórica.

Ray y Brooke se separaron de golpe cuando abrí la puerta. Porque por supuesto que Ray había salido disparada para reemplazarme en el momento que abandoné la habitación. No quería saber así que no pensé en eso, no pensé en que estaban *besándose* mientras su amigo estaba descompuesto y necesitaba ayuda, acostado en el suelo a tan solo unos metros de ella, posiblemente lamiendo la alfombra sin ninguna intervención. No pensé en cuán penoso era y en que Brooke nunca hubiera hecho una cosa así antes de Ray y en cómo Ray empeoraba todo y a todos porque era una mentirosa, egoísta y le hacía cosas crueles a las personas que supuestamente quería.

No pensé en eso para nada.

Mi autocontrol realmente había mejorado, estaba tan orgullosa de mí misma.

—Eres un estúpido —dijo Brougham con cariño.

Se agachó delante de Finn para estar a la misma altura.

—Quiero que se detenga. ¿Puedes hacer que se detenga?

—Debes esperar que pase el efecto, amigo.

Brougham pasó sus manos por debajo de los brazos de Finn y lo puso de pie sin complicaciones.

—¿Puedes caminar? ¿Estás bien?

Finn estaba parado sin mayores problemas, pero Brougham lo sujetó por los brazos de todos modos.

—Muy bien, vamos, vicioso. Puedes dormir en casa esta noche.

Brooke, Ray y yo los seguimos, Brooke se reía en silencio mientras Brougham guiaba a un Finn muy desequilibrado por el pasillo hasta la sala de estar.

—Dale *mucha* agua, Brougham —dijo entre risas intentando aclararse la garganta para sonar seria.

—Alguien podría buscar a Hunter y Luke —ordenó Brougham—. No pude encontrarlos cuando llegué.

Ray asintió y giró en su lugar. Supuse que tenía sentido que ella fuera a buscarlos. Después de todo, estaban en el mismo año.

Por fin se había marchado. Puede que no tuviera otra oportunidad para hablar con Brooke en persona sin ella revoloteando a nuestro alrededor. Era ahora o nunca.

—Ey —le dije a Brooke—. ¿Podemos ir al jardín o a algún lugar por un segundo?

Una ráfaga de cautela brilló en su rostro, pero accedió. Brougham parecía tener la situación de Finn bajo control así que nos excusamos. Cuando miré sobre mi hombro —solo para asegurarme de que Finn no hubiera muerto en los últimos dos segundos—, noté que Brougham nos observaba mientras nos retirábamos.

Me miró a los ojos.

—Gracias —dijo sin emitir sonido.

Fue un momento de amabilidad poco característico acompañado de su mirada intensa, la misma que había visto en su casa esa tarde. La que hacía que sus ojos parecieran más azules. Ahora me sentía doblemente mal por haberlo atacado antes.

En el jardín de la casa de Alexei, la música apenas era un latido amortiguado. Brooke y yo nos sentamos en unas sillas de hierro ornamentado a cada lado de una mesa. Tiras de luces titilantes envolvían la cerca del jardín.

Luché contra la tentación de evitar tener una conversación incómoda y proponer una sesión de fotos para Instagram y divertirnos para no arriesgarme a alejarla de mí.

—¿Qué sucede? —preguntó y bueno, este era el momento.

—Te extraño.

Esbozó una sonrisa.

—¿A qué te refieres? Estoy justo aquí.

—Sé que ahora estás aquí, pero, por favor. ¿Cuándo fue la última vez que pasamos tiempo juntas, Brooke?

—¡Hoy nos preparamos para la fiesta juntas!

—*Solas.*

Me miró de una manera que decía: ¿Hablas en serio?

—Vamos, no lo sé. ¿El otro día cuando fui a tu casa y ayudé a Ainsley a hacerle el dobladillo a ese vestido?

–Eso fue *hace semanas*.

Suspiró por mi respuesta y mi pecho sintió una presión mientras me empequeñecía en mi lugar. Nunca había reaccionado así *conmigo*, ¿para reírse de otra persona? Quizás, pero ¿esto? Era desdén dirigido directamente hacia mí sin siquiera acompañarlo de una suave sonrisa.

–He estado ocupada, lo *lamento*.

–No has estado demasiado ocupada para ver a Ray.

–Es mi novia.

–¿Y? ¡Yo soy tu *mejor amiga*! ¿Por qué es importante hacer lugar en tu agenda para Ray y no para mí?

En mi interior, estalló un grito de aliento.

–No es que te esté evitando o algo así. Es difícil que no se lleven bien, ¿sabes? Si pudiera invitarte a pasar tiempo con nosotras esto no sería un problema.

–¿Entonces es mi culpa?

–*No*, solo digo... ¿no podrías intentar ser su amiga? Entonces no tendría que elegir entre ustedes.

–No es que te haya resultado un problema últimamente –dije.

–Eso no es verdad.

–Bueno, no sé qué quieres de mí –repliqué de mala manera–. No intento no ser su amiga. No soy grosera ni nada por el estilo.

–Pero me doy cuenta. Deberías ver tu rostro cada vez que estás cerca de ella. Es como si la fulminaras con la mirada todo el tiempo y ella no te ha hecho nada, Darc. La hace sentir incómoda.

Imaginé a Brooke y Ray acurrucadas en el sofá mientras Ray hablaba mal de mí y le decía cuán cruel era con ella, cuán *desagradable* y Brooke concordaba con ella. Ambas decían cuán horrible era tenerme cerca. Como si fuera un chiste en el que solo yo no estaba incluida.

No tenía idea de que Brooke sentía eso.

Y, ¿por qué? ¿Porque no saltaba de alegría cada vez que Ray aparecía para entrometerse entre Brooke y yo? ¿En serio?

Tragué el nudo que se estaba formando en mi garganta y hablé con voz temblorosa.

—No es sobre lo que me haya hecho a mí. Me siento rara respecto a ella porque siempre fue desagradable *contigo*.

—Eso fue en el pasado —afirmó con voz seria—. Valoro que me cuides la espalda, pero debes confiar en mi juicio. Si creo que cambió, cambió. Necesito que me apoyes.

—No me encanta la idea de apoyarte incuestionablemente si no me gusta la situación en la que te encuentras —repliqué.

—No lo hagas con dudas entonces. Hazlo con lógica. ¿Cuándo fue la última vez que viste a Ray tratarme de otra manera que no sea amorosa?

Mordí mi labio un poquito demasiado fuerte. Brooke interpretó mi silencio como una respuesta negativa.

—¿Ves? Es dulce, Darc. Es divertida, comprensiva y alentadora. Nunca haría nada para lastimarme, nunca, y es ridículo que sigas dudando de ella.

Crucé mis brazos y mis piernas y fruncí el ceño. ¿Cómo habíamos iniciado esta conversación conmigo suplicando recuperar a mi mejor amiga y ahora estábamos discutiendo el equipo Brooke y Ray contra la malvada Darcy? Como si yo fuera la única responsable de que la situación fuera extraña... Ray me había lanzado *numerosas* miradas cuando *yo* entré en la habitación. Entonces, ¿por qué era la única culpable?

¿Y eso de que era "dulce" y "alentadora" y que "nunca haría nada para herir a Brooke"?

Ja. *Ja.*

—Ves todo color de rosa —dije tercamente— y no puedes ver que estás conformándote con poco.

Quise decir que merecía a alguien mejor, pero de alguna manera esas palabras salieron de mi boca. Antes de poder retroceder, Brooke estudió mi rostro de arriba abajo.

—En serio, ¿*cuál* es tu problema con ella? Te conozco, Darc, y mi amiga no es una persona desagradable que hace sentir mal a los demás. Es como si no te conociera.

¿Qué?

—*Guau* —grité—. ¿Soy una persona desagradable porque no estoy locamente enamorada de Ray como tú? No pensar lo *mismo* que tú, no me hace *malvada*. ¿Todavía te agrado?

—Bueno, no lo sé... —comenzó Brooke, pero se detuvo al instante cuando vio que me marchitaba—. No quise decir eso. Por supuesto que me agradas, *te quiero*. Pero estoy enojada contigo en este momento.

Mi risa fue fría y dura.

—Todo porque soy la perra horrible que a veces mira a Ray de manera extraña y ella es una montaña de alegría y dulzura que nunca hizo nada para lastimar a nadie y necesita desesperadamente que la defiendas.

—Sí, acabas de resumirlo.

—*No* soy la única mala persona en esta situación, Brooke.

—Y sigo esperando escuchar una buena razón para creerlo.

—Tal vez deberías confiar en mí y en mi criterio.

—¿Confiar en ti? ¿Solo confiar en que tienes un buen motivo para tratar a mi novia como si fuera una paria? No, nop, no funciona así. O *no* tienes un motivo y debes crecer y superarlo o sabes algo y no me lo estás diciendo.

Me mordí la lengua con tanta fuerza que me estremecí.

—*No* tienes un motivo —dijo en voz baja con desdén en su tono.

No pude evitarlo, me estaba mirando como si fuera

insignificante y no era justo, no había hecho *nada*, fue Ray la que había hecho algo incorrecto y no era *justo*.

—Sí tengo.

—¿Tienes un buen motivo?

—Sí.

—Entonces, ¿qué?

Vacilé porque no podía, no debía, era una mala idea, pero Brooke sacudió la cabeza y lanzó las manos al aire.

—Lo sabía.

—No puedo decirte.

—Oh, *eso* es tan conveniente. Bueno, ¿adivina qué, Darcy?, si hay *algo* que debería saber, es que se estás siendo una pésima amiga.

¿Cómo había cavado esta tumba? Ni siquiera quise hacerlo. Yo solo… solo no quería que volviera a mirarme de esa manera.

—Prometí no decir nada y, ¿sabes qué? Está bien, es algo que pasó hace mucho tiempo, ya no afecta nada, y…

Brooke se puso de pie y giró para marcharse.

Mi mano salió disparada por voluntad propia.

—Espera, espera… Brooke, manipuló las elecciones.

Las palabras salieron al mundo exterior y no podía volver a tragarlas.

Brooke se congeló en su lugar, giró sobre sus talones, su rostro no mostraba emociones.

—¿Qué?

—Se suponía que tú deberías haber ganado. Manipuló el resultado.

Brooke procesó mis palabras. Frunció los labios. Estaba re-accionando tan bien que me pregunté si ya lo sabía. Quizás los miedos de Ray estaban fundados y ya se había enterado por la cadena de rumores. Quizás realmente no le importaba. El pasado había quedado atrás.

—¿Cómo te enteraste? —preguntó.

Bueno, era una historia graciosa que no tenía intenciones de compartir.

—Algunas personas estaban hablando de eso ayer —dije—. Puede que solo sea un rumor…

—Pero no crees que solo sea un rumor, ¿no? ¿Y te enteraste ayer?

—Sí. No quería ocultártelo, pero quería esperar para ver si ella te lo decía.

—Bueno… —replicó Brooke, pero no terminó la oración.

De repente, se puso de pie y prácticamente trotó hacia la casa. Me paré de un salto y la seguí. Cruzamos la puerta, la sala de estar. Pasamos por delante de Callum y Alexei hacia el arco de la cocina. Hacia Jaz. Hacia Ray.

Todo dentro de mí estaba revuelto y enloqueciendo y mi cerebro trabajaba para encontrar una manera de eliminar todo esto.

Pero era demasiado tarde para eso, ¿no?

—Hola —dijo Brooke sobre la música en un tono que gritaba "mierda, esto está por estallar, retrocede"—. Escuché una historia muy *interesante*. Aparentemente, se suponía que ganaría la elección del consejo estudiantil hasta que tú interviniste.

Raina empalideció. Solo miró fijo a Brooke, como si no la hubiera oído. Lucía igual de sorprendida que Brooke hace unos instantes.

Ahora mi amiga giró hacia Jaz.

—Y no solo *eso*, aparentemente, también soy la última en enterarse. ¿*Tú* lo sabías?

Jaz miró a Ray sin poder hacer nada. Ray no reaccionó —o quizás no podía hacerlo—, así que Jaz asintió tímidamente pidiendo disculpas.

Brooke se rio de manera salvaje e histérica y se dobló en dos. Luego apuñaló con un dedo el pecho de Ray.

—¿Qué hiciste? ¿Robaste las boletas? Increíble. *Púdrete.*

Ray comenzó a recuperarse, pero no demasiado.

—Yo... yo quería... puedo solucionar esto.

—Esto —replicó Brooke con voz aguda—, ¡no puede solucionarse! *Gané* ese puesto. Lo necesitaba para la universidad y me lo robaste. Y *mentiste* al respecto.

Ray me miró, estudió mi rostro en búsqueda de... ¿de qué? ¿Triunfo? ¿Risas? Pero no estaba disfrutando esto, no era satisfactorio, sentía náuseas.

Jaz apoyó una mano sobre el brazo de Ray para consolarla y Ray se cubrió la boca con una mano.

—Brooke, yo...

—Nos vamos —me ordenó Brooke.

Nosotras.

De repente, no estaba enojada conmigo.

Apenas tuve tiempo de procesarlo antes de que sujetara mi muñeca y me guiara por la sala de estar. Casi todos se habían detenido para observarnos. Nos miraban a Brooke y a mí y luego a Ray y Jaz. Formaban teorías en sus cabezas, qué podría estar *sucediendo.*

Alguien bajó la música.

Luego salimos de la casa. Brooke se detuvo. La imité.

Estalló en lágrimas, sujetó mi muñeca con las dos manos como si me necesitara para mantenerse erguida. Así que la sujeté y la ayudé a no desmoronarse.

Doce

Querido Casillero 89,

No quiero tener sexo con mi novio.

Lo hemos hecho un par de veces y di mi consentimiento así que no te preocupes por eso, pero lo hice porque sentía que eso es lo que las personas deberían hacer en las relaciones y no porque quisiera hacerlo. Mis amigos me dicen que cambiaría de opinión una vez que lo hiciera, pero no fue así. Luego dijeron que no me gustó porque a veces duele en la primera vez y que comenzaría a sentirme mejor. Pero no me dolió, simplemente no me gustó. Estoy bastante segura de que debería sentirse diferente a eso. Y no es culpa de mi novio, definitivamente lo adoro y me siento atraída por él. ¡Esa es la parte confusa! Creo que es el chico más hermoso que he visto, amo mirarlo y acurrucarme con él y estar cerca de él es mi actividad preferida en el mundo. Y siempre he querido un novio, he sido una romántica empedernida por años. Consumo novelas de romances como si fueran oxígeno, etc., etc., así que sé que no soy asexual. ¡No sé qué me sucede! Supongo que mi pregunta es ¿qué crees que esté fallado en mí? Y, ¿es justo pedirle a mi novio que suspendamos el sexo mientras descifro qué está pasándome? ¿Y si tardo mucho tiempo en averiguarlo?

EricaRodriguez@hotmail.com

Casillero 89 casillero89@gmail.com 6:12 p.m. (hace 0 minutos)
Para: Erica
¡Hola, Erica!

Quiero ser clara. Nada está fallado en ti y es totalmente aceptable decirle a tu novio que no quieres seguir teniendo sexo. No necesitas un motivo para negarte a tener relaciones. No hay un tiempo límite después del cual haya pasado "mucho tiempo" y debas volver a tener sexo. La respuesta, para ti, podría ser "nunca" y eso está bien. Deberías hacerlo *solo* si deseas hacerlo con alguien y no porque temas que terminen contigo, por culpa o presión.

Te recomiendo que intentes tener una conversación abierta con tu novio sobre cómo te sientes y por qué prefieres "suspender" la intimidad como dijiste. Para algunas personas, el sexo es una parte importante de una relación. Para otros, no es para nada crucial (¡o deseado!). Todos son diferentes y darle una oportunidad a tu novio de expresar lo que él quiere y de comprender cómo te sientes, te ayudará a tomar una decisión informada cuando analices si su relación es compatible con ambos.

Una vez más quiero resaltar que, por favor, no actúes impulsada por el pánico o por culpa. Deberías tomar esta decisión para ti basándote en lo que quieres o necesitas. La decisión es solamente tuya. Algunas personas no quieren tener sexo. Otras son indiferentes. Algunos eligen hacerlo por determinados motivos como concebir una vida. Algunos eligen no tener sexo por ningún motivo. Todos tienen razón y sus deseos son válidos. La clave es que debe ser tu decisión y debe basarse en lo que deseas y punto.

También, quería detenerme que en tu carta dices que no puedes ser asexual porque sientes cariño romántico por tu novio. Hay una diferencia entre ser asexual y ser arromántico. Ser asexual se refiere a la atracción sexual (y no necesariamente se correlaciona con si te gusta el sexo o no: algunas personas asexuales disfrutan tener sexo) y ser arromántico se relaciona con la atracción romántica. De hecho, hay muchas experiencias e identidades distintas y te aliento a que investigues un poco más. De todos modos, te diré que se puede ser asexual y sentir atracción romántica. Puedes ser arromántico y sentir atracción sexual (y te puede gustar el romance sin sentir atracción romántica). La atracción romántica que pareces sentir por tu novio no es lo mismo que sentirte atraída sexualmente por él. ¿Alguna vez fuiste a una de las reuniones del Club Q? Se reúnen los jueves durante el almuerzo en el salón F-47. Es un espacio seguro si tienes preguntas o si tienes dudas sobre sexualidad y género. Es un espacio libre de prejuicios y quizás conozcas a alguien que vivió algo similar a tu situación actual.

¡Buena suerte!
Casillero 89

—La lluvia es apropiada —dijo Brooke.

Estaba sentada en el sofá, vestía un suéter negro gigante que su hermano mayor, Mark, dejó en casa cuando se fue a la universidad. Su cabello conservaba sus rizos prolijos y sus rodillas estaban acomodadas debajo del suéter así que solo se asomaban sus pantorrillas y medias. Sus ojos estaban hinchados por haber llorado toda la noche, pero había encontrado la energía para quitarse el maquillaje y realizar su rutina de cuidado de piel antes de irse a dormir y al despertarse. Brooke hacía su duelo como una modelo de Instagram.

El clima había imitado su humor, pero se había perdido la parte en la que se suponía que debía estar miserable, pero de manera estética. En cambio, fue de cero a cien, el viento estampaba las hojas de los árboles empapadas contra la ventana, la lluvia caía contra el suelo reseco y desbordaba los drenajes que no estaban diseñados para este clima. El termómetro marcaba una temperatura demasiado inferior a la que un día de febrero en California debería ser.

—Creería que es culpa del calentamiento global —repliqué mientras trabajaba en mis rizos enredados con un peine.

Brooke se transformó en una bola todavía más pequeña.

—Es conveniente.

—Bueno, creo que es la *primera vez* que escucho que alguien habla bien del calentamiento global.

—Sí, bueno, todos merecen escuchar algún cumplido cada tanto. Incluso el calentamiento global.

—Y ahora dices sinsentidos.

Encogió un hombro.

—Como sea, ¿a quién le importa?

Dejé caer mi peine y me puse de rodillas para sentarme frente a ella. Toqué su pantorrilla gentilmente con un dedo.

—¿Estás bien, amiga?

Exhaló un suspiro.

—No me molesta que me haya saboteado. Quiero decir, *sí*, pero no es solo eso. Merecía ser la líder del consejo estudiantil. Me lo gané. Y me lo *ocultó*. ¿Qué dice eso de ella?

Hemos hablado de esto sin parar toda la noche, desde el momento en que la mamá de Brooke se despidió (cuando nos fue a buscar, no discutimos mucho el asunto en el coche porque Brooke no quería que supiera los detalles todavía). Después de debatir, analizar, hablar mal de ella y racionalizar su comportamiento, llegamos a la conclusión de que *definitivamente* era imperdonable. Y no había nada que pudiera decir que ya no se hubiera dicho. Y cada vez que volvíamos a analizar la situación, se me revolvía el estómago.

Esperaba que mis mejillas no estuvieran tan rojas como creía.

Ray quería decirle a Brooke, me recordé a mí misma. Un hecho que había olvidado convenientemente cuando estalló todo anoche.

Cierto, pero ¿hubiera dicho la verdad en la escuela? Volví a pensar. *La carta no decía nada sobre eso.*

Bueno, de todos modos. Ahora no importaba. Aunque no esperaba que Brooke terminara con Ray por ello. O... ¿eso deseaba?

Ya no sabía. Últimamente, me había hecho experta en mentirme a mí misma.

—¿Y sabes qué? Si es del tipo de persona que se siente *tan* amenazada por alguien, no hubiéramos funcionado a largo plazo —siguió Brooke—. Siempre hubiera tenido que limitarme para que no se sintiera celosa y no quiero limitaciones.

Ahora asentí con más vigor. Ese era una línea de pensamiento mucho mejor porque no venía acompañada de la voz molesta que decía "sabes algo que Brooke ignora". Tal vez Ray *sí* planeaba contarle la verdad, pero eso ciertamente no cambiaba el hecho de que era el tipo de persona que sabotearía a alguien para lograr sus objetivos.

—Nunca deberías tener limitaciones. No es tu naturaleza.

Brooke esbozó una sonrisa triste.

—Te quiero, ¿lo sabes?

Devolví el gesto, pero se sintió tenso, como unos jeans que no quieren cerrarse.

—Sí, lo sé.

—Entonces —dijo con una voz deliberadamente animada—. ¿Cuándo es seguro que vuelvas a conducir?

—Debo llegar a tener menos de 0,1. —Tomé mi teléfono para hacer los cálculos—. Técnicamente, es probable que pudiera hacerlo desde esta mañana, pero me da miedo. Quiero decir, las chicas tienen un metabolismo mucho más lento y cambia dependiendo de tu peso y tu cuerpo y no sé si mi hígado es tan *bueno* en esto todavía...

—Lo sé, lo sé —dijo Brooke—. Es decir, seguro podrías conducir, pero si te detuviera un policía, tendrías un ataque de pánico.

—*Sí,* ¡exactamente! Una vez me dijeron que no deberías conducir durante todo el día si la noche anterior te embriagaste.

—Pero no sé si estabas *tan* ebria.

—Me sentí ebria durante una media hora.

—¿Qué significa "ebria"? —se quejó Brooke— ¡Es *tan* vago!

—*Tan* vago. Es como si *quisieran* que falláramos.

—Solo come algo de pan. —Sonrió con picardía. Sabía perfectamente que el pan no hacía nada para la resaca—. Vamos, ya almorzaste, son casi las tres de la tarde, dejaste de beber a qué hora, ¿media noche? Creo que estás bien.

—Sé que seguramente lo estoy —murmuré—. Solo desearía que los vehículos tuvieran alcoholímetros incorporados.

Comencé a recoger mis cosas e hice una pausa para mirar a Brooke.

—Ey... ¿Estarás bien?

Se acurrucó todavía más en su suéter.

—Sí, gracias por preguntar. Pero definitivamente explotaré tu teléfono con mensajes tristes durante todo el día.

—Los espero con ansias.

Entonces, debajo del límite legal permitido o no —y esperaba que fuera la primera opción—, me subí al coche de Ainsley, chequeé dos veces mi visión y equilibrio y puse el motor en marcha. Un minuto después, ya sentía la seguridad de que mis reflejos se encontraban en su nivel habitual. Eso, y el hecho de que la calculadora predijo que el alcohol en mi sangre debería haber llegado a cero en algún momento del amanecer, hizo que me relajara un poco. Aunque la próxima vez, quizás solo le pediría a Ainsley o a mamá que vinieran a buscarme para evitarme el dolor de cabeza.

Era raro que pasara tiempo en lo de Brooke; en general, ella solía visitarme a mí. Era tan poco frecuente que había olvidado que el camino de su casa a la mía pasaba por la mansión de Brougham. No fue hasta que llegué a su calle mientras intentaba descifrar de dónde conocía todas esas construcciones elegantes que comprendí en dónde estaba.

Cuando pasé por delante de la mansión de Brougham, disminuí la velocidad instintivamente para volver a admirarla. Sin embargo, lo primero que noté no fue su estilo sino a la figura sentada en el porche inclinada contra una de las columnas con las piernas contra el pecho: Brougham.

Ahora bien, él y yo no nos habíamos visto mucho últimamente y el breve intercambio de anoche no contaba como un encuentro. Sin mencionar que la noche de la Rueda de Mickey fue la primera vez que pasábamos tiempo juntos sin discutir y, probablemente solo había sido una casualidad. En conclusión, detenerme para preguntarle cómo estaba seguramente era súper extraño y definitivamente no debería hacerlo.

Pero, siendo honesta, solo... no podía justificar pasar junto a él sin detenerme para asegurarme de que todo estuviera bien.

Cuando era pequeña, era del tipo de niña que pasaba horas sacando bichitos de la piscina para que no se ahogaran y que iba de puerta en puerta si encontraba un perro perdido para devolverlo a su dueño. No se sentía bien ignorar a alguien que podría necesitar ayuda.

Entonces, como el bicho raro que era, aparqué en la esquina y bajé la ventanilla. Por suerte, la lluvia caía en ángulo hacia el lado del acompañante por lo que me mantuve seca, pero, de todos modos, una ráfaga de viento *demasiado* frío para California ingresó en el coche. *Nop, nop, nop.* Era una señal de que tenía que marcharme, ¿no?

Podía ver el porche a través de las rejas, pero creía que Brougham no me había visto. Parecía estar concentrado en la casa. Cuando estaba a punto de subir mi ventanilla, escuché a una mujer gritar con todas sus fuerzas desde dentro de la casa y luego la réplica de un hombre. Logré escuchar un fuerte ruido desde mi lugar y Brougham hizo una mueca.

Bueno, bueno. Ventanilla arriba otra vez.

Cubrí mi cabello con una capucha, bajé del coche y me apresuré por la entrada con la cabeza baja para evitar la lluvia.

Claramente Brougham me vio en ese momento.

—¿Qué estás haciendo aquí?

De repente parecía un poco grosero decir que había escuchado a sus padres gritar desde mi automóvil y quería rescatarlo.

—Helado —dije en cambio y elevé mi tono para que pudiera oírme sobre la voz de su padre que le preguntaba a su mamá exactamente *cuánto* había bebido.

—¿Disculpa? —replicó Brougham.

—*¿Quieres ir a tomar un helado?* Perdón, hay un poco de ruido.

Me miró cómo si me hubieran crecido tres narices y no lo supiera.

—Te escuché, lo que no comprendo es por qué apareciste en mi casa de la nada durante una tormenta para ir a tomar un helado.

Ahora que lo mencionaba, el clima no acompañaba.

—¿Un café? —sugerí débilmente.

Me miró. Lo miré.

Otro ruido estrepitoso estalló en su casa seguido de voces maldiciéndose. Los dos miramos a su casa-mansión.

Brougham suspiró, se puso de pie y caminó junto a mí hacia la lluvia.

—Al diablo, como sea —murmuró.

Ey, "al diablo, como sea" estaba bastante cerca de "demonios, ¡hagámoslo!". A menos que estuviera equivocada, comenzaba a caerle bien.

Una vez que hicimos nuestro pedido y nos sentamos en la cafetería, un pequeño lugar con algunas mesas, paredes de ladrillo expuesto y plantas con helechos suspendidos, me cubrió la horrible sensación de que el techo colapsaría sobre nosotros.

La lluvia había comenzado a caer con más ferocidad que antes y, honestamente, este lugar no parecía tener una estructura sólida. Cerca de la puerta, había una gotera y los dos meseros la miraban con nervios. Uno de ellos puso el cartel de "piso mojado". Creía que un recipiente debajo de la gotera hubiera sido mejor, pero ey, ¿qué sabía yo?

—Entonces, ¿Finn estaba bien? —pregunté al mismo tiempo que Brougham soltó:

—Lamento que hayas tenido que oír todo eso.

Hicimos una pausa y él tomó las riendas.

—Sí, Finn está bien. Ni siquiera tuvo resaca, solo se levantó de la cama como si no hubiera sucedido nada anoche. Me sorprendió; pensé que estaría destruido por la manera en que se comportaba.

—Ah, bien, genial.

El silencio regresó. Se quebró con el gruñido de un trueno a la distancia. Brougham, parecía estar fascinado por el salero y el pimentero —eran de madera grabada— e intenté descifrar si prefería que mencionara lo que había sucedido con sus padres o si le gustaría tomar la iniciativa.

Bueno, pensé, *él lo mencionó.*

—No es necesario que te disculpes por tus padres. Está bien.

Hizo girar el salero entre dos dedos.

—Es vergonzoso.

—¿Por qué te avergüenza? *Tú* no hiciste nada malo.

—No importa. Apesta de todos modos. Por eso no dejo que la gente los conozca.

Me recliné en mi silla.

—Dejaste que *yo* los conociera.

—Sí, pero eso era urgente. Y se sentía raro ir a tu casa porque tu mamá es una de mis profesoras.

—No debió haber sido *tan* urgente —añadí relajada.

—¿Qué?

—¡Me echaste después de unos cinco minutos! Apenas me diste una oportunidad de hacerlo bien la primera vez. —Lo miré subiendo las cejas. Jaque mate—. No es que haya importado mucho al final, pero comprendes mi punto.

Brougham dejó el salero quieto y se irguió para mirarme a los ojos.

—Eso no fue por ti.

—¿Y entonces por qué fue?

El rostro con líneas marcadas de Brougham estaba completamente inmóvil y sus ojos se clavaron con intensidad en mi hombro. Luego, la esquina de su boca se crispó casi de manera imperceptible, sacó su teléfono y comenzó a usarlo en su regazo, la mesa bloqueaba mi visión.

Afuera, la lluvia recobró fuerza y se estampaba contra el techo con un rugido seco. No sonaban como gotas individuales, era como si el océano estuviera cayendo sobre nuestras cabezas. El sonido ahogaba hasta la conversación en el café y la pareja en la mesa de al lado comenzó a gritar para poder escucharse.

Pero Brougham no necesitaba hablar para hacerse oír. Solo me mostró su teléfono.

En la pantalla, había una fotografía de su mamá en un traje de baño de dos piezas en una playa. Era una *selfie* capturada por el hombre que estaba sentado al lado de ella en la foto. Tenía piel café, hoyuelos marcados y cejas gruesas. Su brazo rodeaba la cintura de la mamá de Brougham. No era una pose platónica.

La lluvia se redujo a un mero monzón y Brougham se inclinó sobre su teléfono para ver la pantalla conmigo.

—Este es el tipo con el que mi mamá engaña a mi papá en este momento —dijo—. Ha habido varios.

Mierda.

—Oh, no. Lo lamento tanto.

—No lo lamentes, no busco compasión. Solo es relevante.

Guardó su teléfono en su bolsillo.

—Tampoco la culpo a ella. Es como la situación de qué vino primero, ¿el huevo o la gallina? Papá es un imbécil con ella, mamá bebe para lidiar con eso, el alcohol la hace horrible, se pelean, ella lo engaña y ni siquiera intenta ser sutil; él se entera, se pelean un poco más. Ha sido así por años.

—Eso es espantoso.

Su rostro era inexpresivo.

—Estoy acostumbrado. Pero eso fue lo que sucedió cuando

viniste a casa. Ese hombre vino a visitar a mamá y papá llegó temprano. A veces hace eso, intenta encontrarla haciendo algo incorrecto.

—¿Ella no intenta esconderlo?

—No.

Y con su respuesta, de hecho, sonrió. Pero era una sonrisa fría y sin humor. Sus ojos estaban ausentes de toda luz.

—Quizás quiere que papá se quiebre y le pida el divorcio. Quizás quiere hacerlo sentir celoso para que se comporte mejor. ¿Quién demonios sabe?

Coach Pris Plumber probablemente lo sepa dijo una voz en mi mente, pero decidí no mencionarlo. Su pregunta sonaba retórica.

—De todos modos —siguió—, estaban a punto de estallar así que te saqué de allí tan rápido como pude.

Por Dios. Había sido una idiota. ¿Cómo había creído su excusa con tanta facilidad? Supuse que su comportamiento innecesariamente cruel encajaba con la narrativa que había inventado para él, así que no lo había cuestionado como debería haberlo hecho. Eso, sumado a que me había molestado tanto que hubiera criticado mis habilidades, hizo que mi sentido común quedase anulado.

Ajá. Puede que haya una pequeña posibilidad de que tenga problemas para aceptar críticas.

Sentí una ola de vergüenza por cuán molesta me había sentido esa tarde.

—¿Por qué no me dijiste el motivo por el que querías que me fuera?

—Porque es vergonzoso. Además, creí que era algo obvio.

Touché.

—Puede ser, pero no te juzgaría. Solo para que lo sepas, mis padres tuvieron un divorcio muy complicado. Entiendo cuánto apesta.

—¿Sí?

—Sí. Fue *muy* complicado. Ahora se llevan bastante bien, pero fueron dos años de discusiones *toda la noche* todos los días antes del divorcio. Luego, discutían por Ainsley y por mí. Si no estaban enojados porque uno quería que fuéramos a un evento y el otro no quería intercambiar fines de semana, se molestaban porque uno quería *perdernos* el fin de semana para poder hacer algo y el otro no aceptaba. Era como si descifraran qué era lo que quería el otro y se negaran a ceder. Todo el tiempo Ainsley y yo éramos las fichas de negociación. Era como si fuéramos lo único que tenían para herirse entre sí y *no* perderían esa maldita oportunidad, ¿sabes?

El rostro de Brougham era solemne.

—Eso es retorcido.

—Lo fue. Pero también fue hace años, hace bastante está todo bien.

—Me alegra. —Hizo una pausa pensativa—. A veces desearía que se divorciaran, pero no sé si mejoraría algo. Más que nada, me alegra saber que iré a la universidad este año.

—¿Sabes a dónde irás?

—UCLA —asintió.

Ah, no estaba para nada lejos. Casi esperaba que dijera que volvería a Australia. O por lo menos a la costa este. Para alguien que quería huir de sus padres, no estaba corriendo demasiado lejos.

—Sofisticado.

—De cierta manera, probablemente tengo que agradecérselo a mamá y papá —siguió—. Más allá de lo financiero quiero decir. Solía nadar mucho cuando era niño porque me permitía salir de casa, pero ahora es más que eso. Me gusta cuán predecible es. Te esfuerzas, recibes resultados. Entrenas, mejoras. Y luego me uní al equipo de la escuela y descubrí que era *muy* bueno. Además, es lindo sentirse útil.

Lo comprendía. Después de ver la manera en que lo miraba su madre, comprendí completamente el atractivo de desempeñarse bien e impresionar al entrenador y a sus compañeros.

Al final de cuentas, todos querían sentirse valiosos.

Hubo un respiro en la conversación y Brougham se excusó para ir al baño. Parte de mí sospechaba que no había estado cómodo compartiendo sus vulnerabilidades, pero no se lo comenté.

Tomé mi teléfono para revisarlo mientras la mesera traía nuestros cafés. Ya tenía un mensaje de Brooke.

> Mi vida es un agujero negro.

Algo muy parecido a la culpa revolvió mi estómago. Al mismo tiempo, no pude evitar notar cuánto más atenta Brooke se tornó de repente. Nunca me enviaba un mensaje tan rápido después de vernos cuando estaba con Ray.

Quizás Brooke me hablaba porque quería evitar enviarle un mensaje a Ray.

> Te quiero, lo lamento.

> Llegaste bien a casa?

> En realidad, me desvié.
> Estoy tomando un café con Brougham.

Brooke está escribiendo un mensaje

Brooke está escribiendo un mensaje

Brooke está escribiendo un mensaje.

> Okey, retrocedamos. En menos de 24 horas pasamos de nunca mencionar a Brougham a que tengas su número y converses con él después de clase a, ¿TOMAR UN CAFÉ? ¿Están saliendo y no quieres decírmelo porque mi vida amorosa está en ruinas? Porque si es así, es completamente innecesario y quiero saber estas cosas!!!!

Brougham estaba regresando con las manos en los bolsillos. Escribí una respuesta rápida.

> Juro que no es nada de eso.
> Lo explicaré más tarde.
> Pero sé que estoy siendo grosera.

Apoyé la pantalla de mi teléfono sobre la mesa mientras Brougham se sentaba.

—Entonces —dije mientras buscaba un tema de conversación. Como no se me ocurrió nada obvio, no había recibido noticias de él desde Disneyland—. ¿Cómo está el asunto Winona?

Le puso azúcar a su café y revolvió.

—No hemos vuelto a hablar. El otro día le dio "me gusta" a una de mis fotos. No hay más novedades.

—¿Y sigues bien con eso?

—No es que tenga muchas opciones. Pero, sí, lo estoy. ¿Cómo está la situación con Brooke?

Ja. *Ja*. Esa era la pregunta del año.

—Bueno, estamos... bien. Anoche Ray y ella terminaron.

—Oh, mierda. ¿Qué sucedió?

No había pensado que Brougham sería la mejor persona para conversar de esto, pero, de cierta manera, lo era. Tenía más contexto que cualquier persona que conociera, sin contar a Ainsley.

—Descubrí que Ray le hizo algo realmente horrible a Brooke antes de que comenzaran a salir y se lo conté a Brooke.

—Mierda —repitió—. ¿Puedo preguntar qué hizo?

Sacudí la cabeza sobre mi café helado. Después de todo el escándalo de ayer, no quería sumar complicaciones esparciendo rumores. A pesar de que dudaba que Brougham fuera a compartirlo en su casa.

Brougham me miraba con una expresión de cautela.

—… ¿Puedo preguntar *cómo* te enteraste?

Lo miré a los ojos y mi culpa debe haberme traicionado porque apoyó su mejilla sobre su mano e inclinó la cabeza.

—*Mierda*.

—Lo sé, lo sé, en general, no suelo usar el casillero para esas cosas, lo juro.

—¿En general?

—Casi nunca. Solo lo hice una vez antes y también involucraba a Brooke.

No reaccionó, pero eso en sí era una reacción.

—Sí, me escucho a mí misma —dije—. Solo estaba intentado cuidar de Brooke.

Brougham ensanchó los ojos y bebió un sorbo de su café.

—¿Qué? —pregunté.

—Nada.

Oh, por Dios, me estaba juzgando. Considerando que su opinión no me importaba demasiado, me sorprendió cuánto me molestó darme cuenta.

—Desearía no habértelo contado —dije con la cabeza baja—. Ahora crees que soy una persona horrible.

—Estás lejos de ser una persona horrible, pero suenas como si por dentro supieras que no lo hiciste por el bienestar de Brooke.

—¿No puedes simplemente decirme que está bien sobrepasarse un poco cuando estás enamorado?

Los ojos de Brougham se arrugaron y encogió los hombros lentamente con pereza.

—¿Eso le dirías a alguien que te envía una carta al casillero?

Me dolía la cabeza y sentía que alguien había atado un ancla alrededor de mi cintura y me había dejado caer en el medio del océano. Porque Brougham tenía razón, y solía tener razón, y lo odiaba un poco por eso. Imbécil presumido.

Era mucho más sencillo estar enojada con él en vez de conmigo.

Brougham parecía impasible.

—No eres la primera persona en hacer algo horrible en el gran juego del amor.

Lo miré a los ojos y encontré una sonrisa recelosa.

—Pero nunca arruinaste la relación de alguien.

—Bueno, no, no soy un *supervillano* —dijo con liviandad, pero el brillo en sus ojos me dijo que estaba bromeando—. Pero tampoco soy perfecto. Deberías ver cuán pasivo-agresivo puedo ser. A veces, soy un gran...

La siguiente palabra que salió de su boca fue tan inesperada que mi café helado cayó por el orificio equivocado y comencé a toser y a ahogarme.

Brougham lució ligeramente alarmado mientras mi respiración volvía a la normalidad.

—Lo lamento —dijo—, siempre me olvido el efecto que tiene esa palabra aquí.

Me limpié la boca con la mano.

—Por *Dios*, ¿hay algún lugar en el que *no* tenga ese efecto?

—¿Mi país cuenta como "algún lugar"?

—Depende de a quién le preguntes.

—Eso fue grosero.

—Entonces, ¿qué? ¿No es una mala palabra allí?

Brougham arrugó la nariz. El efecto en su rostro serio era cómico.

—Bueno, no se lo diría a nadie mayor de treinta años, pero más allá de eso, es complicado. Si lo dijera, ya sabes, con un tono *fuerte*, podría ser ofensivo, pero también puede ser un cumplido o algo que le dices a alguien con quien estás bromeando. Tiene varios usos.

—Entonces lo permitiré. Pero *nunca* lo digas delante de mi mamá, ¿sí?

—No te preocupes, ya lo aprendí por las malas. Me sancionó.

—*¿En serio?* —Solté una risita.

—Sí, fue mi segunda semana aquí. Pero no tuvo el efecto deseado porque era una novedad para mí estar castigado en una escuela estadounidense. Era como estar en *Riverdale* o algo así.

—Ay, por Dios, *no* digas eso.

—Hablo en serio. Crecí con sus películas, programas de televisión y libros, pero la mayoría de las cosas en la vida real no se parecen en nada. Fue *muy divertido* mudarme aquí. Fue como "mierda, los coches se conducen del otro lado y hay comedores escolares y *Twinkies*!"

Hice girar mi sorbete y toqué el hielo de mi vaso.

—¿No tienen comedores?

—Nop. La mayoría de la gente trae el almuerzo de casa. Puedes comprar algunas cosas para comer, pero no son platos completos y no hay bandejas ni nada. Y, en general, comes afuera.

—¿Quieres decir que hay mesas afuera?

—No, se almuerza sobre el césped o sobre tu regazo, contra una pared de ladrillos o algo así.

Si mi sonrisa era tan grande como creía que lo era, probablemente debería contenerme, pero no me importaba.

—*Oh*, quiero ir.

—Deberías. Visita la Costa de Oro o Adelaida.

—¿Eres de alguno de esos lugares?

Sus labios se curvaron imperceptiblemente.

—De Adelaida, por eso tengo este acento.

—*Sí*, ¡quería preguntarte sobre eso!

—Bueno, en pocas palabras, cuando Australia fue invadida y colonizada, decidieron que sería una buena idea llevar a todos los reos de Gran Bretaña a Australia, así que la mayor parte del este del país tiene un acento influenciado por los británicos, en especial la clase trabajadora.

—Sabes cómo acaba de sonar lo que dijiste, ¿no?

—El sistema de clases británico es problemático; no ataques al mensajero. Un poco después, cuando los europeos comenzaron a poblar el lado sur de Australia, eran asentamientos aislados así que la pronunciación era más pura.

Cambió su acento y lo exageró para darme un ejemplo.

—Como el "inglés de la Reina", ¿sabes? Ese acento mezclado con los demás tuvieron un hijo bastardo que suena como yo. Así que la mayor parte de mi país pronuncia las palabras como ustedes, pero yo sueno un poquito diferente.

Mi café helado había sido olvidado sobre la mesa y se aguaba con cada segundo, pero no me molestaba, era la primera vez que oía algo de todo esto. Me di cuenta de que, en realidad, no sabía mucho sobre el país de Brougham. Quiero decir, creía que sabía, pero…

—¿Hay otras diferencias?

—Bueno, ya sabes, algunas regionales, pero nada que signifique mucho para ti, supongo. Quiero decir, algunos estados dicen "bañadores" y otros "traje de baño" y cosas así.

—"Bañadores" –resoplé.

—Es el término *correcto* –replicó con calma–. Ah, y hacemos algo raro con las "L" que la mayor parte del país no hace. Quiero decir, no las pronunciamos antes de una consonante o al final de una palabra. Como "milk" o "yell" o "talkative".

Lo escuché atentamente mientras hablaba: "Miw-k". "Yeh-w". "To-ka-tiv".

—Me siento como una nerd en este momento, pero es fascinante.

Brougham se inclinó hacia adelante.

—No, es lindo que te interese, de hecho.

"De hecho".

Su pequeño acento bastardo ya me gustaba, pero ahora que conocía su historia, me gustaba todavía más.

Y quizás podría decir lo mismo de él.

Trece

Casillero 89:

Me gusta un chico con el que nunca hablé. Estamos en muchas clases juntos, pero su grupo es totalmente diferente al mío y estoy segura de que nunca se interesaría en mí. Pero quiero cambiar eso. ¿Serías mi hada madrina?

Marieleider2003@hotmail.com

Casillero 89 <casillero89@gmail.com> 3:06 P.M. (hace 0 minutos)
Para: Marie Leider

Hola, Marie:
Contacto visual, contacto visual, contacto visual. Ahora bien, no

quiero decir que lo sigas por todos lados mirándolo sin pestañear. Pero sí que le eches un vistazo de vez en cuando y si te mira a los ojos, sostén la mirada por lo menos por unos segundos. Desviar la mirada rápidamente puede hacer que crea que fue un accidente (no queremos eso, no queremos que dude de tu interés; queremos asegurarle que, si se acerca y dice "hola", no será rechazado) o que tienes poca confianza. ¡La seguridad en uno mismo es lo más sexy del mundo! Dice, "me quiero y, si sabes lo que te conviene, ¡tú también deberías hacerlo!".

Si él comienza la conversación, sonríe, sé agradable, demuestra interés y haz preguntas abiertas. Nada que se pueda responder con un "no" o un "sí". Eso hará que el diálogo fluya. ¡Y no temas acercarte a él para iniciar la conversación! Solo mantén un tono relajado y pregúntale si recuerda cuándo hay que entregar alguna tarea o si fue *él* quién aprobó con un diez el año pasado y cómo lo logró. No necesariamente con esas palabras, pero me entiendes. Solo demuestra que eres amigable y que es fácil hablar contigo.

Honestamente, no tengas miedo. La mayoría es agradable y no les molestaría que alguien inicie una conversación (y si es uno de los pocos chicos de la escuela que te haría pasar un mal momento por hacer una simple pregunta quizás deberías pensar si ese chico te merece en primer lugar). En el mejor de los casos, él también estaba esperando una oportunidad para conocerte y era demasiado tímido para acercarse (¡los chicos también pueden ser tímidos y tener nervios!). En el peor, haces un nuevo amigo. No tienes nada que perder.

¡Buena suerte!
Casillero 89

Brougham y yo estábamos parados afuera de la cafetería, debajo de un techo para protegernos de la lluvia.

—No dejará de llover por un buen rato —dijo.

—Nop.

—¿Corremos por nuestras vidas?

Asentí apretando los dientes y salimos disparados hacia mi coche mientras hundía mis dedos en los botones de las llaves.

—*¡Entra, entra, entra!*

Para cuando cerré la puerta, ya estábamos empapados y el agua caía por nuestro cabello y nuestras prendas hacia los asientos. El suéter verde de Brougham era casi negro por la lluvia. Pasó una mano por su cabello para quitárselo del rostro.

—¿Ahora qué? —preguntó mientras encendía el motor y activaba el limpiaparabrisas.

Había asumido que lo llevaría a su casa. Pero ahora que lo pensaba, por supuesto que no querría eso. No si tenía que volver a ese *escándalo*. Pero al mismo tiempo, sentía que lo último que deseaba Alexander Brougham era ser catalogado como víctima. No pedía ayuda. No admitía que estaba herido.

Bueno, si el truco de Disneyland había funcionado una vez...

—¿Ya tienes que regresar? —pregunté con cautela—. Me gustaría hacer algo.

Un riachuelo de agua cayó por la frente de Brougham hasta su nariz, volvió a quitarse el cabello del rostro; no se quedaba en su lugar por mucho tiempo.

—Seguro, no tengo prisa.

Bingo. Y con una oración, era yo quien había pedido el favor. Brougham no necesitó pedir ayuda o sentirse apenado.

—¿A dónde vamos? —Quiso saber mientras cruzábamos los límites de la ciudad hacia la carretera—. Esto parece siniestro.

—¿Te arrepientes de haberte subido a un coche conmigo?

—Ahora que lo mencionas, podría enviarle mi ubicación por GPS a Finn.

—No llegará a tiempo para salvarte —dije en voz áspera y grave.

—Eres espeluznante, Phillips.

Conduje con cuidado, muy consciente de los peligros de movilizarse en una carretera en estas condiciones climáticas. Apenas había vehículos a nuestro alrededor. Éramos solo nosotros, el cielo cubierto de nubes, la lluvia repiqueteando contra el techo del coche y los campos de césped inundados a nuestros costados.

Brougham tomó mi teléfono y lo conectó al puerto USB del coche.

—¿Puedo ser DJ?

—Seguro.

Exploró mi cuenta de Spotify e intenté no desviar los ojos del camino, pero era difícil no echar un vistazo cada tanto para intentar ver sus expresiones. El gusto musical siempre me pareció muy personal. Que alguien juzgue tu lista de reproducción era como si estuvieran juzgando tu alma.

—Dua Lipa... —murmuró para sí mismo—. Travis Scott. Lizzo. Shawn Mendes. Ah, Harry Styles y Niall Horan? ¿En dónde están los demás?

Sentía que se estaba burlando de mí, pero era difícil estar segura.

—Estoy segura de que Zayn y Louis están por alguna parte. No soy fan de Liam.

—Oh, vamos, pobre Liam.

—No me vengas con esa mierda, él sabe lo que hizo.

No quería decir que me sorprendía que Brougham conociera los miembros de One Direction solo porque era un chico heterosexual. Pero parte de mí, se preguntaba si había adquirido esos conocimientos por Winona.

Brougham se decidió por Khalid.

—Lo sé, lo sé, me gustan las cosas de moda. Demándame.

—Seguro. Que algo sea popular, no significa que sea malo.

No pude evitar mirarlo, pero no lo notó. Estaba demasiado ocupado examinando mis listas de reproducción.

—¿Sabes qué?

Apenas oí el tono de su voz le di un golpe al volante.

—¡Aquí viene! ¡*Sabía* que me criticarías!

—¿Qué? Dije que me gustaba tu música.

—Entonces, ¿*no* estabas a punto de ponerte en modo *indie* y sugerir algo mejor?

—Ehh... —vaciló—, algo así... "mejor" es una palabra fuerte.

—Sí, seguro.

Un Jeep aprovechó que no venía ningún coche de frente para sobrepasarnos. Aparentemente, era la única persona en California que seguía la sugerencia de conducir lento cuando llovía. A pesar de que la lluvia perdiera intensidad cuánto más nos alejábamos. En mi opinión, no había excusas para superar el límite de velocidad como un delincuente imprudente. Palabras de mamá, no mías. Realmente detestaba a los delincuentes.

—No, lo juro, ¡tu música es buena! Antes hablaba de cuán divertido fue mudarse aquí porque estamos expuestos a sus medios audiovisuales, y el asunto es que recibimos todo lo de ustedes y ustedes *tan poco* de lo nuestro y, siendo sincero, están perdiéndose buenos artistas.

—¿Sí?

—Sí, por ejemplo, rock clásico. ¿Alguna vez escuchaste a Midnight Oil o a Cold Chisel? ¿Jimmy *Barnes*?

Encogí los hombros. Honestamente, no estaba muy interesada en lo que me estaba perdiendo, pero Brougham parecía entusiasmado así que le seguí el juego.

—Jimmy escribió la canción *más icónica* de Australia —dijo, casi para él mismo, mientras buscaba en Spotify.

Adiós, Khalid. Fue hermoso disfrutar de tu compañía.

Como predije, me arrebataron los suaves tonos de Khalid y fueron reemplazados por unos acordes de piano de los ochenta.

–Guau, eso sí que es un estilo distinto. –Sonreí.

Brougham no se inmutó.

–*Working Class Man*, hombre de clase trabajadora –dijo como si eso significara algo para mí–. *¿Nunca escuchaste esto?*

–Sabes que no...

Empecé a replicar, pero la música subió ritmo y volumen y juro que Brougham comenzó a *bailar en su asiento* con lo que parecía ser el Bruce Springsteen australiano. Estaba tan impactada que no pude terminar la oración.

Subió el volumen para enfatizar la canción y comenzó a cantar la letra sin sonido con los puños y los ojos cerrados. Luego comenzó a cantar en un tono de voz demasiado grave y áspero para imitar al cantante, suave al principio, pero subió la intensidad mientras se reía al mismo tiempo. Para el final de la canción, cantaba con todas sus fuerzas y yo me reía tanto que temía por nuestra seguridad. Extendió sus manos hacia el parabrisas como si estuviera presentándose ante un estadio repleto de gente, con el mentón en alto y el rostro todo arrugado por la intensidad de emociones falsas.

–*¿Quién eres?* –Logré decir casi sin aliento–. *¿Qué* está sucediendo?

–*Un genio musical está sucediendo* –gritó sobre el final de la canción.

–¡Estoy *aterrorizada*!

–Es solo tu mente intentando procesar cuántas cosas se perdió.

–Oh, por Dios.

Brougham estaba sin aliento y agitado, pero reía conmigo.

–Okey, terminé. Puedes volver a poner tu música otra vez.

—Gracias a Dios, no estoy segura de que hubiera podido mantener el coche en el camino si había un segundo acto.

Khalid no pudo serenarnos de vuelta a la tierra por mucho tiempo antes de que saliera de la carretera hacia una calle más pequeña. Un par de giros más y llegamos a destino: la base del Monte Tilda.

Para ser justos, "Monte" era una exageración. En realidad, era una colina glorificada que había sido bautizada por unos niños de la escuela que quería un *hashtag* de Instagram para sus fotos haciendo caminatas. Pero era lo suficientemente grande para albergar su propio camino zigzagueante alrededor de su cuerpo y eso nos servía para nuestro propósito. Comencé a subir y Brougham se aferró al centro de la consola con los nudillos blancos, su estado de relajación se había desvanecido.

—No nos mates, no nos mates, no nos mates —comenzó a cantar.

—Suenas serio.

—Hablo *en serio, Phillips, si nos matas, te mataré.*

—Es lindo verte expresar algunos sentimientos, Alexander.

—¿El terror... es un... sentimiento?

—Por supuesto que sí.

Hice un cambio y el coche retrocedió unos metros mientras se ajustaba. La cabeza de Brougham golpeó su asiento mientras cerraba los ojos con fuerza y soltaba un alarido.

Saqué mi mano de la palanca de cambios y estrujé su hombro brevemente. Sus ojos se abrieron de repente y miró mi mano algo alarmado.

—Estamos bien —reí.

—Mantén tus ojos en el camino —ordenó débilmente.

—Señor, sí, señor.

Llegamos a la cima de la colina y aparqué en el área panorámica. Debajo de nosotros, se extendían campos de un color verde vibrante, colinas y grupos de árboles. El horizonte estaba borroso y desdibujado por la lluvia, pero como esperaba, se había iluminado un poco con las luces de la calle. El centro de la tormenta estaba demasiado lejos para que pudiéramos oír los truenos, pero los rayos se entrelazaban con el atardecer y producían destellos violetas, rosas y amarillos en el cielo. Desde aquí, podíamos ver todo a través del movimiento rítmico de mi limpiaparabrisas.

A mi lado, Brougham se había calmado un poco, aunque su mano seguía aferrándose a la guantera como si, de alguna manera, eso lo salvaría si el coche desbarrancara. Al menos sus mejillas comenzaban a recuperar el color.

—Solíamos venir aquí —dije—, cuando mis padres estaban juntos. Cada vez que había una tormenta.

Otro relámpago iluminó el cielo y lo tiñó de color durazno antes de regresar a su tono gris oscuro. La mano de Brougham se había relajado y la llevó a su pecho para masajear la tensión en sus dedos largos. Luego me miró de reojo.

—Vamos.

—¿Qué? ¿Tan pronto?

Pero aparentemente no se refería a su casa porque se sacó el cinturón de seguridad antes de que terminara mi pregunta. Luego abrió la puerta y dejó entrar una ráfaga helada de viento y lluvia antes de lanzarse al exterior y cerrar la puerta con un golpe.

—¡Brougham! —grité, pero no había manera de que me oyera.

No había mucho en el sector panorámico. Solo espacio para algunos coches, un pasamanos bajo hecho de troncos y un par de árboles. Más allá de eso, solo estaba la caída.

No iría allí. Solo encontraría un montón de agua, viento helado y arrepentimientos.

A través de la ventana empapada del pasajero vi a Brougham acercarse al árbol más cercano e inspeccionarlo.

¿Por qué?

En realidad, ¿por qué *todo* con Brougham?

En contra de mis instintos, arranqué las llaves del coche y salí para unirme a él.

La lluvia me golpeó con la fuerza de la tempestad, no había edificios o valles para protegernos. Mi cabello mojado se pegó a mi rostro y mi chaqueta de jean se sintió pesada en segundos, sentía que mis hombros pesaban un par de kilos más.

Por razones que solo él conocía, Brougham comenzó a trepar el maldito árbol. Con la gracia de alguien naturalmente atlético, se impulsaba de rama en rama.

—¿Qué estás *haciendo*? —pregunté. No quise que mi voz sonara tan desesperada, pero no pude evitarlo.

—Nunca estuve en una montaña durante una tormenta —gritó como respuesta.

—¡Es una tormenta *eléctrica*, Brougham! ¿Sabes, de las que vienen con *rayos*?

—La tormenta está lejos, no seas medrosa.

—¿Qué *diablos* es "medrosa"?

Estaba parada en la base del árbol abrazándome a mí misma para protegerme de la lluvia y el frío.

—Cobarde.

Se acomodó en una rama gruesa en una posición cómoda y se inclinó hacia adelante para verme entre las hojas.

—¿Subirás o no?

Solté un suspiro de exasperación y miré a mi alrededor. No había nadie, nada, ni siquiera un ave. Solo nosotros y el coche de Ainsley. Sería extraño si no lo hiciera ahora, ¿no?

Le lancé una mirada de puro desdén y comencé el doloroso

proceso de trepar el maldito árbol en la maldita montaña durante una condenadamente maldita tormenta eléctrica.

Rama a rama con la gracia de alguien naturalmente tan poco atlético que no podía sujetarse de los juegos del parque, me arrastré hacia arriba. Cuando estuve cerca de él, Brougham estiró una mano para ayudarme a trepar los últimos centímetros. Con desconfianza, y bastantes dudas sobre la capacidad de soportar peso de esta rama, me acomodé en el árbol.

—Lo hiciste —dijo mientras me sonreía de verdad.

No había nada forzado o falso en su expresión.

No pude evitar devolverle la sonrisa.

—Te odio. ¿Por qué no podías observar desde el coche como una persona normal?

—Porque ahora puedo decir que hice esto.

—¡Estamos empapados!

—Ya estábamos empapados.

El viento aulló con una furia especial y las hojas se agitaron, algunas ramas pequeñas golpearon mi cabeza rítmicamente. El aire olía a limpio, lluvia y a la colonia de Brougham que ahora era familiar. A la distancia, la tormenta se había acercado lo suficiente como para que podamos oír alguno rugidos de los truenos. Y el show de relámpagos continuó.

—¿Nunca hiciste esto de niña? —preguntó y giró hacia mí.

Su rostro estaba brillante y húmedo, las gotas de la lluvia caían por su piel y desbordaban de su cabello hasta sus cejas.

—No puedo decir que lo hice, rarito.

Brougham volvió a enfrentar la tormenta y a mecer sus piernas.

—Bueno, nuevos recuerdos entonces.

—Supongo que sí. Definitivamente no olvidaré esto. Es un ligero desvió de mi rutina durante las tormentas.

—¿Cuál sería la rutina?

—Comida chatarra, mantas y películas de terror.

Un trueno resonó sobre el murmullo monótono de la lluvia sobre los acantilados. Ese estuvo más cerca, pero no lo suficiente para preocuparme.

—¡Películas de terror! Gran elección —dijo Brougham con aprobación.

Bueno, *eso* era interesante. Por el gusto de Brooke, o en realidad, por la ausencia de gusto, solo podía ver películas de terror con Ainsley. Me aclaré la garganta.

—Emm, ¿cuándo dijiste que tenías que regresar?

—¿Chocolate caliente o cacao en polvo? —preguntó mamá entre la cocina y la sala de estar.

En este caso, "chocolate caliente" se refería a una receta particularmente elegante que le había compartido uno de los profesores del colegio unos años atrás. Personalmente la consideraba el "chocolate caliente de los ricos", pero no diría eso delante de Brougham.

Pretendí debatir mi decisión.

—Bueno, considerando que Ainsley se terminó el helado, voto por el chocolate caliente.

Giré hacia Brougham quien se acababa de sentar en el sofá rodeado de la que había sido mi manta turquesa preferida cuando era una niña.

—¿Estás de acuerdo o...?

Brougham cerró la manta con más fuerza a su alrededor. Mamá era una opositora notable a la calefacción central. Creía que no era necesaria en California.

—No sabía que había una diferencia.

—En esta casa puedes tomar cacao en polvo —explicó mamá—. O un verdadero chocolate amargo *cremoso* y *lujoso* derretido en una sartén con leche *y crema*.

—Tranquila, mamá —sonreí. Debería haber trabajado en publicidad.

—Bueno, también me gustaría un chocolate caliente y quiero que Alexander tome la *decisión correcta*. Pero depende de ti.

Mamá esbozó una sonrisa brillante.

Brougham nos miró a las dos y luego sacudió la cabeza.

—Bueno, ¿cómo podría negarme cuando lo dice de esa manera?

—No podrías, regresaré en cinco minutos.

—Aguarda, ¿mirarás la película con nosotros? —grité detrás de ella.

—Me encantaría, cariño, pero tengo que calificar evaluaciones.

—Creo que una de esas es mía —me dijo Brougham.

—¡Sí!

La voz de mamá resonó, lejana pero clara.

—Ya la vi. Te fue muy bien, solo necesitas ajustar los párrafos un poco más para la próxima, cariño.

Brougham mordió su labio inferior.

—No hay problema, ¡gracias!

Bueno, si mamá no se nos uniría y Ainsley estaba arriba editando un video nuevo que quería publicar a la mañana, entonces solo éramos Brougham y yo. Lo que significaba que teníamos control total del televisor. Justo como me gustaba.

—¿Alguna sugerencia? —pregunté mientras analizaba la lista de películas disponible.

—Mmm, depende. ¿Te gustan más los sobresaltos o las cosas perturbadoras en general?

—Me *encantan* las cosas perturbadoras.

—Hay una película nueva que se supone que es aterradora. Creo que se llama *Poppy*, pero creo que no tuvo muy buenas críticas.

—A veces las películas que no son las favoritas de la crítica son bastante buenas —repliqué.

—Totalmente de acuerdo. Podríamos ver esa. Sino... espera, ¿viste *Respawn*?

Lo miré sorprendida.

—Creo que no.

—¿*En serio*? La de los alienígenas y los objetos que se mueven y...

No terminó la oración por mi expresión en blanco.

—*Tienes* que verla.

—Suena terrible.

—Es de un campamento. ¡Es de culto!

—Oh, por Dios.

—Ahora *insisto*.

Bueno, considerando cómo terminó la última vez que insistió en compartir algo, por lo menos sería entretenido.

Solté una risita.

—Está bien, está bien, pero si tu gusto en películas de terror apesta, no podemos ser amigos.

—¿Colegas?

—Siempre y cuando sea un trato justo, te venderé mi integridad con gusto, Brougham.

—Eso es lo que todo chico quiere oír —replicó socarronamente mientras extendía la mano hacia el control remoto.

Se lo pasé y encontró la película sin problemas. La imagen en miniatura era una taza de té en una cacerola.

—Oh, muy perturbador —dije—. Las abuelas del mundo están temblando en sus suéteres tejidos.

–Cállate y mira la película, Phillips.

–Ah, *hablemos* de ser intimidante, eres tan dominante, me aterras.

–Eres de esas personas que habla durante las películas, ¿no?

–*No*, pero la película todavía no empezó.

Antes de que pudiera contradecirme, mamá trajo los chocolates calientes servidos con una cantidad generosa de crema batida y malvaviscos que había dorado con su pequeño soplete. Si no la conociera mejor, creería que estaba tratando de impresionarlo. ¿Quizás sentía la necesidad de alardear cuando uno de sus estudiantes estaba en casa?

Apagó las luces mientras se marchaba a su estudio y nos dejó a Brougham y a mí en la oscuridad; la única luz era el leve brillo azul de la pantalla. Dejé que mi taza se enfriara en una mesita, Brougham sostenía la suya entre sus manos y soplaba con gentileza.

–Me agrada tu mamá.

–Si no fuera así, asumiría que tienes algún problema. Veremos la película, ¿o qué?

Me miró de reojo y presionó el botón "reproducir" del control remoto.

Como había prometido, de hecho, no era mala. Quizás hasta era buena por su atmósfera extraña. La película trataba de unos alienígenas llamados Pincer que o eran invisibles o existían en una dimensión distinta –era difícil afirmarlo– y cazaban a sus presas durante días antes de matarlos célula por célula, al principio lentamente y después a mayor velocidad hasta que fallaban sus órganos. ¿La única señal de su presencia? Los objetos comenzaban a moverse con sutileza ya que su estructura molecular era reprogramada.

Brougham tenía suerte de no haberme dado detalles de la trama porque la cinematografía era lo único que salvaba a esta película de ser cursi y ridícula. Pero, a pesar de todo, era extrañamente entretenida. Hasta logró hacerme soltar un gritito después de una toma inesperada de una mandíbula putrefacta. Brougham solo se rio con ganas de mi reacción. Parecía que habíamos encontrado lo único que lograba sacarle una sonrisa: las desgracias ajenas.

Logré resistirme enviarle un mensaje a Brooke hasta la mitad de la película. Cuando ya no podía soportarlo, susurré:

—¿Me perderé mucho si voy al baño?

—Nah, estás bien.

Tenía el teléfono en la mano antes de abandonar la habitación. Probablemente podría haberlo revisado en el sofá, pero Ainsley *odiaba* que la gente mirara sus teléfonos durante las películas al punto que la violencia física era una posibilidad si no guardábamos nuestros teléfonos. Ahora que había aprendido la lección por las malas, no podía olvidarla.

Dos mensajes de Brooke.

> Me siento terrible.

> Quieres hacer algo mañana?
> Sushi o una sala de escape o cualquier cosa?

¿Si *quería*? Después de dos meses de mendigar por el tiempo libre de Brooke, este era el mensaje de texto más hermoso que había visto.

Pero, diablos, se sentía sucio.

> Escúchame: sushi Y sala de escape?

> Te quiero mucho. Sí, por favor. 12 p.m.?

¿Cómo era posible sentir tanto remordimiento y felicidad por una decisión al mismo tiempo? *No* era posible. Y, sin embargo, eso sentía. Sentía que finalmente le había ganado al oponente final de un juego que había jugado por meses. Ray ya no estaba y Brooke había regresado. *¿Por qué sonaba como una psicópata? No estaba bien sentirse tan satisfecho después de hacer algo tan reprochable.*

Pero no era *tan* reprochable, ¿o sí? Quiero decir, solo estaba cuidándola.

¿No?

El comentario de Brougham resonó en mi cabeza. Algo me decía que tenía razón. Si lo hubiera hecho por los motivos correctos, no me sentiría tan terrible al respecto. Por lo menos podía ser honesta conmigo misma.

Amablemente, Brougham había pausado la película cuando abandoné la habitación así que no me había perdido nada. Regresé a mi lugar cálido y mi hombro se golpeó el de Brougham. ¿Estaba sentado tan cerca de mí antes? No puede ser, había unos quince centímetros entre nosotros. Debe haber reacomodado su manta mientras no estaba. Para mi sorpresa, aunque nuestros brazos estaban casi uno sobre el otro, no hizo ningún movimiento para alejarse. Debería sentir tanto frío como yo.

Se quedó en ese lugar durante el resto de la película. La temperatura de su cuerpo me hizo sentir cálida y a gusto a pesar de la suave lluvia del exterior. Cada tanto me echaba un vistazo con una expresión extraña, como si esperara que dijera o hiciera algo, pero solo Dios sabía qué.

Cuando la película terminó, se estiró como un gato y se puso de pie.

—Espero no haber abusado de la invitación.

—¿Qué? No, para nada.

—Acabo de darme cuenta de que has estado soportándome por casi siete horas. Acabo de pedir un Uber.

Guau, ¿siete horas? No se había sentido como tanto tiempo. ¿Esto era una especie de prevención al rechazo? ¿Se criticaba a él mismo para que no pudiera hacerlo yo primero?

—No, lo disfruté. Fue divertido. Pero deberías dejar que te lleve a casa.

Sacudió la cabeza, pero sus hombros parecieron relajarse un poco.

—Nah, es tarde.

Doblé la manta mientras me ponía de pie para acompañarlo a la puerta. Me la devolvió, la tomé y la sujetó por un segundo demasiado largo. Realmente debería odiar tener que marcharse.

—Espero que todo esté bien en tu casa —dije.

Lució sorprendido.

—Ah, sí, estará bien. No te preocupes. De hecho, casi me había olvidado de eso.

—Dime si necesitas algo.

—Darcy, gracias, pero, honestamente, he vivido con ellos durante diecisiete años. Conozco la rutina. Estoy bien.

—Okey, bueno, supongo que nos veremos luego.

—Te hablaré si necesito más consejos —dijo— Y... buena suerte con Brooke. Sé que dar consejos no es mi especialidad, pero si necesitas hablar, soy bueno escuchando. Creo.

—Lo eres. —Sonreí—. Buenas noches.

No fue hasta que cerré la puerta detrás de él que noté que me había llamado Darcy.

En la sala de estar, todo estaba normal, hasta que dejó de estarlo. Lo primero que noté fue que la caja de pañuelos que solía estar sobre la mesa de café ahora estaba en el suelo, acomodada detrás de una de las patas. Eso no era extraño, supuse que quizás

Brougham había tomado un pañuelo sin que me diera cuenta. Mi instinto me hizo examinar el resto de la habitación.

Era igual, pero distinta; había cambios sutiles. La manta que manteníamos en el sofá sin usar había sido movida ligeramente y estaba perpendicular al sofá. La mesa de café se había desplazado casi medio metro y había dejado marcas en la alfombra. Nuestras tazas de chocolate caliente ahora estaban enfrentadas y formaban una imagen espejada perfecta. Las cortinas habían sido levantadas solo lo suficiente para dejar entrar un rayo de luz del alumbrado público y la lámpara de pie apuntaba al pasillo cuando esta tarde *definitivamente* estaba orientada hacia el sofá.

Nop, no, no, no, al diablo, esto era *espeluznante*. Aunque mi mente fue directo a Brougham −ese infeliz−, una pequeña voz susurró, *pero, ¿y si es real?* ¿Si los Pincer son reales y saben que estaba sola en la habitación? Mamá y Ainsley estaban profundamente dormidas a esta hora y no podía despertarlas por esto, ¿o sí? ¿No era un poquito histérico? *¿Estaba histérica?*

Me acomodé contra el apoyabrazos del sofá y le envié un mensaje a Brougham demandando una explicación. Cuando pasaron dos minutos y no me respondió y algo que podría haber sido una rama, pero que también podría haber sido un Pincer, golpeó mi ventana, lo llamé.

Respondió casi sin aliento.

−¿Hola?

−*¿Moviste todo en mi sala de estar?*

−¿Por qué creerías eso?

Oh, no, oh, Dios, *no* había sido él. Por lo menos, si moría ahora, Brougham estaría en la línea para escuchar mis gritos y podría decirles a mis padres lo que había sucedido.

−Porque todo *cambió* de lugar.

−Eso no tiene sentido.

—¿Lo hiciste o no?

—Bueno, veamos, ¿tuve la oportunidad?

Oh, por supuesto que no. Había estado conmigo todo el tiempo. A menos que...

—Fui al baño a la mitad de la película —dije triunfante.

—Correcto. Bueno, la evidencia sí apunta a mí.

—Solo lo preguntaré una vez más. ¿Lo hiciste?

—Antes de responder, quisiera clarificar algo, ¿por qué sientes la necesidad de hacer esa pregunta en primer lugar?

—¿A qué te refieres?

—¿*Sabes* que los Pincer no existen en la vida real?

¿Eso era diversión en su voz?

—Brougham, *soy la única persona despierta en esta maldita casa y...*

—Vamos, Phillips, me dijiste que tenías un estómago fuerte para el terror.

—Te mataré. Iré a mi coche buscaré una sierra, romperé tu ventana y...

—Tranquilízate, tranquilízate —dijo—. Fui yo, lo prometo. Los Pincer no existen. Creí que lo notarías mientras estaba allí.

—*No eres gracioso, Brougham.*

—Incorrecto, soy extremadamente gracioso.

—Terminaré la llamada.

—No te olvides de cerrar las cortinas. Los Pincer pueden ver auras en la oscuridad, ¿lo recuerdas?

Puse los ojos en blanco y luego me paré e hice lo que me dijo. Solo por las dudas.

—Te odio.

—No lo creo.

Quería replicar, pero luego recordé algo que había olvidado en mi pánico.

—Ey, mmm, antes de cortar, ¿está todo bien allí?

—Ah. —Su voz se transformó en un susurro—. Sí, todo está bien. Papá salió y mamá está desmayada en el sillón.

—¿Está bien?

—Sí, a veces duerme allí. En general cuando...

No terminó la oración, pero mi mente completó los espacios en blanco.

Cuando ha estado bebiendo.

—De todos modos, no te preocupes. Gracias por preguntar. Envíame un mensaje si algo intenta comerte.

—Igualmente. Pero solo quiero un mensaje con su dirección así puedo enviarles una carta de agradecimiento.

—Grosera. Buenas noches, Phillips.

—Buenas noches, Alexander.

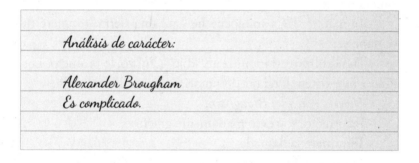

Análisis de carácter:

Alexander Brougham
Es complicado.

Catorce

> Spotify me dio recomendaciones después de que pusieras esa canción en el coche. Estoy aprendiendo sobre tu cultura.

Ja ja, okey, estoy preocupado.
Qué sugirió Spotify?

> Mmm, hasta ahora escuché run to paradise, bow river, the boys light up, khe sanh, the horses…

THE HORSES!!! Por qué no te lo mostré?
Es el VERDADERO himno nacional

> Ahora soy australiana?

Serás australiana cuando grites de manera instintiva

> "Alice, ¿quién demonios es Alice?" y
> "No hay manera, púdrete, vete al diablo"
> en los momentos indicados en el pub.
> Hasta entonces, eres una visita bienvenida

> Estoy... tan confundida en este momento

> Bien

–¿Crees que deberíamos involucrarnos más en la escuela? –le pregunté a Brooke después de la última clase mientras caminábamos por el pasillo un martes.

Brooke jaló de su falda –hoy era un retazo de tela *muy* corto que exhibía cada centímetro de sus piernas. Estas últimas semanas había puesto a prueba cuánto podía jugar con los límites del código de vestimenta; supuse que intentaba que Ray se sintiera celosa a través del poder de la sexualidad. No es el consejo que le hubiera dado si me hubiera escrito una carta, pero no lo había hecho. No la culpaba después del consejo que recibió la última vez.

–¿En serio? –replicó mientras avanzábamos entre la multitud–. ¿*Más* involucradas? Ya estoy en el Club Q y en el consejo estudiantil.

–No, no en sentido formal. Solo, ya sabes, participar más. Quiero decir, ¿cuándo fue la última vez que fuimos a un evento deportivo?

–¿Como a un juego de fútbol americano?

–Sí, exacto o como a un encuentro de natación.

Los ojos filosos de Brooke se posaron en mí.

–¿Esto es por Brougham?

–¡*No*! No precisamente. Pero cuando mencionó el encuentro de natación ayer, me di cuenta de que nunca vamos a esas cosas.

—Correcto —replicó Brooke—. Porque las odiamos.

—¿Las odiamos?

—*¡Darcy!*

—Solo digo que nunca hablamos de eso. No creí que lo evitábamos activamente.

Brooke estalló en una risa melódica, jaló de mí con un brazo contra la pared para alejarnos de los demás estudiantes. Hace un mes, ese movimiento hubiera hecho que se me quebraran las rodillas y que sintiera un escalofrío en el brazo. Hoy solo me generó una pequeña agitación en el pecho. No era nada, pero tampoco era el anhelo abrumador que había sido en el pasado.

—Okey, sé que dijiste que no es por Brougham, pero si lo fuera, *moriría.*

—¿Morirías? —¿De celos? La sensación en mi pecho se intensificó con esperanza.

—*Sí.* Hace una *eternidad* que no te gusta nadie.

No era verdad, pero ella no lo sabía...

—Siento que nunca podemos emocionarnos por ti.

La agitación se detuvo de golpe.

—No te imaginaba con un chico —siguió Brooke—, pero supongo que una relación heterosexual tiene sus ventajas. No es que comprenda por qué elegirías a un chico cuando hay tantas mujeres bellas a nuestro alrededor, pero no soy imparcial.

—Bueno, en realidad, no sería una relación heterosexual, ¿no? —pregunté—. Porque no soy heterosexual.

—No, obviamente. Eso no fue lo que quise decir. Es solo que no tendrías que lidiar con toda la basura homofóbica.

—Sí, sé lo que quisiste decir.

Pero no se sintió bien.

Cerca de los casilleros, Marie Leider, una chica de mi clase de Historia, estaba parada con sus libros contra su pecho con una sonrisa, las mejillas ruborizadas y los ojos bien abiertos mientras Elijah Gekhtman agitaba sus manos emocionado.

—…enterarme de que alguien más en la escuela *la conoce* —decía—. ¿Por qué episodio vas? El año pasado llegué al setenta y algo, pero luego…

—Como sea, ¿necesitas que te lleve a casa? —preguntó Brooke.

Despegué mis ojos de Marie y sentí una calidez rodear mi corazón, parecía que Marie había encontrado algo en común con otra persona.

—Nah, estoy bien. Esperaré a mamá.

Brooke me miró con una sonrisa conocedora.

—Okeeeeey.

—¿Qué? ¿Qué fue eso?

—Nada.

Volvió a sonreír y se marchó con las manos entrelazadas por detrás de su espalda.

—Diviértete hablando *solo con tu mamá* durante una hora.

—Estás interpretándolo como quieres —grité.

Su risa resonó en el pasillo casi vacío.

Puse los ojos en blanco y fui hacia el corredor del salón de mamá. Estaba vacío, lo que significaba que la lección había sido excepcionalmente ordenada o, lo que era más probable, que se había molestado y los había hecho quedarse después de hora para acomodar.

Así que subí hacia el salón de los profesores —en donde me detuve para saludar a Sandy (la señorita Brouderie), a Bill (el señor Tennyson) y a un profesor cuyo nombre no recordaba (pero que claramente me conocía)— hasta llegar a la oficina de mamá.

Estaba rodeada de pilas desprolijas de papeles mientras tipeaba en su computadora sobre un escritorio largo que compartía con otros tres profesores. Pero nadie estaba allí.

Detrás de su asiento, su pizarra estaba cubierta como siempre de notas adhesivas y fotos de Ainsley y mías junto a un par de fotos con otros profesores y estudiantes en eventos como el baile de graduación o paseos de estudio. Una de sus nuevas adiciones era una lista de pendientes en la que vi mi nombre.

—Cumpleaños de Darcy —leí en voz alta.

—*Sorpresa* —mamá bromeó mientras hacía una pausa—. ¿Qué te gustaría este año? ¿Una gran fiesta o un gran regalo?

Esa era la regla desde que tenía memoria. En general, una gran fiesta era una reunión, a veces en casa, con comida y actividades para todos. Si elegíamos esa opción, recibíamos un regalo de todos modos, pero algo más modesto. O podíamos elegir que nuestros padres gastaran un poco más en un regalo y la celebración en sí sería un pastel de supermercado con velas en la cocina de casa y unas pizzas o comida india. Desafortunadamente para nosotras, tener padres divorciados no significó tener el doble de regalos en cumpleaños y navidad. Nuestros padres lograban hacer a un lado sus diferencias dos veces al año para colaborar en estos eventos.

—Mmm, todavía no lo pensé —dije.

—Bueno, solo faltan tres semanas. Debes darme algo de tiempo.

—¿Puedo decirte en un par de días?

—Seguro.

Claramente estaba distraía por el email que estaba respondiendo, así que aproveché la oportunidad para regresar al casillero. Cuando me aseguré de que no hubiera nadie cerca, tomé las cartas y me metí en un salón vacío, cerré la puerta y me senté contra la pared para que no me encontraran mientras las leía.

Las primeras eran estándar.

La tercera era inusual. Tenía cincuenta dólares.

La abrí con el ceño fruncido. Había recibido más de una carta sin dinero; la enviaban personas que no podían costear los diez dólares. Y, por supuesto, en situaciones como esas, renunciaba a mi comisión con gusto. Yo más que nadie comprendía lo que era necesitar ayuda, pero no tener los recursos para acceder a un servicio. Pero nunca había recibido una propina como esta antes.

Querida Darcy

Aunque hemos estado trabajando juntos por un tiempo, es la primera vez que te escribo una carta. Supuse que debería intentar seguir las reglas alguna vez.

Ayer, mi exnovia me envió un mensaje de texto de la nada. Luego, en pocas palabras, terminamos pasando la noche juntos y creo que quiere que volvamos a intentarlo. Así que, básicamente, sin importar qué suceda en el futuro, creo que podemos sumar este caso a tu tasa de 95% de efectividad. Había prometido la otra mitad cuando funcionara, ¿lo recuerdas?

Yo

Miré la carta fijamente y guardé las restantes sin abrir en mi mochila. Me puse de pie para marcharme y luego recordé que no debería tener *ninguna* carta en las manos, así que también la guardé con las demás. Luego caminé hacia la piscina dando zancadas.

¿Una *carta*? ¿Así me informaba? ¿Una *carta*? ¿Y la celebración? ¿El "muchas gracias, Darcy"? ¿El "vamos, lo logramos"?

Por suerte, Brougham era la única persona en la piscina así que no tenía que preocuparme por sutilezas.

—Emm, hola —grité intentando competir con el sonido del agua y de la calefacción.

Por primera vez, me escuchó al instante. Se detuvo a media brazada, sacó la cabeza del agua y se quitó el cabello del rostro.

—Hola, ¿la recibiste?

—Sí, la recibí —repliqué avanzando hacia el borde de la piscina. Mi voz sonó rara. No sabía si estaba enojada con él o totalmente dolida. Solo era un poquito extraño. Era una manera extraña de contarme—. No la esperaba.

—No, lo sé —dijo—. Le pregunté qué había sucedido y ella cree que no pasó nada. Al parecer solo me extrañaba.

—Ah. —Me aclaré la garganta en un intento de deshacerme del extraño tono de voz. No quería arruinar el momento de Brougham por la manera en que me había contado sus noticias—. ¡Qué bueno que haya visto la luz!

—Supongo que sí.

Brougham no se acercó hacia mí así que tuve la sensación de que no quería hablar de esto por algún motivo. Pero tenía mucha curiosidad sobre qué había sucedido anoche. ¿Por qué *ahora* actuaba tan relajado al respecto?

Quizás su actitud más tranquila fue lo que hizo que Winona cambiara de opinión. Esa idea me preocupó un poco porque no sabía por cuánto tiempo Brougham podría sostener esa actitud.

Pero al final de cuentas no me correspondía compartir mis inquietudes. Ya no me necesitaba, así que eso era todo, ¿no? Había cumplido mi objetivo, conservé mi tasa de noventa y cinco por ciento de efectividad. Y tampoco es como si fuéramos amigos. En realidad, solo éramos colegas. Y todavía nos cruzaríamos en la escuela. Faltaban varios meses para las vacaciones.

Entonces, ¿por qué me sentía así? ¿Cómo si hubieran crecido enredaderas alrededor de mi corazón y me estuvieran dejando sin aire? ¿Como si algo horrible y desconocido estuviera acercándose? ¿Era un instinto sobre Winona? ¿Estaba preocupada por él?

Brougham inclinó la cabeza hacia un costado y vacilé. ¿En qué estaba pensando? ¿Quería que me fuera?

¿Por qué yo *seguía* aquí?

Si era honesta conmigo misma... suponía que *sí* nos consideraba amigos. Era una amistad reciente. ¿Ya no éramos amigos ahora que había cumplido mi propósito?

Finalmente, Brougham quebró el silencio incómodo.

—¿Estás esperándome para acompañarme a mi automóvil?

Era difícil notar si hablaba en broma. Mis mejillas ardieron.

—No, solo esperaba a que mamá terminase. Lo lamento, yo...

—¿A qué hora termina? —me interrumpió.

Pataleó hasta el borde de la piscina y se impulsó en sus brazos.

—En unos treinta minutos.

—¿Me esperas? Solo tardaré unos minutos en ducharme.

Asentí y un poco de la tensión abandonó mis hombros.

Brougham salió del vestuario con ropa limpia e informal y su mochila sobre su pecho.

—Lo lamento —dije—. No tienes que interrumpir tu entrenamiento por mí.

—No es nada.

Encogió los hombros.

Caminamos en silencio uno al lado del otro hasta salir de la escuela. El sol nos fulminó y bajé la cabeza para acostumbrar a mis ojos.

—¿Está todo bien? —preguntó con cautela.

En realidad, no.

Me preocupa que no vayas a estar bien.

No sé si me pone feliz que estés con Winona después de nuestra conversación en Disneyland.

Quiero decirte eso, pero no quiero ser responsable de romper la relación de otro amigo porque ya no confío en mis instintos.

Forcé una sonrisa y asentí.

—Sí —dije en la voz más alegre que logré invocar—. Totalmente, estoy feliz por ti.

Brougham encogió un hombro.

—Por un momento creí que nunca sucedería.

Sonreí.

—En realidad no, supe desde el principio que podrías recuperarla.

Casi sonríe por mi respuesta.

—¿Por mi carisma?

—No, por tu modestia.

Movió su mochila.

—¿Eso me hubieras escrito como respuesta? ¿Sé carismático y modesto?

—Nah, te hubiera dicho que dejes de intentar anticiparte a que la gente te rechace.

Soltó una risa corta y golpeó su hombro con el mío.

—Guau, eso dolió.

—Le digo a la gente lo que necesita oír. Por eso tengo tanto éxito.

Llegamos a su coche, abrió la puerta y dejó su mochila en el asiento del acompañante. Luego la cerró y se recostó sobre el coche en dirección a mí en una pose relajada.

—Solo hay un problema.

—¿Qué?

Inclinó la cabeza.

—Bueno, Winona y yo todavía no estamos juntos oficialmente. Así que es demasiado temprano para llamarlo un éxito. Supuse que cumplía los términos de nuestro acuerdo.

Dios, cualquier cosa servía para contradecirme, ¿no? Simplemente *moriría* si evitaba un debate. Lo miré con frustración.

—Vamos, es claro que piensas que ella quiere que la invites a salir de nuevo.

Tragó saliva.

—¿Y si no quiero?

¿Qué significaba *eso*? Lo miré sorprendida, no comprendía. ¿Brougham seguía intentando ser un dolor de cabeza? No estaba segura. No era posible que una persona enamorada pusiera en peligro su reencuentro solo para ganar una discusión imaginaria conmigo.

—No comprendo.

—¿Y si no quisiera volver con Winona? ¿Lo considerarías un fracaso?

¿En serio? ¿Cómo podía mirarme de manera tan inocente con esos ojos injustamente azules y esa media sonrisa extraña y amenazarme? ¿Y para *qué*? Si creía que yo podía perder más que él en esta situación, tenía que abrir los ojos con urgencia.

—Eh, creo que sobreviviría. Tú tienes más que perder que yo.

Se impulsó en su coche con su pie hacia mí.

—¿Sabes qué? No lo creo.

Y una vez más, sentí que estábamos teniendo dos conversaciones. La real y la que él *creía* que estábamos teniendo, en la cual yo de alguna manera inexplicable comprendía sus mensajes encriptados.

—Tendrás que ser un poco más claro conmigo.

Su voz se transformó en un murmullo, aunque éramos los únicos allí, por lo que tuve que inclinarme hacia él.

—¿Quieres que te lo deletrée?

—Sí, por favor. Deletréalo.

Y recién en ese momento lo comprendí. No puedo decir si

me di cuenta por las palpitaciones de mi corazón o si mis latidos fueron consecuencia de mi momento de lucidez. Fue un momento vertiginoso, emocionante; una mezcla complicada del consciente y el subconsciente. Los ojos de Brougham estaban cerrados, su mentón inclinado, su boca ligeramente abierta; podía oír su respiración. El aire entre nosotros vibraba con energía desconocida, saltaba y brillaba en mi piel y me pedía que me acercara a él. Ambos estábamos suspendidos en el tiempo y espacio y lo que estaba a punto de suceder se hizo claro de repente. Era como si no pudiera detenerlo, aunque quisiera.

Pero no quería detenerlo.

Sus manos se apoyaron primero en mi cintura. Cálidas, grandes y ejercieron una leve presión. Me acercó a él casi imperceptiblemente. Una pregunta que respondí moviéndome hacia él.

Su rostro estaba a tan solo centímetros del mío y lo único que podía sentir era su calor corporal y *algo* tembloroso resonando en mi torso. Solo podía ver sus labios, luego mis ojos se cerraron sin mi consentimiento.

Y me besó.

Me besó.

Me besó y sus labios eran suaves como la seda y su boca era gentil contra la mía. Cálida.

Me besó y sabía a cloro y estaba vagamente consciente de que sus manos seguían en mi cintura y tan pronto sus labios tocaron los míos, sus manos estrujaron mi piel y se tensaron, se aferraron a mí como si fuera lo único que lo mantenía erguido.

Me besó y sentí su vacilación y su pregunta. *¿Esto está bien? ¿Ahora lo comprendes?*

No lo comprendía. No entendía nada. Pero lo único que importaba en ese momento era mantenerlo cerca. Y respondí al beso, lo empujé hasta que su espalda impactó contra la puerta del coche. Mis dedos subieron por su cuello y acariciaron su mandíbula definida. Mi otra mano encontró la suya sobre el metal cálido de la puerta y se acomodó sobre ella.

Soltó un pequeño gemido sobre mi boca y, de repente, todos mis sentidos desaparecieron. Mis manos salieron volando hasta sus hombros y jalé de él con más fuerza hacia mí. Estaba sonrojada sobre él, su pecho tocaba el mío, mis dedos exploraban su cabello húmedo, su lengua recorría mi labio inferior. Exhaló con fuerza mientras sus caderas se elevaban para llegar a las mías y casi pierdo la cabeza.

Este era Brougham.

Era Brougham.

Era Brougham.

Me alejé y me tambaleé hacia atrás, mi mano salió disparada a mis labios. De repente, solo pude oír alarmas de advertencia. Y todo daba vueltas y esto no era correcto y algo no estaba bien y no sabía qué, pero era verdad, estaba mal y yo había hecho algo incorrecto y tenía que irme, irme, *irme*. Él me miraba confundido y su sonrisita extraña había desaparecido y decía mi nombre, pero estaba lejos y sonaba distorsionado. Creo que me disculpé, de hecho, creo que me disculpé tres o cuatro veces.

Y salí corriendo hacia la escuela, mamá, los pasillos vacíos con mi mano todavía sobre mi boca mientras sacudía la cabeza. Mi cerebro gritaba palabras que no comprendía. No sabía qué era lo incorrecto, pero era todo. Lo único que necesitaba era espacio. Esto era demasiado inesperado. No tenía sentido. Necesitaba una advertencia previa. ¿Y las pistas? ¿Hubo anticipación? ¿De dónde había surgido esto?

¿Cómo no lo había visto?

No me atreví a mirar hacia atrás mientras corría. No sabía si Brougham me estaba siguiendo o si seguía parado atónito junto a su coche. No sabía qué era peor, así que no miré atrás. No pensé en él.

Lágrimas se asomaron en mis ojos cuando empujé las puertas dobles de la escuela. Estaba desierto, ni una sola persona a la vista. Caminé a toda velocidad sobre el piso de linóleo y puse tanta distancia como me fue posible entre él y yo.

No quería ver a mamá. No quería que supiera, que lo mirara distinto, que formara una opinión sobre esto porque no sabía la historia completa.

Con manos temblorosas, tomé mi teléfono y busqué el número de Ainsley. De alguna manera, logré llamarla.

Responde, responde, responde, responde.

¿Esto significaba que le gustaba a Brougham? ¿Y si ese era el caso y me había besado y yo hui de él? Literalmente hui de la manera que él siempre temió. Quizás yo...

Ainsley respondió con su tono alegre.

—¿Hola?

—*Hola*, ¿estás en clase?

—Estoy saliendo en este momento... espera, ¿qué sucede?

—¿Podrías venir a buscarme a la escuela? ¿Ahora? ¿Ahora mismo? ¿Tan rápido como puedas?

—Sí, seguro. ¿Estás bien?

—Emm, sí, no, en realidad, no, algo así. Estoy bien. Sucedió algo. Necesito hablar contigo, pero tengo que salir de aquí. Ahora.

—Nos vemos en el estacionamiento. Voy para allá.

Llegué a la puerta principal y me asomé. Brougham ya no estaba. Exhalé y le envié un mensaje a mamá diciéndole que Brougham me había llevado a casa. Con algo de suerte, Ainsley llegaría antes de que mamá se desocupara.

El día era normal. Había algunas nubes en el cielo, hacía unos dieciocho grados. Un ligero viento. Tal cual como cuando

Brougham y yo habíamos caminado por allí diez minutos atrás. Pero nada era igual. Nunca nada volvería a ser igual.

Quizás debería enviarle un mensaje.

Pero, oh, oh no, ¿qué podía decirle? ¿Qué no me gustaba? Porque quizás no era cierto. ¿Y si *sí* me gustaba? ¿Qué significaría eso para nosotros? No estaba lista para que significara nada. Hacía media hora, había aceptado la idea de que era el novio de Winona. ¡Y *Winona*! ¿Qué sucedería con ella? ¿Y si intentaba confundirnos a las dos? Si yo le gustaba, ¿por qué hablaba con Winona en primer lugar?

Y *Brooke*.

No es que debería importar. Nada sucedería con Brooke. Pero ¿estaba lista para superarla?

Sí.

No.

Casi por completo.

Pero una cosa era "casi por completo" y otra era salir con otra persona. Cerrar esa puerta por completo.

Incluso si me gustaba Brougham.

Oh, no. ¿Y si me gustaba Brougham?

¿Por qué no me había dado una advertencia? Ahora mi cerebro estaba todo revuelto y no sabía qué pensar o sentir. No podía hablar con él en este estado. Podría entrar en combustión espontánea.

Pero no podía dejarlo a oscuras porque eso lo lastimaría. Y no sabía qué quería, pero *sí* sabía que no quería lastimarlo. No se lo merecía.

Entonces. Entonces. Emm.

Respiré profundamente y eché un vistazo a mi alrededor para asegurarme de que no estuviera allí. Nop. No había nadie. Solo palmeras meciéndose, el estacionamiento estaba vacío y una bolsa de plástico daba vueltas a la distancia sobre el asfalto.

Tardé unos minutos en redactar un mensaje.

> Lo lamento tanto.
> Por favor, no tomes a mal que haya huido.
> Solo necesito algo de tiempo para pensar.
> Te enviaré un mensaje pronto, ¿sí?

Unos minutos después, durante los cuáles di tres vueltas completas al estacionamiento recibí una respuesta.

> Está bien.
> No te preocupes.

Exhalé aliviada. Okey. Esto estaba bien. Estaba bien. Bien era bueno.

Okey.

¿En dónde estaba Ainsley?

Mordí mi dedo. Necesitaba hablar con alguien. *Ahora.*

Así que marqué el número de Brooke.

Respondió al cuarto tono.

—Hola, ¿cómo estás?

Al final de la calle, vi el automóvil de Ainsley detenerse en un semáforo.

Abrí la boca para responderle a Brooke. Para decir "todo está bien". Para decir que todo había cambiado. Para decir que no sabía qué hacer.

Pero en vez de hablar, estallé en lágrimas.

Quince

Autoanálisis:

Darcy Phillips

¿Mis padres no me prestaban atención cuando era bebé y lloraba? Es probable. Recuerdo que cuando veían _Cómo conocí a tu madre_, mamá y papá se rehusaban a hablarme. Tenía que ir a mi habitación. Bueno, miren lo que lograron, le tengo terror a la vulnerabilidad, ¡muchas gracias! ~~Groseros~~.

Comienzo a entrar en pánico cuando creo que alguien quiere besarme. ¿Recuerdas a Sarah en octavo grado? Si lo hubiera intentado, podría haberle mordido la lengua de los nervios. Todo porque mis padres no podían desviar la mirada dos segundos de su estúpida comedia para comportarse como

adultos durante toda mi infancia. Guau. En realidad, es un
milagro que haya sobrevivido todo este tiempo.
   ¿Tengo un estilo de apego desorganizado?
   Probablemente necesito terapia.
   Definitivamente necesito un abrazo.

Ainsley golpeó la puerta y asomó la cabeza por la apertura.

—¿Quieres helado?

La miré a los ojos con el ceño fruncido e hice un gesto con las manos imitando a las olas del mar como cuando éramos niñas. Apareció rápidamente con un recipiente de helado, se sentó con las piernas cruzadas sobre mi cama y me dio una cuchara. Mamá de seguro estaba calificando exámenes o algo así. No había notado que subí desesperada por las escaleras llorando. Ni siquiera se había cuenta de que no había comido las sobras que me había dejado en la heladera para cenar.

Mientras hundía la cuchara en el helado, Ainsley le echó un vistazo a mi cuaderno.

—¿Te analizaste a ti misma? —preguntó mientras se estiraba hacia mis notas.

Asentí y metí una cucharada llena en mi boca.

—Estuve pensando —dije sin tragar.

—Eso veo —replicó y escaneó mis palabras—. *Eran* muy groseros con *Cómo conocí a tu madre*.

—¿No es cierto? —Le pasé el helado—. Y ahora estoy averiada. *Genial.*

—Deberías demandarlos —concordó.

Luego se mordió la lengua y esbozó una sonrisa tonta.

—Entonces, ¿me explicas qué significa esto?

—Es como una combinación entre el estilo ansioso y el desorganizado. Es extraño.

—¡Como *tú*!

—Gracias. Básicamente son ambivalentes. Quieren tener relaciones cercanas, pero también le temen a la proximidad. Y sus emociones se mezclan y quieren estar cerca y lejos al mismo tiempo. Si se sienten rechazados, quieren acercarse, pero cuando todo funciona bien, de repente se sienten atrapados.

Ainsley me miró divertida y luego su expresión se tornó contemplativa.

—Bueno, supongo que eso explicaría lo de Brooke.

—¿A qué te refieres?

—Has estado obsesionada con ella durante años. Nunca te sentiste atrapada, ¿correcto?

—Correcto.

—Bueno, a ella no le interesabas. Sin ánimos de ofender. Entonces siempre estabas en la etapa de "quiero acercarme", ¿no?

La miré fijo.

—Oh, por Dios, eres brillante.

—Correcto.

Agitó su cuchara en mi dirección antes de volver a hundirla en el helado.

—Pero ¿en qué parte entran mamá y papá?

—Ah. Bueno el tipo de apego depende de tu crianza. Los que tienen el tipo desorganizado querían recurrir a sus padres para sentir consuelo, pero sus padres eran los que provocaban esa necesidad de consuelo en primer lugar.

—Eso tiene sentido. ¿Entonces crees que necesitabas su atención porque no te dejaban hablar durante su programa?

—Sip.

—¿Y no porque la casa estallaba en gritos cada noche cuando intentabas dormir?

—Emm, supongo que también podría ser eso.

—Podría ser. —Hizo una pausa y me devolvió el helado—. Maldición. ¿Ahora qué?

Apoyé el recipiente en el suelo y mi hermana extendió los brazos para que caiga en ellos.

—Rayos, eres una niña difícil.

Se rio mientras me abrazaba.

—Una rompecorazones.

—¿Qué hago? —pregunté contra su pecho.

—¿Me preguntas *a mí*?

—Bueno, no puedo escribirle al casillero 89.

Nos separamos y nos reímos juntas.

—¿Te gusta Brougham? —preguntó.

Con un gruñido me dejé caer hacia atrás y reboté en el sillón.

—No lo sé. Quizás.

—Bueno, ¿de qué color son sus ojos?

—De un tono azul muy lindo. Azul marino, creo.

—¿Qué piensa del helado?

—Prefiere el tiramisú.

—¿Cuándo fue la última vez que lo viste sonreír?

Respondí sin dudar un segundo.

—Cuando me preguntó si me molestaría que volviera con Winona.

Ainsley se quedó en silencio por un rato. Cuando le eché un vistazo, me estaba mirando con una ceja elevada.

Entonces lo comprendí.

—Oh, *guau*. Puede que me guste.

—Sí, creo que puede ser.

Okey. Mierda. Puede que sí.

Puede que me gustara Alexander Brougham.

Tenía sentimientos por Alexander Brougham.

Alexander Brougham con sus discusiones y su rostro eternamente serio y sus groserías.

Alexander Brougham con sus vulnerabilidades y sus habilidades de percepción y su capacidad de hacer que sienta que todo lo que digo es importante.

Alexander Brougham y sus ojos demasiado azules y la sonrisa más linda y extraña y dedos delicados.

Alexander Brougham y su karaoke salvaje en el coche y su amor por las películas de terror y sus decisiones impulsivas de sentarse en un árbol sobre un acantilado durante una tormenta.

Pero si me gustaba Alexander Brougham, ¿qué decía eso de mí?

Intenté imaginar la reacción de papá cuando un *chico* volviera a visitarme. La reacción del Club Q si anunciaba que era una chica saliendo con un chico. La reacción del mundo si participaba en eventos queer y les hablaba de mi novio.

Ni siquiera me había dado cuenta de que tenía ese miedo. Pero ahora que lo pensaba, mi estómago se revolvía con tanta violencia que era claro que había estado presente en mi subconsciente hace mucho tiempo.

Tomé mi cuaderno y revisé mis notas. Mi cabeza daba vueltas, pero aislé todos los pensamientos de confusión con una conclusión objetiva y segura.

—Bueno, ¿sabes qué? —dije—. De todos modos, esto definitivamente no funcionaría.

Ainsley, paciente como siempre, asintió.

—¿Por qué no?

—Bueno, porque él es del tipo de apego ansioso y si yo soy del desorganizado y evitativo, por lo que nunca funcionará. Solo sería una relación tóxica, como la de Winona. Nos volveríamos locos. Yo entraría en pánico por lo que él se alteraría y eso me haría desesperar todavía más.

–¿Estás segura de que eres del tipo desorganizado?

Sacudí la cabeza.

–Tendría que hacer algunas pruebas para asegurarme. Pero si lo soy, se acabó el juego. A menos que los dos seamos capaces de desarrollar formas de lidiar con los problemas del otro, pero eso implicaría un *gran* esfuerzo, y, siendo realistas, no hice ninguna apuesta hasta este momento así que probablemente sea mucho más sencillo no iniciar nada para que nadie salga herido.

–¿Darcy?

–¿Sí?

–No lo tomes a mal, pero se me ocurrió algo. Sé que estás súper interesada en todas estas cosas de consejos de relaciones y eres muy buena, no me malinterpretes.

–¿Sí? –No me agradaba a dónde estaba tratando de llegar. Los cumplidos no iniciaban de esa manera.

–Pero... ¿crees que existe la posibilidad de que, por lo menos con Brougham y Brooke estés intelectualizando las cosas para no tener que, ya sabes, sentirlas?

Inflé mis mejillas mientras analizaba su pregunta. ¿Así se sentía recibir una opinión franca del casillero 89? Porque era *directo*.

–¿Quizás?

Tal vez Brooke era una fantasía para mí. Algo emocionante que me quitaba el aliento, pero, más que nada, segura. En la vida real, no era mi esposa imaginaria. Era mi amiga de verdad, una persona real. Y, en la vida real, no la desafiaba o encendía un fuego en ella como el que necesitaba y merecía.

Y, si era honesta conmigo misma, podía decir lo mismo de ella. Solo que elegía ignorarlo y concentrarme en las fantasías sobre cómo *podría* desafiarme y encenderme... quizás en algún momento. Ainsley tomó una almohada y le dio unos golpecitos antes de acomodarla sobre su regazo para apoyar los codos.

—No temas sentir emociones fuertes, ¿sí? Quizás podrías solo dejar que tus sentimientos fluyan, solo por esta noche y veamos a dónde te llevan.

A nivel intelectual, sabía que Ainsley podría tener razón. Quizás no tenía el estilo de apego desorganizado. Quizás solo tenía... miedo. Porque si me gustaba Brougham y él sentía lo mismo, podía salir herida; podía sentir el tipo de dolor que no se comparaba al de un amor no correspondido. En este momento, estaba sentada en el espacio entre el sonido y su eco. Brougham había hecho una pregunta y tenía que responderla.

Era eso o seguir soñando despierta con enamorarme y ayudar a otros a encontrar el amor sin permitirme correr un riesgo.

A pesar de haber tomado mi decisión con Ainsley, lo pospuse más de lo que pretendía. Al día siguiente, en la escuela, esperaba encontrarme con él en los pasillos, pero cuando sí lo vi estaba tan lejos que no tenía sentido intentar llegar a él. Luego, justo después de la escuela, empecé a escribir y borré varios mensajes. Finalmente, decidí que necesitaba hablar con él en persona y me propuse buscarlo el día siguiente.

Por lo menos los jueves era sencillo encontrarlo.

Esperé en los pasillos vacíos después de clases, cerca del casillero 89, mientras juntaba el valor para hablar con él. Aparentemente, en algún momento, hablar con Brougham se había tornado aterrador. Mis manos temblaban. *Temblaban.* Por Alexander Maldito Brougham.

Mientras daba vueltas frente a la puerta de la piscina, noté que no sabía su segundo nombre. De seguro no era "Maldito".

Fulminé con la mirada a mis manos hasta que se tranquilizaron y luego empujé la puerta.

Lo encontré nadando estilo libre en el lateral más cercano a mí, otro estudiante que no reconocí estaba en el lado opuesto nadando espalda. Se detuvo tan pronto me vio y nadó hasta el límite de la piscina.

−Hola.

Me puse de cuclillas con cuidado para que no se mojara el dobladillo de mi falda.

−Hola, ¿podemos hablar?

Inclinó la cabeza en el agua mientras pensaba.

−Sí, tengo algunos minutos de sobra.

Rayos, qué generoso. Retrocedí un paso mientras se impulsaba sobre la piscina e hice mi mejor esfuerzo para no mirar fijo a las gotas de agua caer por su torso y por las suaves curvas de sus músculos en su espalda.

Tomó una toalla de un banco y la frotó por su cuerpo antes de dejarla caer sobre sus hombros. Si se secaba así, con razón su ropa estaba empapada el día que lo conocí.

−¿Qué sucede?

Bajé la voz. Era una precaución innecesaria considerando que el otro estudiante en la piscina tenía las orejas debajo del agua y no podía oírnos, pero se sintió más respetuoso de todos modos.

−Lamento lo del otro día.

El rostro de Brougham era inexpresivo como siempre.

−No es necesario que te disculpes.

Hizo una pausa y me di cuenta después de un instante que esperaba que dijera algo más. Tenía sentido, después de todo, le dije que lo buscaría.

Pero en vez de hablar, me congelé por completo.

Me observaba, vi una mínima expresión de esperanza en su rostro y me quedé sin palabras. Era como preparar un discurso para un auditorio repleto y congelarse detrás del micrófono. No tenía idea de dónde había surgido este miedo. Solo sabía que era paralizador.

El rostro de Brougham volvió a su estado natural y se aclaró la garganta antes de hablar en tono monótono.

–Solo... para estar seguro de que estamos en la misma página... El otro día fue extraño, pero no creo que haya significado nada para ninguno de los dos, ¿no?

Entonces no había visto esperanza en su rostro. Solo había visto lo que quería ver. Tan rápido y con todo el entusiasmo posible asentí mientras rogaba que mi rostro no mostrara mi sorpresa.

–Correcto.

–Okey, bien. Porque, emm, Win me preguntó si quería ir al baile de graduación con ella como su cita y quería asegurarme de que no fuera raro.

Evaluó mi rostro.

Win.

¿Desde cuándo la llamaba Win?

¿Y desde cuándo volvió a estar interesado en *ella*?

Era raro, era raro, era raro, era...

–No para nada –chillé y retorcí mi rostro en lo que esperaba fuera una sonrisa. Porque estaba *feliz* por él.

Lo había ayudado y él había conseguido lo que quería y no *pasaría vergüenza* al admitir que había creído que el otro día fue importante. Quería preguntarle por qué me había besado si todavía estaba interesado en ella. Pero ya sabía la respuesta. Estaba allí. Fui una distracción. Un reemplazo. Sabía cómo se sentía con respecto a ella. No podía sorprenderme, ¿no?

Casi intenté cambiar de tema para confirmar que todo estaba bien entre nosotros, que el martes no habíamos quebrado algo que nunca deberíamos haber quebrado. Pero apoyó su toalla y giró hacia la piscina impaciente. No estaba de humor para hablar, así que en cambio dije:

—Te dejaré continuar.

Asintió.

—Genial. Nos vemos y gracias de nuevo.

Gracias de nuevo.

Gracias de nuevo.

No pude hacer nada más que bajar la cabeza, meter las manos en mis bolsillos y regresar con mamá.

Pasé las dos semanas siguientes en agonía.

Aunque Brooke y yo pasábamos tanto tiempo juntas como antes de Ray, nuestras conversaciones se habían tornado predecibles. No hablábamos de Brougham y no podíamos hablar de Ray sin que Brooke se pusiera a llorar y yo me desintegrara por dentro por la culpa, así que evitábamos esos temas.

Honestamente, me desintegraba por la culpa varias veces por día. Cada vez me resultaba más complicado mirar a Brooke a los ojos y pretender que su dolor no tenía nada que ver conmigo. Había arruinado las cosas con Brougham y *sabía* que tenía que decirle a Brooke lo que le había hecho, pero no podía soportar arruinar también esa relación así que seguía posponiéndolo día a día. Me decía que no parecía ser el momento indicado, pero honestamente, no quería que supiera que era una persona terrible que hacía cosas horribles.

No quería que pensara eso de mí. En mi propia cabeza, yo era la heroína, una buena persona. Siempre había sido la heroína. Era amable (¿no?) e intentaba hacer mi mejor esfuerzo (casi siempre). Pero no eres buena persona por desear serlo. Eres buena persona por hacer cosas buenas. Y había hecho algunas cosas horribles a las personas que más quería.

Para seguir sumando a mi propio purgatorio, cada vez que veía a Brougham, sentía una corriente eléctrica. Lo veía cuando era árbitro en los juegos de Hunter, Luke y Finn en los pasillos; cuando perseguía a algún profesor para clarificar algo con el rostro serio y postura respetuosa; cuando tomaba sus libros del casillero, perdido en sus propios pensamientos.

Nunca me miraba. Podría haber sido invisible. Solo una decoración en los pasillos que se mimetizaba con los demás uniformes.

Una tarde, mientras mamá me llevaba a casa después de clases, se percató de mi humor. No quería taparla con toda mi mierda: lidiaba con dramas de secundaria todos los días. Lo último que necesitaba era que le sumara problemas cuando llegaba a casa. Pero, siendo honesta, no se me había ocurrido que lo notaría —no suele hacerlo— así que no me esforcé mucho por disimularlo.

—De verdad, estoy bien —protesté cuando comenzó a insistir, pero solo alzó las cejas.

—Te llevé en mi vientre durante nueve meses, te crie y he vivido contigo durante casi diecisiete años, ¿crees que no puedo notar cuándo no estás bien?

Como respuesta, me acurruqué en mi lugar, subí los pies sobre el asiento y me abracé con fuerza. Mamá hablaba como si todo el tiempo compartiéramos confidencias. Pero claro, le seguiría el juego.

Obviamente no podía contarle todo. Pero quizás podía encontrar una manera de decirle lo que había sucedido sin compartir toda la historia.

—Es sobre Brooke y Ray —dije.

Mamá asintió y su rostro se tiñó con simpatía.

—Te está costando, ¿eh?

Sabía cómo me sentía respecto a Brooke. O cómo *solía* sentirme.

—No es eso. De hecho, terminaron y fue en parte mi culpa.

Alzó una ceja, pero no dijo nada. Una invitación a seguir hablando.

—Bueno, Ray le hizo algo malo a Brooke —expliqué.

Sería mejor no contarle a mamá que manipuló las elecciones. No quería arriesgarme a que involucrara al personal del colegio en este desastre.

—Y me enteré y sabía que Ray quería contárselo, pero se lo dije primero y luego Brooke terminó con ella.

No había manera de minimizarlo o de hacerme quedar bien. Si no podía ser honesta con mi mamá sobre mis fallas, ¿con quién podía ser honesta? Fue una bajada a la realidad darme cuenta que en una situación en la que pocas personas eran inocentes... yo era la más equivocada.

A favor de mamá, no lució sorprendida o prejuiciosa. Pero bueno, no expresaba muchas emociones en general. Apenas desvió los ojos del camino cuando respondió.

—Entonces dile a Brooke que Ray quería contárselo, cariño. No deberías mentir, incluso por omisión.

—Pero... si le digo a Brooke toda la historia, se molestará conmigo.

Mamá encogió los hombros.

—Puede ser. Y quizás tenga derecho a molestarse.

Ja, no tenía idea.

—Pero ¿desde cuándo ese es un buen motivo para no hacer lo correcto?

—Lo entiendo, lo entiendo, pero... no sé si pueda hacerlo.

Mamá hundió el pedal del freno para detenerse en un semáforo.

—Aguarda un segundo, cariño, este tipo quiere sobrepasarme.

Bajó la ventanilla y sacó la cabeza para mirar de mala manera al coche detrás de nosotras. Bueno, rayos. Era bueno saber que estaba emocionalmente comprometida con mi conflicto. Quiero decir, *ella* me pidió que le contara qué me sucedía.

La luz se tiñó de verde y mamá volvió a conducir, pero no dejó de echarle vistazos al espejo lateral. Finalmente, el coche detrás de nosotras aceleró y nos superó.

—Sí, haz eso, seguro llegarás a casa cinco segundos antes —dijo mamá de mala manera.

Me quedé callada. Mamá murmuró algo para sí misma. Con el tiempo, recordó que estaba compartiendo con ella mi dilema.

—Lo lamento, Darc, ¿qué decías? Ah, Brooke. Cariño, se enojará todavía más contigo si se entera que lo supiste y se lo escondiste. Además, te sentirás aliviada por decírselo. Estarás mejor cuánto antes se lo digas.

¿Tenía razón? ¿Sería mejor para ella y para mí a largo plazo si le contaba todo lo que sabía? Para que supiera que después de meses y meses tomando malas decisiones, por lo menos estaba determinada a cambiar el patrón.

Ante la idea, el ladrillo que sentí en mi estómago por semanas se desvaneció.

Simultáneamente, todos los cabellos de mi cuerpo se erizaron aterrorizados.

Sabía qué era lo correcto. Pero eso no significaba que me gustara la idea de hacerlo.

Dieciséis

Autoanálisis:

Darcy Phillips

Es una buena persona que hizo ~~una cosa~~ dos cosas muy malas.

Haría cualquier cosa para proteger a Brooke, en especial cuando Brooke ve todo color de rosa cuando está enamorada.

Se pregunta si está bien herir a alguien para evitar un dolor mayor.

¿No es "el mejor de los males"?

¿Acaso no es la motivación de cada villano en cada película?

No es una villana de película. No es ningún tipo de villana, ¿no?

Está haciendo su mejor esfuerzo, ¿verdad?

(¿Está segura?)

Esperé hasta la hora del almuerzo del día siguiente cuando Brooke y yo nos sentamos en nuestra mesa. Su humor parecía estable, por lo menos comparado con el de las últimas semanas. Solo la noté mirando en dirección a la mesa de Raina una vez.

Había estado practicando toda la mañana. Sabía exactamente qué iba a decir, qué respondería Brooke y qué diría yo después. Me había preparado para por lo menos quince posibles reacciones. Nada podía tomarme por sorpresa, ¿no? Solo tenía que hacerlo.

—Por lo que sé, Ray no tiene una cita para el baile de graduación —dijo Brooke. Parecía complacida—. No sé si le preguntó a alguien ni nada, solo sé que irá con un grupo de chicas. Jaz me lo dijo. Y dudo que eso cambie en tres días.

Solo hazlo. Forcé una sonrisa.

—Eso es bueno.

Brooke vaciló.

—¿Sabes lo de Brougham?

Su pregunta rompió mi trance de aliento.

—¿Qué cosa?

—Irá al baile con su ex novia.

—Ah.

Brooke había apoyado a Brougham desde que la llamé después del beso e inexplicablemente no cambió su postura después de que terminara en la nada.

—Sí, me lo contó hace un tiempo. No creo que siga siendo su ex. Está bien.

—Guau. Estoy muy orgullosa de ti, Darc. Solo puedo imaginar cuán extraño debe sentirse, pero estás siendo madura.

Solo hazlo, solo hazlo, solo hazlo.

—¿Por qué me miras así? —preguntó Brooke.

Solo...

—Porque hice algo realmente horrible y tengo que decírtelo y me odiarás para siempre.

Su reacción estaba más cerca de una sonrisa divertida que de una expresión de miedo o furia. Por lo menos por ahora. Era un buen comienzo.

—Emm, está bien, lo dudo, pero dime.

E incluso después de todo lo que practiqué, las palabras desaparecieron de mi cabeza. Intenté agitar la mano, pero no me ayudó mucho. Solo hizo que Brooke luciera algo confundida. Luego, encontré mis palabras.

—Soy la persona detrás del casillero 89 —dije—. Siempre he sido yo. Comencé hace un par de años. Obtuve la combinación del casillero en la oficina de administración el primer año de secundaria y luego la borré de los registros.

Brooke quedó boquiabierta y echó un vistazo a nuestro alrededor para ver si alguien nos estaba escuchando. Todos los demás en el comedor estaban enfrascados en sus asuntos, ignoraban por completo que el secreto más grande de mi vida había sido develado por segunda vez este año, a metros de ellos.

Si hubieran sabido de qué estaba hablando, tenía la sensación de que pocas personas seguirían concentradas en sus conversaciones.

—¿Cómo... pero... por qué no me lo *contaste*? —preguntó Brooke con ojos brillantes.

Lucía sorprendida e impresionada en partes iguales.

No parecía haberse enojado porque no se lo contara. Le había ocultado un secreto enorme y su reacción inicial era pedir más información, pero solo para *comprender*.

Todavía no había hecho la conexión.

—No se lo dije a nadie —repliqué. Sería mejor obviar todo el asunto de Brougham por ahora—. Comencé de a poco, luego se magnificó rápidamente y no sabía cuándo contártelo y tampoco quería poner a nadie en una situación incómoda.

—Oh, por Dios. Quiero decir, te odio por esconderlo porque, *¿qué?* Es la noticia más genial y no puedo creer que eras *tú*, pero no estoy *enojada*.

Ja.

—No terminé. Ray me escribió hace unas semanas. Un par de días antes de la reunión en lo de Alexei.

Brooke tardó un segundo en procesar mis palabras.

—¿Y así te enteraste?

—Sí, explicó lo que hizo y dijo que estaba pensando en confesártelo.

—Espera... ¿Y le dijiste que no lo hiciera?

—No —vacilé—, no le respondí.

—Pero cuando me lo contaste, no dijiste *nada* de esto. Lo hiciste sonar como si nunca planeara contármelo.

—Lo sé —admití.

No hice ningún esfuerzo para defenderme, para decir que solo quería lo mejor para ella porque, honestamente, no sabía si seguía creyendo que eso era verdad. Y Brooke se daría cuenta si lo intentaba. Si quería su respeto, tenía que hacerme cargo de mis acciones. Incluso si la manera en la que me miraba en ese momento era salida de mis peores pesadillas.

—Querías que terminara con ella.

—Sí, es verdad y ahora me arrepiento. Estaba enojada con ella por lo que te había hecho y no creía que te mereciera y estaba celosa de que pensaras que era perfecta. Quería que vieras que no era así.

Brooke se había olvidado completamente de su comida y lo único que podía hacer era lanzarme dagas con la mirada.

—Guau.

—Lamento mucho no habértelo contado. Estuvo mal y fue egoísta y ni siquiera puedo decir que no sabía lo que estaba haciendo porque *sí* sabía. Fue muy manipulador de mi parte y estoy totalmente consciente de ello por eso te lo estoy diciendo ahora.

Pero Brooke había desviado la mirada para fruncirle el ceño a la mesa.

—Espera, ¿tú manejabas el casillero cuando Jaz y yo recibimos esas respuestas extrañas diciendo que nos mantuviéramos alejadas?

Por más que supiera que se daría cuenta de esto tarde o temprano, realmente sentí que hubiera preferido que me encerraran en un casillero y morirme de hambre antes de tener que enfrentar a Brooke. Si se pudiera viajar en el tiempo, hubiera sujetado carbón caliente con las manos, tragado concreto líquido o abrir mi pecho en dos para tener la oportunidad de retractarme.

—Sí —susurré.

—Estabas celosa —repitió Brooke.

Sus palabras cargaban un descubrimiento. No podía mirarla a los ojos y mis mejillas estaban tan calientes que en cualquier momento se encenderían en llamas. Lo había comprendido al fin. Y me miraba de una manera que solo podría ser descripta como desdén. El tiempo parecía descontrolado; se aceleraba y ralentizaba al mismo tiempo.

—Okey, para aclarar. No me contaste sobre el casillero, dejaste que te envíe una carta con información personal sin saber que eras tú, abusaste tu posición para arruinar algo que tenía con otra persona porque estabas *celosa* y luego lo hiciste *de nuevo* con Ray porque estabas *celosa* y en ningún momento me dijiste que sentías celos o el porqué. ¿Me faltó algo?

—Lo lamento *tanto*, no tienes idea, no puedo siquiera *comenzar a...*

—No estoy enojada contigo —me interrumpió alzando la voz—. Porque eso sería una simplificación *monumental*.

—Si hay algo que pueda hacer, cualquier cosa, lo juro...

—Ni siquiera *te conozco* —gritó poniéndose de pie.

Algunas personas nos echaron vistazos curiosos.

—¿Quién *eres*? ¿Cómo pudiste *hacer eso*? No... yo solo... no puedo creerlo. No puedo *creerlo*. ¿Te gustaba y en vez de decírmelo arruinaste todas mis relaciones?

Ya no podía hablar. Mi garganta se había cerrado por completo. Apreté los dientes e intenté evitar estallar en llanto.

—Realmente debo importarte muy poco, ¿no? —dijo Brooke todavía de pie—. Porque mientras puedas controlar mi vida de la manera que te resulte conveniente a quién demonios le importa cómo me siento. Me *viste*, me has observado por semanas. Y no dijiste *nada*.

—Estoy diciendo algo ahora.

Se rio y me congelé.

—Bueno, bendita sea tu amabilidad.

La mitad del comedor nos miraba boquiabiertos. Brooke me hizo un gesto obsceno con el dedo mayor mientras caminaba de espaldas, luego giró sobre sus talones y me dejó sola.

Diecisiete

Querido Casillero 89,

Mi novio y yo nos peleamos porque se rehúsa a venir a mi casa. Básicamente, mi papá y mi hermano tienen un sentido del humor seco y hacen muchos chistes sobre lo que mi novio dice o cómo se viste e hirieron sus sentimientos. Intento explicarle que ellos son así y que han sido así toda mi vida y que solo no les doy importancia y me río a pesar de que no sea muy divertido porque no vale la pena la discusión. Siento que la negativa de mi novio de siquiera seguirles el juego demuestra una falta de interés en mí y en mi familia. Ahora también me causó problemas en casa porque mi familia notó que él no les habla y eso les hace pensar que no es el indicado para mí. No sé qué hacer, me molesta tener que elegir un bando.

Por favor, ayúdame.
sra_shawnmendes2020@gmail.com

Casillero 89 <casillero89@gmail.com> 7:32 p.m. (hace 0 minutos)
Para: Sra. Shawn Mendes

¡Hola señora Shawn Mendes!

Okey, seré honesta. Por la información que me has dado, no creo que sea tu novio el que esté presionándote de manera injusta para que elijas un lado. Una parte muy importante de una relación es poder ver a tu pareja como un espacio seguro para explorar el mundo: puede que tengas aventuras en las que termines con golpes y magullones, pero cuando regresas a tu pareja, deberías sentirte aceptado de manera incondicional, amado y apoyado. Podemos llamar a esta base "la burbuja de la pareja". Cuando tu novio te dice que estos "chistes" realmente lo lastiman y tú desestimas sus sentimientos diciéndole que simplemente debe soportarlos, ya no puede verte como un espacio seguro porque no cuidaste de él cuando lo necesitaba.

Ahora, ¡no estoy diciendo que debas elegir a tu novio sobre los demás todo el tiempo! Hay muchas veces en las que puedes priorizar a tu familia y amigos. Pero tu novio no está pidiendo que te pierdas un evento especial o que no estés allí cuando alguien está enfermo o necesita ayuda, no pide que sacrifiques algo importante por él. Simplemente pide respeto básico y dignidad en una situación en la que no se siente seguro ni apoyado por ti.

Por tu carta, parece que tu papá y tu hermano están fallando en cumplir con ciertos límites básicos de respeto (y parece que también lo hacen contigo, lo que no significa que estás obligada a aceptarlo). No es necesario que te pelees con tu familia para defender a tu novio. Algunas soluciones podrían ser tener una conversación con tu papá y tu hermano para pedirles que no hagan tantos chistes o decir "eso no es divertido" si hacen comentarios hirientes o asegurarle a tu novio que, si te visita y comienzan a atacarlo, irás con él a un lugar más privado. La clave aquí es que tu novio debería sentir que te importan sus sentimientos y que estás dispuesta a defenderlo si las personas que te rodean le están faltando el respeto.

¡Buena suerte!
Casillero 89

Brooke no me habló el día siguiente. La noche anterior, no respondió mis mensajes de texto o por redes sociales así que supongo que lo esperaba, pero fue otro nivel de horror que me lanzara miradas heladas y luego siguiera su camino.

Estaba acostumbrada a estar sola en la escuela, pero no cuando había otros estudiantes. Esta mañana, sentí que todos me miraban mientras esperaba que sonara la campana y pretendía estar ocupada con mi casillero o caminaba con determinación como si tuviera que estar en algún lugar.

Luego, cuando regresé sobre mis pasos y seguía caminando con determinación, me di cuenta de que todos *estaban mirándome*. Cuando pasé por al lado de Marie, abrió la boca como si fuera a decir algo, pero luego la cerró y desvió la mirada. Un grupo de chicas susurraban entre ellas y *definitivamente* oí mi nombre; todas me miraron cuando pasé con la sutileza de un TikTok viral.

Ralenticé mis pasos y miré a mi alrededor, mi cuello ardía por las miradas. ¿Cómo podía ser que tantas personas supieran que Brooke y yo habíamos discutido ayer? Y más importante, ¿por qué les *importaba*?

Luego, se me acercó una chica que *apenas* conocía. Solo la reconocía por su gusto impecable en hiyabs, que siempre coordinaba con su sombra de ojos. Pero no sabía su nombre ni por casualidad.

—Ey, ¿puedo hablar contigo por un momento? –preguntó.

Todos nos miraban como si protagonizáramos un nuevo éxito de Broadway, pero, claro, no era para nada extraño.

Caminamos un par de pasos hasta un pasillo alejado. No teníamos mucha privacidad, así que nos inclinamos contra la pared y hablamos en susurros.

—Entonces, qué... ¿cómo puedo ayudarte? –pregunté.

—Quería pedirte que por favor no digas nada sobre mi carta –dijo–. Creí que era confidencial cuando la envié y es muy, muy importante que quede entre nosotras.

Y finalmente comprendí lo que había estado sucediendo.

Mi cuerpo se cubrió de escalofríos y calambres mientras parecía que el mundo perdía color.

—¿Cómo sabes eso? –indagué casi sin voz.

Pero ya sabía la respuesta, ¿no?

—Ah, todos saben. Creí que tú... lo lamento.

De alguna manera, logré mantenerme erguida y medio estable.

—Está bien, entiendo. Emm, correcto. No sé quién eres y no sé a qué carta te refieres, pero no le he dicho nada a nadie. Es totalmente confidencial.

El *escepticismo* que había en su rostro.

—¿En serio? Porque oí que...

—Sí, hubo un incidente ayer, pero te prometo que fue aislado. Nunca le diré a *nadie* lo que me escribiste...

—Hadiya. –No lucía convencida–. Hablo en serio, no puede divulgarse.

—Hadiya, juro por mi hermana que no le diré a nadie sobre tu carta. Por favor, no te preocupes. Pero... tengo que irme.

Todos me estaban mirando.

Era la estrella del espectáculo. La inesperada villana revelada.

Necesitaba encontrar a Brooke porque, aunque no hubiera nada que pudiera decir para mejorar esta situación, ya *sabía* qué había sucedido, era el único siguiente paso claro. Y necesitaba dar ese paso. Si no lo hacía, no tendría otra opción más que quedarme parada sola, indefensa en el medio de la multitud que me lanzaba miradas acusadoras.

Así que, paso uno: caminar.

Mis pies cooperaron.

Paso dos: localizar.

La encontré afuera de un salón esperando para entrar y sentarse en el escritorio más lejano al mío que pudiera encontrar. Por lo menos, no intentó esconderse cuando me vio acercarme molesta.

–¿Les contaste a todos? –siseé apenas me acerqué lo suficiente para que me oyera.

Mantuvo su postura y habló con firmeza.

–Le conté a Ray. Tiene derecho a saber qué sucedió.

–Todo el mundo sabe.

Encogió los hombros, no era su problema.

–Supongo que Ray les habrá dicho a sus amigas lo que le hiciste. ¿Por qué no lo haría? No te debe nada.

–Pero... –¿Pero qué?–. Era mi secreto. No quería que todos lo supieran.

Brooke no se inmutó.

–Sí. Apesta que tu vida privada quede expuesta ante gente que no conoces, ¿eh?

De alguna manera, una parte de mí había descifrado que contarle a Brooke era lo correcto y que la gente no era castigada por tomar la decisión correcta, por lo tanto, no tendría que enfrentar las consecuencias. Estuve mal al mentir sobre lo que había hecho, entonces, elegir no mentir debería haberme absuelto, ¿no?

Por supuesto que era ridículo. Admitir haber hecho algo horrible no eliminaba mágicamente el hecho horrible. Tampoco lo hacía una disculpa. Haber admitido mis acciones puede que haya evitado que las consecuencias fueran peores en el futuro, pero de todos modos estaba en deuda con el karma. Mi pecado más grande aquí no fue esconder lo que había hecho, fue hacerlo en primer lugar.

Entonces, ¿siguiente paso?

Pretende que la gente no te está mirando. Entra al salón. Deja que Brooke se siente tan lejos de ti como desee. Concéntrate en el profesor. Sobrevive.

Esa era mi única opción disponible, ¿no? Dejaría que la ola me desplome, me arrastre y aguantaría la respiración hasta que pasara. Con un poco de suerte, para cuando pudiera emerger, tendría una mejor visión de cómo nadar hasta la costa.

Resulta que sobrevivir a la clase no fue mi mayor desafío. Sino que fue el período de descanso.

Apenas salí del salón cuando una chica con la que había hablado un par de veces llamada Serena se abrió paso entre los estudiantes para encontrarme.

–Quiero que me devuelvas mi carta –dijo.

Mi corazón se aceleró.

–No la tengo. Las destruyo y las tiro a la basura después de responder.

–Pero no me respondiste. Quiero mi dinero y mi carta.

Por un momento, no comprendí qué sucedía. Estaba casi segura de que nunca había perdido una carta. Sistemáticamente las destruía después de enviar la respuesta. Luego...

—Aguarda, ¿cuándo me escribiste?

—Antes de ayer.

—Lo lamento tanto, en general, estoy al día, pero tuve un par de días complicados.

Cruzó los brazos.

—No me importa. Solo la quiero de vuelta.

Bueno, eso era razonable.

—Seguro. ¿Puedes buscarme después de clases?

—*Ahora.*

Maldición... ah, está bien. Tenía un par de minutos. Suspiré profundamente y le pedí paciencia al Todopoderoso.

—Ven conmigo.

Los estudiantes salían de nuestro camino como si estuviéramos en llamas y descuidaban lo que fuera que había capturado su atención unos segundos atrás. Un chico bajito y callado llamado Justyce se separó de un grupo para seguirnos a Serena y a mí.

—¿Están yendo al casillero? –preguntó–. Quiero mi carta.

—Únete a la fila –masculló.

Me sentía como una maldita pastora con un rebaño de ovejas enojadas.

En el camino, dos chicas que no conocía se nos sumaron sin decir una palabra. Para esa altura, no tenía energía para saludarlas.

Todos podían recuperar sus malditas cartas y yo... bueno, tendría que vivir con la vergüenza.

Para cuando llegamos al casillero, estábamos rodeados de un semicírculo de espectadores. Ingresé la combinación e hice mi mejor esfuerzo para esconderla de los tantos ojos curiosos y abrí la puerta.

—Okey, si... –empecé a hablar, pero Serena salió disparada hacia adelante y comenzó a hurgar entre las cartas.

Una a una las chicas se le unieron y Justyce revoloteo detrás de ellas mientras intentaba entre los espacios.

—¿Pueden dármelas, por favor? —pedí.

Como era de esperar, nadie pareció oírme. Me hicieron a un lado mientras luchaban por encontrar sus cartas. Algunos sobres cayeron al suelo y se deslizaron por el suelo de linóleo.

—Ey —protesté y extendí una mano—. Deténganse.

Un par de estudiantes que nos rodeaban soltaron gritos de alarma. De repente, varias personas se abrieron paso para examinar los sobres en el suelo, en las manos de los estudiantes. Jalaban de las cartas intentando encontrar la suya.

Luego, "varios" se transformó en "docenas". Los sobres se rasgaron, algunas personas se escapaban con las cartas, otros buscaban los billetes. Era un frenesí. Más y más personas se sumaban y me empujaron cada vez más lejos. Le grité a la gente basta, basta, *basta*, pero mi voz se ahogó en el alboroto.

Un tipo tomó un sobre y comenzó a retroceder y otro se abalanzó sobre él gritando que era su carta. Impactaron contra la puerta del casillero e hicieron chillar el metal, el primer chico se golpeó el hombro y soltó un aullido de dolor.

—¡Ey!

El señor Elliot se materializó de la nada y avanzó furioso hacia nosotros.

—Sepárense. Suficiente.

La multitud se dispersó en varias direcciones.

Los sobres ya no estaban.

El casillero estaba vacío.

La puerta estaba doblada ligeramente. Intenté cerrarla, pero ya no encajaba en el hueco. Alejé mi mano y la puerta se meció tristemente un par de centímetros hacia afuera.

—¿De qué se trató todo eso? —preguntó el señor Elliot.

No sabía si la pregunta había sido dirigida a mí o a los demás espectadores, pero afortunadamente, ninguno me delató.

—Es una larga historia —dije—. Estamos bien. Gracias.

—Sí, bueno. —Me miró con desconfianza—. Guarden el baño de sangre para las ofertas de cambio de temporada, ¿sí?

Siguió caminando para su salón y giré para mirar a los pocos estudiantes que no se habían marchado.

Una de ellas era una chica con cabello negro rizado y gafas que no reconocí. Me miró con las cejas levantadas.

—Acabo de llegar. Mi carta estaba allí —dijo señalando con la cabeza al casillero vacío.

Oh.

Estaba en problemas.

Cuando me llamaron a la oficina del director a mitad de la clase siguiente, no me sorprendí.

Mi profesora de Historia, Joan (la señora Lobethal para todos los demás), se me acercó, me dijo que guardara mis cosas y fuera a la dirección tan silenciosamente como pudiera. Así se hacía en nuestra escuela: el profesor recibía un correo electrónico y te daba las instrucciones. No se hacían anuncios por altoparlante porque, como regla general, no querían avergonzar a nadie. Si bien estaba de acuerdo con el sistema, ahora que me lo aplicaban a mí por primera vez, me sentía especialmente agradecida. Lo último que quería era que el resto de la escuela se enterara.

Que Brougham se enterara.

El salón estalló en susurros cuando me puse de pie. Brooke me echó un vistazo de reojo, pero no demostró ninguna emoción. La humillación hubiera sido menos dura si a ella le hubiera importado.

En su oficina, nuestro director, Stan, estaba sentado en una silla tapizada de cuero detrás de un gran escritorio de madera repleto de cosas. Revisaba sus correos en su computadora de escritorio que descansaba en una esquina. Cuando golpeé la puerta, minimizó la pantalla, giró en su lugar y me hizo un gesto para que me sentara en una de las dos sillas azules.

Apenas me había sentado cuando mamá entró en la oficina sin golpear la puerta y se paró detrás de la silla libre y apoyó los brazos en el respaldo.

—¿Qué sucede? —le preguntó a Stan.

Stan era una de esas personas que no se parecía a nadie llamado "Stan". Cuando imaginaba a un "Stan", mi imagen mental era de alguien larguirucho, poco polémico, quizás con un bigote francés y un sentido de humor nervioso. Pero nuestro Stan era un tanque que no luciría fuera de lugar en el ejército; se parecía a Terry Crews. Sus ojos solían ser gentiles cuando me veía en los pasillos o en el salón de profesores.

Hoy no lucían para nada amables. Lucían *molestos*.

—Por favor, siéntate —respondió. Mamá me miró preocupada y se sentó mientras Stan seguía hablando.

—Llegó a nuestro conocimiento que Darcy ha estado administrando un especio de negocio de consejos por correspondencia en la escuela y que les ha cobrado a los estudiantes por sus servicios.

En mi periferia, pude ver a mamá girar hacia mí. Mantuve los ojos fijos en el escritorio.

—Comprendo que lo ha estado haciendo por varios años. Esta mañana hubo un incidente en el cual les robaron información privada a varios estudiantes después de que Darcy permitiera que otras personas accedieran al casillero.

—Eso no fue mi culpa... —comencé a defenderme, pero mamá me silenció.

—Ya recibí varias quejas de los estudiantes involucrados junto a un reclamo formal de un padre. Además, la propiedad escolar sufrió algunos daños.

—¿Qué se rompió? —preguntó mamá.

—La puerta de un casillero.

—Pagaremos la reparación —dijo mamá.

Solté un grito de protesta. *Eso* era totalmente injusto. ¿Por qué tendríamos que pagar por el daño que no ocasioné? En especial cuando éramos una de las familias *menos* capaces de afrontar esos gastos.

—En esta instancia, los daños son la menor de nuestras preocupaciones —aclaró Stan—. Darcy, llevar adelante un negocio, con *comisiones*, en territorio escolar es completamente inaceptable por un centenar de razones. Cuando estás en el campus, representas a la escuela y la *escuela* es responsable por todas las actividades que se desarrollan dentro de estas paredes. Si algo hubiera salido mal como resultado de tus consejos, por los cuales *cobraste*, la escuela podría ser responsable. Nuestra reputación estaría en juego.

El miedo apretó mi pecho y me quedé sin aire hasta que solo pude jadear. Por supuesto que podía ser responsable si algo salía mal. No había pensado en ello porque había comenzado como algo divertido. Me sentía protegida por el anonimato. Y nadie había expresado ninguna preocupación antes.

No era que lo supieran muchas personas.

—¿Qué propones? —preguntó mamá con tono serio.

Recordé que estaba hablando con su jefe. Estaba segura de que no quería que yo saliera perjudicada, pero no podía gritar, maldecir o decirle que estaba siendo ridículo, en especial cuando yo había actuado contra las reglas.

Stan se concentró en mí.

—Darcy, ¿tienes algo que decir en tu defensa? ¿Hay algo que desconozca?

Tragué saliva e incliné la cabeza hacia atrás para intentar contener las lágrimas que se acumulaban detrás de mis ojos.

—Lo lamento. Estaba intentando ayudar a los demás.

Stan suspiró y entrelazó las manos sobre su cuaderno en el escritorio.

—En general, cuando un estudiante tiene un historial tan impecable como el de Darcy, estaríamos dispuestos a conformarnos con una advertencia o con detención. Pero Darcy no solo quebró varias reglas y puso la reputación de la escuela en juego, sino que también puso a otros estudiantes en riesgo. En este momento, no tenemos otra opción más que recomendar una suspensión de dos días. Darcy puede buscar sus cosas. La volveremos a ver el lunes.

Suspendida.

Casi sonaba falso. Como si fuera un mal sueño del que no podía despertar. No podía ser suspendida. Ni siquiera había sido llamada a la oficina del director en el pasado. Siempre estaba tan consciente de lo que mis profesores querían de mí o de no avergonzar a mamá. De no ser la *niña becada* que bajaba el estándar.

Pero nadie rio. Nadie dijo "de hecho, no, eso es demasiado duro". Incluso cuando sonó la campana para indicar el cambio de período y mamá me acompañó a mi casillero, casi esperaba que me susurrara que la esperara en el coche mientras ella solucionaba todo.

Pero no lo hizo. Solo se quedó allí parada apretando los dientes mientras llenaba mi mochila de todo lo que podría necesitar los próximos días en casa.

La decepción que irradiaba de ella me cubrió como una niebla, bloqueó mi cerebro y desenfocó mi visión. Me ardía la espalda por las miradas de todos los estudiantes. Podía oír sus susurros. Nadie se detuvo a preguntar cuál era el problema. No que los culpara por la postura de firmeza de mi mamá con los brazos cruzados y la mandíbula inmóvil.

Mi mochila no estaba diseñada para cargar tantos libros. Cuando cargué todos los que pude junto a mi computadora, tuve que balancear los demás en mis brazos. Mamá en su rol de sargento, avanzó por el pasillo sin ayudarme a cargar nada.

La multitud de estudiantes se dividió delante de nosotros; un Mar Rojo que solo tenía que echarle un vistazo al rostro de mamá antes de salir de su camino. En algún lugar de esa marea, encontré una cabeza familiar que avanzaba con ojos alarmados. Su boca estaba abierta y decía palabras que no podía oír por el murmullo del pasillo. Se abrió camino hacia mí.

Brougham rompió la pared de cuerpos y se acercó directamente a nosotras; mamá no lo disuadió.

—Ey, Darcy, ¿qué está sucediendo? ¿Qué pasó?

Al ver su rostro preocupado hizo que mi corazón se hinchara. Era la primera vez en todo el día que alguien me miraba sin desprecio. Tener a alguien que lo comprendía, alguien que estaba de mi lado —y que no estaba sorprendido por descubrir mi secreto— se sintió muy importante.

—Apresúrate —mamá me dijo de mala manera.

Aceleré el paso y Brougham caminó a mi lado.

—Se enteraron lo del casillero —susurré.

La voz de Brougham estaba inyectada de pánico.

—Espera, ¿estás en problemas?

Mamá se volteó para fulminar a Brougham con la mirada.

—Regresa a clase —dijo con tono peligroso.

—Sip, solo un segundo, señorita Morgan.

—No, *ahora, Alexander.*

No jugabas con mamá cuando hablaba con ese tono. Era su voz de "no toques la hornalla encendida", su tono de "cómo te atreves a hacer un berrinche en el supermercado" y de "si me pides que lo compre una vez más, no le diré a Santa que lo quieres".

Y Brougham, bendito sea, que había crecido sin saber qué sucedería cuando sus padres alzaban la voz, se congeló.

Luego, increíblemente, reaccionó y trotó hasta nosotras.

—Señorita Morgan, aguarde. No fue solo Darcy. Yo también estaba involucrado. Y no comprende, no estaba haciendo nada malo. Estaba *ayudando* a la gente...

Si Brougham seguía a nuestro ritmo algunos pasos más, no me sorprendería que mamá estallara con él. Toqué su brazo para interrumpirlo.

—No tiene sentido. Regresa a clases. Estaré bien.

—Pero...

—Ve, solo empeorarás las cosas.

Lo miré con una súplica y bajó la velocidad, herido. Para ese momento habíamos llegado a la entrada y no podía seguirnos hasta el coche Así que se quedó atrás y yo seguí a mamá.

Nos subimos al automóvil y mamá dejó caer su cabeza contra el respaldo sin encender el motor.

—Cometiste un error, niña.

Pasé mi puño por debajo de mis ojos para limpiar las lágrimas rebeldes que lograron escaparse.

—Lo sé, lo lamento. No lo haré más.

—Eh, *sí*, eso es obvio. Y tendrás que reembolsar a todas las personas que te pagaron.

Empalidecí.

—¡No puedo! Gasté casi todo.

—Tendrás que comenzar a ahorrar.

—Bueno, ahorraré hasta los treinta años porque he estado recibiendo unas diez cartas por semana.

—¿Diez cartas... *por semana*? ¿Has estado dando consejos sobre sexo a diez estudiantes por semana?

—No de *sexo* –dije–. De relaciones. Como Oriella.

Mamá soló una carcajada.

—Darcy, tienes *dieciséis años*, ¡no sabes lo suficiente de relaciones como para cobrarle a la gente por tus consejos!

La semana siguiente cumplía diecisiete, pero mamá siempre hacía eso. Redondeaba mi edad para arriba cuando creía que no estaba esforzándome lo suficiente y la redondeaba para abajo cuando creía que hacía demasiado.

—Bueno, aparentemente, sí sé, porque las cartas siguieron llegando –repliqué a la defensiva–. Investigo todo. No estoy inventando.

—¿Precisamente qué tipo de consejos le has estado dando a los estudiantes de la escuela?

Encogí los hombros y miré por la ventanilla del acompañante, aunque no nos estuviéramos moviendo.

—De todo tipo. Cómo establecer límites, qué hacer si a tus amigos no les gusta tu nuevo novio, cómo decirle a tu novia que no eres feliz sin herir sus sentimientos, ese tipo de cosas.

Mamá sacudió la cabeza.

—Increíble. No eres terapeuta. ¡No puedes tratar a las personas como pacientes!

—¡*No* hacía eso! ¿Y las columnas de consejos?

—Son publicaciones públicas con descargos de responsabilidad. Es libertad de prensa. Hay reglas sobre quiénes pueden dar consejos por motivos de seguridad, Darcy.

Crucé los brazos y fruncí el ceño.

—No veo cómo puse en riesgo a los estudiantes. Por lo que sé, decirle a alguien que use comportamiento corporal amigable o cómo hacer que tu pareja se sienta respetada no es de alto riesgo.

—Sí, pero sigues dando consejos para los que no estás calificada y aceptas pago por esos consejos sin cláusulas de responsabilidad o indemnización. Lo que es, precisamente, por qué nos oponemos a que los adolescentes inicien sus propios negocios a escondidas de los adultos. ¡Porque no tienen *idea* de lo que están haciendo desde el punto de vista legal!

—Bueno, está bien porque nada salió mal y ahora se terminó.

—¡Parece que *muchas* cosas salieron mal esta mañana!

—Eso no fue mi culpa.

—Te comento Darcy que cuando ofreces confidencialidad a cambio de un pago, es tu responsabilidad asegurar esa confidencialidad. Si no haces todo lo que esté en tu poder para mantener esa información a salvo, *por supuesto* que es motivo para un reclamo.

Esto era una pesadilla. Me demandarían y perderíamos todo. Eso o alguien involucraría a la policía y sería arrestada. No sabía por qué exactamente, pero de seguro existía alguna ley que desconocía sobre filtrar información. Luego descubrirían lo que hice con Ray y sería el fin.

No pude contener más las lágrimas.

Mamá me echó un vistazo de reojo y su expresión se suavizó un poquito.

—Pero tienes razón —dijo con tono firme—, tienes suerte de que no sucediera nada grave. *Podría* haber sido mucho peor. Por el momento, señorita, publicaremos una nota que diga que cualquiera que desee un reembolso debería hablar conmigo. Organizaré eso y tú después puedes pagarme. Si tardas catorce años, que así sea.

—No veo la necesidad de reembolsar a todos. Cumplí con el servicio que pagaron.

—Control de daños —replicó mamá con sencillez.

Todo el trabajo que había hecho durante los últimos años. Todo se había terminado. Todo lo que había ganado se transformó en deuda. No más casillero. No más consejos. No más pequeñas alegrías cuando resolvía un problema complicado. No más saber que ayudaba a las personas cuando no tenían a quién recurrir.

Se había terminado.

—Y está de más decir que estás castigada –dijo mamá–. Mañana por la noche tengo el campamento de ciencias de noveno grado. Ya no sé si puedo confiar en ti. ¿Siquiera hay confianza real entre nosotras?

—Por supuesto.

—Bueno, no lo sé Darcy. No me contaste esto.

—¿Cuándo se supone que debí hacerlo, mamá? –resoplé–. Me pides que me quede todas las tardes, pero estás demasiado ocupada para hablar conmigo cuando necesito ayuda porque estás calificando tareas. Tengo que recurrir a Ainsley para *todo*...

—Eso no es justo.

—¡Es verdad! Ainsley me lleva a todos lados, me da consejos, me consuela cuando estoy llorando en mi habitación, cosa que ni has *notado*. Ni siquiera sabes lo de *Brougham* por el amor de Dios.

—¿Qué cosa de Brougham?

—*No quiero hablar de Brougham en este momento.* Ese no es el punto. El punto es que *quise* hablar sobre él contigo y estabas demasiado ocupada. Como *siempre*.

Mamá me miró con una expresión de dolor.

—Siempre pregunto por ti. ¿Cómo puedes decir que estoy demasiado ocupada para ti?

—Preguntas, pero cuando comienzo a hablar, ¡te distraes!

—Eso no es verdad.

—*Lo es.*

Mamá respiró profundamente.

—Estás molesta y ahora te proyectas en mí y no es justo.

Limpié mis lágrimas y fulminé con la mirada la ventanilla ¿Cuál era el punto de discutir si solo desestimaría cada cosa que dijera?

—Entonces, ¿me dices que no me arrepentiré si te dejo en casa sola el viernes y que no necesitas la supervisión de tu padre?

—También puedo garantizar eso. Además, Brooke me odia y ya no tengo amigos así que no hay nada que quiera hacer incluso si fuera a romper las reglas.

—Espera, ¿qué sucedió con Brooke? —preguntó mamá.

Giré para *mirarla*. Algo parecido al horror brilló en su rostro. Mi punto no podría haber sido mejor ejemplificado.

—¿Por qué no me contaste?

—Pasé toda la noche de ayer llorando en mi habitación; supuse que lo notarías y me *preguntarías*. De hecho, fue *tu consejo* lo que causó todo esto. Y no debería haberte oído porque no conocías toda la historia y ahora todo se fue al demonio.

—Eh, eso sucedió porque *no* me contaste toda la historia.

—¡No sentí que *pudiera* hacerlo! Sabía que te enojarías por lo del casillero.

—Bueno, *por supuesto que sí*...

Se interrumpió, inhaló profundamente y encendió el motor.

—Esta conversación no terminó, ¿de acuerdo? Tenemos que discutir esto cuando estemos las dos más tranquilas. Pero... no está bien que sientas que no puedes hablar conmigo.

Sí. Dudaba que volviera a mencionarlo. No me hacía muchas esperanzas.

Cuando ya estábamos de camino a casa, atascadas en el tráfico, la boca de mamá esbozó una pequeña sonrisa.

—Diez cartas por semana —murmuró para sí misma sacudiendo la cabeza—. Por Dios, niña.

Dieciocho

Sin mamá y con la casa vacía el viernes, Ainsley y yo decidimos comer comida chatarra, mirar Netflix y sentirnos mal por mí.

Para añadir a mi miseria —algo que se sentía increíblemente satisfactorio—, me distraje de la película mirando las fotografías del baile de graduación a medida que las compartían. Vi una imagen de Winona, lucía espectacular en un vestido al cuerpo rosa brillante. Ray y un grupo de amigas, luciendo un mono magenta. Brougham, Finn, Hunter y Luke posaban con un grupo de estudiantes de último año mientras se reían de un chiste que nunca escucharía.

La sonrisa de Brougham llegaba a sus ojos. Me encantaba esa expresión.

Me había enviado un mensaje la noche anterior para preguntar cómo estaba, le agradecí su preocupación y le conté lo de la suspensión, pero no continué la conversación. Estaba enterrada en una nube de vergüenza y humillación y no quería hablar de eso. Solo quería comida chatarra y olvidarme de mi caída social y académica para lidiar con ella la semana siguiente.

—Será tu turno el año que viene —dijo Ainsley cuando me vio con las fotos—. ¿Algún drama?

—No que yo sepa.

—Ah. Las historias comenzarán a divulgarse el lunes. Cuéntame si hay algún conocido involucrado.

Me pregunté cómo se sentía Brooke viendo estas fotos de Ray. Desearía poder consolarla. Deseaba aún más nunca haberlas herido.

Luego, increíblemente, mi teléfono comenzó a vibrar porque alguien me estaba llamando y luché por responder. ¿Brooke? No me importaba si llamaba para gritarme o llorar conmigo con tal de que me hablara.

Pero era Finn. Ainsley pausó la película mientras respondía.

—Es Brougham —dijo Finn tan pronto oyó mi voz.

Me puse de pie tan rápido que sentí un tirón en el cuello.

—¿Qué sucedió?

—Hubo un problema, te contaré después, pero en pocas palabras está ebrio.

—¿*Brougham?*

—Nunca lo vi así. Temo lo que podrían hacer sus padres si llega a casa en este estado.

Muebles patas arriba. Insultos. Portazos y amenazas a los gritos. Y eso era solo lo que yo había presenciado.

No, yo tampoco quería que Brougham fuera a casa en este momento.

—¿En dónde está Winona?

—Se fue a casa hace un tiempo y no responde el teléfono.

Algo amargo parecido a los celos dio una patada en mi estómago al darme cuenta de que Finn había llamado a Winona primero para que fuera a buscar a Brougham, por muy ridículo que fuera. Y luego, otra parte cruel y herida de mí me gritó que debería decirle a Finn que siga intentando comunicarse con Winona. Que le diga que Alexander Brougham no era mi responsabilidad. Después de todo, había elegido a Winona, ¿quién era yo para él?

Pero era Brougham.

Era Brougham y nunca haría eso.

—Y tu mamá está en el viaje, ¿no? ¿Puedes ayudar?

Honestamente, nunca fue una pregunta.

—Ains —dije—. ¿Me prestas tu coche? Tenemos un problema.

La fiesta posterior al baile de graduación seguía a pura intensidad con grupos de adolescentes repartigados en el jardín delantero, parados alrededor de sus teléfonos o tomándose *selfies* junto al roble o sentados encorvados contra el porche. La fiesta principal parecía ser en el jardín trasero, podía ver las cabezas subir y bajar sobre la cerca y el latido de la música parecía provenir de esa área. La casa estaba aislada al final de una carretera de tierra rodeada de casas en terrenos enormes con caballos y cabras. Era claro por qué habían elegido celebrar aquí.

Al principio, me ofrecí a ir sola, sentía demasiada culpa para pedirle a Ainsley que se vistiera y saliera de casa por mi culpa. Pero cuando señaló que alguien debería viajar al lado de Brougham para mantenerlo a salvo, no pude discutir. La única condición de Ainsley era decirle a mamá lo que estábamos haciendo, pero ella asumió la responsabilidad así que *técnicamente* no rompí las reglas; *Ainsley* quería que alguien viniera a casa.

Le envié un mensaje a Finn cuando llegamos. No tenía

sentido entrar en la guarida del león para una misión de búsqueda y rescate; terminaríamos dando vueltas por la casa.

Ahora solo tenía que esperar que recordara revisar su teléfono a pesar de la mezcla de alcohol y Dios sabe qué otras cosas.

—¿Ese es Luke? —preguntó Ainsley y se irguió en su lugar.

Entrecerré los ojos.

—Ainsley, no se parece para nada a Luke.

—Bueno, *no lo sé*, no los veo hace mucho.

—¡Terminaste la escuela hace diez meses!

—Correcto.

Me miró seria.

—Diez largos meses que me cambiaron de maneras que no puedes imaginar.

—Seguro, Ains.

—Okey, *definitivamente* es él. En el porche.

Esta vez tenía razón. Allí estaba Luke, vestido en un esmoquin arrugado caminando —mejor dicho, tambaleándose— con Finn. Entre ellos estaba Brougham, quien hacía un intento lastimoso de caminar. Su cabello estaba despeinado y se pegaba en su frente por el sudor, sus ojos estaban brillosos y fuera de foco y su postura me dio la impresión general de alguien cuyos huesos se habían evaporado. Tenía una camisa de vestir que había sido blanca, pero ahora estaba manchada en una mezcla de amarillos y rosas.

Lucía miserable.

Prácticamente salí disparada del coche para correr hacia ellos. Ainsley me siguió detrás.

—Hola —logré decir cuando llegué a los chicos.

Finn lució aliviado. Brougham alzó la cabeza y me fulminó con la mirada.

—Estoy *bien* —dijo.

Se liberó del brazo de Luke con un poco de esfuerzo y terminó chocando con Finn quien ya se había preparado para el impacto.

—Si hasta *yo* creo que no estás bien, no estás bien —replicó Finn—. Hola, Ainsley.

—Hola, veo que estás en problemas como siempre.

—¿Yo? He tenido un comportamiento impecable esta noche, a diferencia de *algunas personas* que no nombraremos. *Brougham* —aclaró de todos modos.

Brougham no era capaz de formar una respuesta coherente, pero logró gruñir para demostrar su descontento.

—¿Vomitó? —le pregunté a Finn mientras Luke y él lo ayudaban a subirse al coche de Ainsley. La cabeza de Brougham cayó hacia adelante como si todos los músculos de su cuello fallaran al mismo tiempo.

—No —dijo Brougham.

Aparentemente seguía consciente a pesar de su estado.

—Un par de veces, sí —dijo Finn—. ¿Tienes una cubeta?

—Seguro. Espero que no la necesitemos.

—Creí que se había desmayado hace un momento, una media hora, pero gruñó cuando lo sacudimos así que creo que estamos bien. Luego lo molestamos un poco más para divertirnos y siguió gruñendo así que, ya sabes, eso es prometedor. De todos modos, puede que tengas que vigilarlo por un tiempo. Llámame si algo sale mal porque sus padres creen que dormirá en mi casa esta noche.

—Espera, ¿qué?

—Estará bien. Te enviaré el teléfono de su madre por las dudas, ¿sí?

En realidad, no, pero era demasiado tarde ahora.

—¿Cuáles son las ramificaciones legales si muere en mi casa?

—Horribles, por eso te lo estoy cediendo.

Finn sonrió y dobló sus rodillas para acomodar a un Brougham desarmado en el asiento trasero mientras Ainsley mantenía la puerta abierta.

—Muy bien amigo, ¿estás cómodo?

Brougham cerró los ojos e inclinó la cabeza hacia atrás con un gemido ahogado.

Mientras Finn intentaba ponerle el cinturón de seguridad, fui hacia la otra puerta y me deslicé en el asiento trasero con él. Brougham observaba las manos de Finn con demasiado interés.

—¿Estás bien? —le pregunté sobre el sonido del motor.

Salió de su trance y me miró como si recién notara que estaba allí. Luego sus párpados cayeron y volvió a inclinar la cabeza.

—Yo, mmm, dormir.

—Puedes recostarte sobre mí si necesitas.

No necesitó que se lo dijeran dos veces. Su mejilla fue directo a mi hombro, su cabello me hacía cosquillas en la clavícula y sentí su respiración sobre mi pecho cuando comenzó a inhalar y exhalar metódica y profundamente. La manera en que la gente solía respirar cuando hacían su mejor esfuerzo para no vomitar.

Me estiré hacia la cubeta y la puse en mi regazo por las dudas.

En casa, Ainsley y yo tuvimos que colaborar para sacarlo del coche y llevarlo a la sala de estar. No fue tarea fácil mantenerlo erguido y luchar con las cerraduras al mismo tiempo. Para cuando dejamos caer a Brougham en el sofá, me costaba respirar.

Ainsley fue al coche para buscar la cubeta mientras yo lo cuidaba. Se inclinó sobre un costado, pero se quedó en el sofá.

—¿Qué sucede si empieza a vomitar? —le pregunté a Ainsley cuando regresó.

—¿Por qué crees que tenemos la cubeta?

—Claro, pero ¿no sería más limpio si lo lleváramos al baño?

Ainsley sacudió la cabeza y dejó caer la cubeta vacía al lado del sofá.

—No. Así es como te rompes los dientes.

—¿Qué? —Estaba horrorizada.

—Es verdad. Le sucedió a un chico en mi clase. Se estaba inclinando sobre un váter y dejó caer la cabeza y...

—*No* termines esa oración —la interrumpí—. ¿Tenemos algo para que pueda cambiarse?

—Emm... Dios, esto sería más sencillo si tuviéramos a papá. ¿Qué te parece el suéter brillante?

Se refería al suéter tejido extra grande color crema cubierto de círculos dorados brillantes que solía usar hasta el cansancio en segundo año.

—¿Por qué no puede usar algo *tuyo*? ¡Eres más alta que yo!

—Sí, pero tú eres más ancha, señorita "caderas para tener niños". El suéter brillante es lo más grande que tenemos.

Brougham se había recostado sobre su espalda.

—¿Quieres un vaso de agua? —le pregunté, pero dudé que me haya oído—... Te buscaré un vaso de agua.

Ainsley se marchó a buscar el suéter mientras yo llenaba un vaso de agua.

—¿Crees que puede vestirse solo? —preguntó.

Miré al suéter horrorizada mientras mis mejillas se encendían.

—Eh.

Nos miramos inseguras.

—No lo haré —dijo.

—¡No lo haré! Es mi amigo.

—Eh, sí, justamente por eso deberías hacerlo tú.

—Amigos que *se besaron* hace unas semanas debería recordarte.

Además, eres más grande que él, será como una situación de hermana mayor.

–¡No tenemos ese tipo de relación!

Genial. Parecía que nuestras opciones eran: a) poner a Ainsley en una situación incómoda, b) dejar que Brougham se marinara en su camisa empapada de sudor, alcohol y vómito toda la noche; o c) ayudar platónica y sistemáticamente a un amigo a cambiarse la camisa.

Estaba exagerando la situación. ¿Por qué?

Porque susurró una voz, *no es solo un amigo y lo sabes*.

Bueno, ahora mismo, tendría que ser solo eso.

Y francamente, no intentaba cruzar ninguna línea a propósito: hubiera *preferido* que Winona fuera la que cuidara de su novio esta noche. Si llamaba al teléfono de Brougham dentro de los próximos treinta segundos, *felizmente* le cedería la tarea para evitar la situación incómoda.

–Okey, está bien. *Está bien.* ¿Puedes traer algunas sábanas o algo para el sofá?

–Ya me encargo.

Me arrodillé delante de Brougham con un vaso de agua y con mi suéter mientras Ainsley exploraba el armario de blancos.

Brougham se sentó en el sofá con los ojos cerrados. Me erguí un poco y estrujé con delicadeza su brazo.

–Ey, ¿estás despierto?

Abrió los ojos sobresaltado y asintió.

–Tengo algo para que te cambies.

Su mirada desenfocada se concentró en el suéter y asintió con una determinación renovada.

–Gracias.

Sus palabras ya se oían con mayor claridad que en la fiesta. Comenzó a desabotonarse la camisa y volví a ponerme de pie. Con un poco de suerte, quizás no tendría que intervenir en absoluto. Desafortunadamente, logró desabrochar tres botones y se rindió, intentó quitarse la camisa sobre su cabeza y se atascó.

—Ayuda —dijo con un tono penoso mientras lo ayudaba a pasar la camisa sobre su cabeza y sus brazos.

Hice mi mejor esfuerzo para no mirar los músculos de sus brazos o la suave piel de su pecho desnudo o los pequeños pliegues que se formaban alrededor de su ombligo cuando se inclinaba hacia adelante; ni el fragmento de vello que rodeaba el mencionado ombligo. O los ángulos filosos de su clavícula.

Aparentemente mi intento no fue exitoso.

Clavé los ojos en su rostro y lo ayudé a ponerse el suéter. Así debe sentirse vestir a un niño; uno que medía casi un metro ochenta.

El suéter era demasiado corto para sus brazos, pero cumplía el objetivo. Además, nunca lo había visto en algo que no fuera de alta calidad —sí, incluyendo su conjunto de pijama en la casa de Alexei— así que el efecto era un poco ridículo.

Comenzó a bajar el cierre de su pantalón con sus dedos torpes y, para mi enorme alivio, logró quitarse los pantalones sin necesitar mi ayuda. Terminó en sus interiores y mi suéter.

—Oh —dijo adolorido flexionando su mano derecha.

Por primera vez, noté que estaba roja e hinchada.

—¿Qué hiciste? —pregunté.

—Mmm.

Ah, eso aclaraba las cosas.

Para esta altura, estaba sin aliento por la enormidad de las tareas que le había encomendado y se desmoronó cuando Ainsley llegó con unas mantas y almohadones para armar una cama improvisada. Brougham nos permitió que lo ayudáramos y un par de mantas después, estaba arropado a salvo.

Luego se recostó sobre su espalda casi inconsciente. Ainsley sacudió la cabeza y tomó algunos de los almohadones del sofá.

—¿Qué estás haciendo? —pregunté mientras los acomodaba entre Brougham y el respaldo para poner al chico de costado.

Dirigió su respuesta a Brougham.

—No puedes dormir boca arriba esta noche —dijo lentamente con voz clara—. Quédate de costado. La cubeta estará aquí. ¿Okey?

Brougham emitió un sonido que podría interpretarse como un "sí", pero no abrió los ojos.

Ainsley me miró.

—Si está de costado, no puede ahogarse con su vómito. Mejor prevenir que lamentarse.

—Rayos, ¿desde cuándo eres una experta en lidiar con borrachos? —pregunté sorprendida.

—La universidad me cambió. He visto *algunas cosas*, Darcy.

—Diablos. Tienes mi respeto.

Considerando que eran casi las dos de la mañana, Ainsley, como era de esperar, se fue a la cama. Y, de repente, solo quedé yo.

Yo y un chico muy borracho que puede que sea mi amigo o no. Era difícil saberlo en este momento.

Para ser sincera, esa descripción era aplicable a la mayoría de las personas en mi vida en este momento.

Suspiré, me senté en el suelo en frente del sofá. Probablemente debería estar dormida a esta ahora, pero la adrenalina me había despertado. Además, quería quedarme aquí un rato solo por si acaso.

Brougham ya estaba profundamente dormido, su mejilla aplastaba una de sus manos. Su respiración era estable. Eso era bueno, ¿no? No había nada de qué preocuparse.

Me puse un auricular y dejé la otra oreja libre para oír si algo cambiaba y puse una película en mi celular.

A mitad de la película, justo cuando comenzaba a quedarme dormida, Brougham se movió.

En la oscuridad, apenas podía distinguir sus ojos grandes. Esos hermosos ojos intensos. Perforándome. Parpadeó lentamente, sus largas pestañas tocaban su rostro.

—¿Darcy?

—¿Sí?

—¿Por qué viniste a buscarme?

—Porque me necesitabas.

Seguía mirándome con sus ojos bien abiertos, su boca ya funcionaba. Lo único que quería hacer en ese momento, lo que mi cuerpo me pedía *a gritos* que hiciera era inclinarme hacia él y abrazarlo. Acariciar su cabello y prometerle que siempre estaría allí si me necesitaba. Recorrer la curva de su cuello hasta su hombro con mi dedo y asegurarle que no lo abandonaría por nada del mundo.

Pero no podía prometerle eso porque ya lo había abandonado una vez.

Y el precio que tenía que pagar era saber que no podía hacer ninguna de esas cosas. Nunca podría volver a tocarlo de esa manera.

Nunca podría volver a besarlo.

Y, en poco tiempo, no sería capaz de recordar cómo sabía. Y luego sería como si nada de esto hubiera sucedido en primer lugar.

Lo peor de todo era la manera en que me miraba con la boca ligeramente abierta, el mentón inclinado hacia adelante y su respiración marcada. Lucía como si deseara que lo besara. En ese momento, en la oscuridad, en el silencio, sentía que, si me inclinaba hacia adelante, él quizás cerraría el espacio entre nosotros. Quizás me acercaría a él con fuerza y me besaría como no lo había dejado besarme la primera vez.

Pero simplemente no pude.

—¿Cómo te sientes? —susurré.

—Me duele la cabeza.

—Bebe un poco de agua.

Se irguió inestable y tomó el vaso de mis manos. Sus dedos rozaron los mío. No lo había hecho apropósito y me avergonzó el escalofrío que recorrió mis hombros.

—¿Finn te contó lo de Winona? —preguntó, sus palabras eran tensas y confusas.

—Sí, por eso me llamó. Lamento que estés atascado conmigo.

Brougham clavó sus ojos en los míos, sinceros.

—Yo no.

Sí, bueno, ya no criticaría a las novias de los demás así que lo ignoré.

—Solo estamos Ainsley y yo en casa esta noche —dije mientras bebía sorbos pequeños—. Hay una toalla al lado de tu ropa. Puedes darte una ducha cuando quieras. Dormimos arriba así que no nos despertarás. Debería haber un cepillo de dientes nuevo en el baño. Siéntete libre de usarlo.

Parpadeó intentando procesar la información. Tuve que recordarme que consciente no era lo mismo que sobrio.

Otro motivo por el cuál debía mantener la distancia.

Con tanto cuidado como pudo, apoyó el vaso sobre la alfombra y logró no derramarlo. El movimiento de inclinarse hacia el costado del sofá acercó su rostro al mío, retrocedí rápidamente casi sin aliento. Tenía que moverme porque quería quedarme en mi lugar con todas mis fuerzas y dejar que nuestros labios se encuentren.

Subió la mirada y me observó mientras retrocedía sus ojos estaban desenfocados, pero eran suficientemente avispados para notarlo. Volvió a apoyar la cabeza y me miró sin decir una palabra.

Eso no fue nada.

Esto no era nada.

Así que me puse de pie y tragué saliva.

—Estaré arriba si me necesitas. ¿Estarás bien aquí?

Su rostro se endureció.

—Sí —respondió en un tono que era demasiado alegre para ser real.

—Okey, buenas noches.

Mordió su labio inferior y luego asintió.

—Buenas noches.

El pobre Brougham pasó la mayor parte de la mañana vomitando en el baño.

Por suerte para Ainsley y para mí, ya era perfectamente capaz de usar el retrete a esta altura así que no fue necesario lidiar con la cubeta, pero era horrible oírlo. Después del desayuno, Ainsley comentó molesta que no podía filmar nada con ese tipo de sonido de fondo. Le sugerí que creara algo horrible a propósito y se inspirara en la situación. Mi idea no le pareció tan divertida como a mí, pero se suavizó cuando Brougham caminó como zombi hasta el sofá y se hizo una bolita vistiendo solo sus medias, ropa interior y el suéter brillante.

—Puedo meter tu ropa en la lavadora —sugerí—. Probablemente no quieras volver a ponértelas en ese estado.

—No puedo pedirte que limpies mis cosas —gimió Brougham y enterró su rostro en un almohadón—. Es humillante.

—Sí, bueno, tendrás que superarlo.

—Lo lamento.

Asomó sus ojos del almohadón en mi dirección, su mirada estaba llena de remordimiento.

—No te preocupes. Prefiero que estés aquí que en tu casa.

Hizo una mueca, asintió y me marché para lavar sus prendas. Finn había ofrecido su casa como refugio tan pronto se sintiera lo suficientemente bien para llegar allí. Pero Brougham no había logrado pasar ni veinte minutos sin vomitar violentamente así que esa opción quedaba descartada por ahora.

Hablando de eso, por el sonido, había vuelto al baño. Lo esperé en la sala de estar, pero cuando no volvió después de un largo tiempo, fui a ver cómo estaba. Golpeé la puerta y le pregunté si todo estaba bien.

—Sí. —Su voz era pequeña—. Puedes entrar si quieres.

Estaba de rodillas delante del retrete, sobre la alfombra gris, sus hombros descansaban sobre el asiento y su cabeza sobre su brazo. Su cabello estaba pegado en su frente por el sudor y estaba pálido. No abrió los ojos cuando entré.

—Ni siquiera tengo comida en el estómago —se quejó sin aliento—. Solo vomito aire.

—¿Desde cuándo bebes tanto? —pregunté intentando sonar curiosa y no prejuiciosa.

La única respuesta que recibí fue un gesto con su mano. Aparentemente no era asunto mío. Okey, está bien.

—No creo que... mi cabeza... me haya dolido tanto en mi vida.

—¿Tomaste el analgésico que te di temprano?

—Sip. No hizo nada.

Cerró los ojos con más fuerza todavía y tuvo algunas arcadas sobre el retrete. Como dijo, no salió nada.

Estaba bien si frotaba su espalda, ¿no? Era lo suficientemente platónico. Me estiré hacia él con cautela y presioné mi palma contra el suéter y comencé a hacer pequeños círculos.

Cuando las arcadas se detuvieron, Brougham exhalo frustrado.

—Duérmanme hasta que se termine. Es cruel mantenerme despierto.

—Es solo una intoxicación, terminará pronto. A nuestro cuerpo no le gusta ser envenenado.

—No me digas.

Contuvo la respiración y cerró los ojos, pero no alejó mi mano así que solo podía asumir que lo ayudaba.

El sol de la media mañana entraba por la ventana del baño y hacía brillar las cerámicas blancas y la tina y el lavabo del mismo color. Tanto color blanco probablemente no ayudaba a su dolor de cabeza.

—¿Qué le sucedió a tu mano? —pregunté.

El color rojizo se había desvanecido y había sido reemplazado por un magullón violeta amarronado.

—No tengo idea, pero duele como el demonio.

—¿Puedo ayudar? ¿Hielo o...?

—No.

Algo en su tono de voz me hizo saber que debería abandonar el asunto.

—¿Brougham?

—¿Mmm?

—Por favor, ¿podemos volver a ser amigos?

Ahora abrió los ojos, aunque no alzó su cabeza.

—Nunca dejamos de serlo.

Solté una carcajada seca.

—Okey, está bien. Tienes razón. Cometimos un error y ha sido extraño. Me gustaría que seamos amigos.

Gracias a Dios. Gracias a Dios que tenía a Brougham. Saber que no había destruido nuestra amistad por completo, no reparaba todo lo demás, pero me hacía sentir que tenía algo a lo que aferrarme; antes sentía que caminaba sobre hielo fino.

—Genial.

—¿Estás bien? —me preguntó.

—Oh, ya sabes. He estado mejor, pero por lo menos no estoy vomitando en ropa interior en el baño de una de mis profesoras.

Logré robarle una pequeña sonrisa.

—Lamento lo del casillero.

—Bueno, yo también. Pero quizás mamá tenía razón. Quizás algunos de mis consejos eran buenos, pero probablemente me confundía todo el tiempo. Tengo *suerte* de no haber arruinado nada.

Pensé en lo que había dicho Brougham sobre no tener suficiente información por una carta. Pensé en qué pensaba de él al principio en comparación con este momento. Cómo había cambiado mi percepción de él y sus problemas. Mi tasa de éxito siempre había sido un motivo de orgullo para mí. Pero ¿cómo podría haber tenido un porcentaje tan alto? ¿De verdad?

—Probablemente te confundiste varias veces —dijo Brougham con voz débil—, pero ese nunca fue el punto.

—¿A qué te refieres?

—Quizás algunas personas realmente necesitaban consejos. Pero apuesto lo que sea a que un gran porcentaje de esas cartas solo eran personas que querían que alguien los escuchara sin ser juzgados o que validara sus sentimientos. Es poderoso tener un lugar para solo...airear todo.

—¿Estás diciendo que solo era un buen oído? —pregunté irguiéndome en mi lugar.

—No. Digo que eres brillante y que das buenos consejos muchas veces, pero que la presión que pones sobre ti misma para que todo sea perfecto no es necesaria.

Ajá.

Había algo especial en ser vista de la manera en que Brougham me miraba. Quizás Ainsley me comprendía de manera similar, pero era diferente porque era mi hermana. Este chico era un completo desconocido para mí hace unos meses, me buscó para escuchar lo que decía, y hacía un esfuerzo mayor para oír lo que no decía, y de alguna manera, encajó las piezas de manera correcta para comprenderme. Y quizás podía hacerlo porque en algunos aspectos éramos parecidos. Compartíamos fisuras en lugares complementarios.

Brougham me hacía ver la mejor versión de mí misma, la más amable, sabia y empática que siempre quise ser. Y eso era muy valioso, por lo que sería una pérdida importante. Y casi lo pierdo.

Tenía tanto tiempo de volver a perderlo.

Pero eso se sentía demasiado intenso como para decírselo.

—Y ahora todos me odian.

—Con el tiempo te perdonarán. No te preocupes demasiado.

—Quizás, no estoy segura.

—Bueno, si no lo hacen, conozco una gran escuela en Australia en donde podrías iniciar de cero.

—Ah, ¡es cierto! Ahora conozco esa canción de la clase trabajadora. Encajaré sin problemas.

—Sí. Solo asegúrate de cantarla palabra por palabra así sabrán que eres auténtica.

Nos reímos juntos, lo que ocasionó otra ola de arcadas tan intensas que los ojos de Brougham se llenaron de lágrimas.

Bueno, el lado positivo era que... podía estar segura de que Winona no se sentiría muy amenazada si descubriera cómo había pasado la mañana con su novio.

Diecinueve

La escuela fue terrible.

Brooke seguía sin hablarme. Cada vez que la veía, me miraba a los ojos y luego desviaba la mirada rápidamente y encontraba cualquier distracción.

Los otros estudiantes susurraban. Nadie me dijo nada de manera directa, pero sus ojos se pegaban a mí como imanes y oía mi nombre entre la multitud cuando caminaba por los pasillos, mientras esperaba para entrar a clases y cuando buscaba algo en mi casillero.

El casillero ochenta y nueve seguía levemente abierto, su puerta estaba doblada y los estantes vacíos.

La peor parte por lejos fue el almuerzo. Entrar al comedor sola, escanear las mesas que se llenaban mientras pasaba y sabía que no podía sentarme en ningún lugar.

Brooke estaba con Jaz y sus amigas. Les había enviado mensajes de disculpas tanto a Ray como a Jaz durante el fin de semana. Ray me bloqueó y Jaz leyó mi mensaje, pero no respondió; no podía culparlas. Brooke pretendía que no me veía, pero su rostro era frío. No podía sentarme con personas que apenas conocía porque podrían estar enojadas conmigo.

Quizás sus cartas estaban en el casillero. O quizás solo se sentirían incómodos. Tal vez creían que podría identificarlos como los autores de alguna carta. Quizás, en muchos casos, tendrían razón.

Quería voltearme y salir corriendo, siendo honesta, estaba a segundos de hacerlo. Sería mejor que sentarme sola y hacer mi mejor esfuerzo para no llorar cuando tantos ojos se clavaban en mí.

Y luego, como si se hubiera materializado de la nada, Brougham superó a un par de estudiantes y tocó mi codo.

—Vamos —dijo simplemente.

Por primera vez, la orden no sonó mandona o grosera. Me guio con gentileza entre la multitud hacia la mesa de sus amigos en un extremo poco familiar del comedor, lejos de Brooke y Jaz. Estaba tan agradecida que podría haberme desintegrado en lágrimas.

Había algunos otros estudiantes en la mesa junto a Hunter y Luke. Al lado de Hunter estaba sentado Finn, quien parecía complacido de que Brougham me hubiera rescatado. Ahora, suponía que los tres nos habíamos rescatado entre nosotros de sufrimiento autoinfligido en distintos grados.

—Gracias por dejar que me siente con ustedes —dije mientras me deslizaba en el asiento opuesto a ellos.

—No tenemos motivos para estar enojados contigo —dijo Finn—, nunca precisamos tus servicios.

Brougham y yo nos miramos a los ojos por un breve instante, pero ninguno de los dos lo corrigió.

—Pero parece que la mayoría de la escuela los utilizó en algún momento —bromeó Finn—. Estoy impresionado. Debes haber estado ocupada.

—El negocio era estable.

—Eso veo.

Se llevó otro bocado a la boca y masticó mientras reflexionaba.

—Quiero decir, nunca envié una carta porque asumí que las respondía una chica blanca heterosexual. —Me señaló con la cabeza con un brillo en los ojos–. Estaba casi en lo correcto.

Sonreí.

—¿Lo hubieras hecho de haber sabido que era yo?

Finn resopló.

—Darcy, me caes muy bien, pero no tienes el *rango* necesario. Sin ofender, pero si tengo una pregunta sobre querer llevar a un chico a la boda de mi primo cuando parte de mi familia todavía está en negación con que sea gay, no esperaría que supieras algo de mi vida o sobre cómo es ser coreano-estadounidense. Quiero decir, ¿qué rayos sabes? ¿Comprendes?

Lo dijo de manera agradable y conversacional, aunque no fue la respuesta que esperaba. Pero por primera vez, con las palabras de Brougham del fin de semana en mente, reprimí el instinto de defenderme. En cambio, encogí un hombro.

—Bueno, probablemente tengas razón.

Pero Finn ya había perdido interés en la conversación. Había inclinado la cabeza hacia Brougham cuya mirada estaba concentrada en otro lugar. Seguí sus ojos, pero no podía ver qué miraba. Solo había estudiantes. Nadie actuaba de manera distinta.

—Jack está mirando hacia aquí —dijo Finn por lo bajo.

—Lo noté.

El tono de Brougham era relajado.

No tenía idea de quién era Jack, pero volví a mirar con eso en mente y ahora noté a un chico corpulento con cabello rojizo que miraba a Brougham de mala manera. Cuando notó que lo miraba, direccionó su atención a su comida.

—Sigue molesto por la pelea del baile —dijo Finn.

Presté atención. Este era el primer chisme del baile que oía considerando que todos básicamente me odiaban.

—Oh, ¿qué pelea?

Finn me miró divertido e inclinó la cabeza hacia un costado.

—Eh, ¿la de Brougham? —replicó en el mismo momento en que Brougham dijo:

—No hablemos de eso ahora.

Los miré boquiabierta.

—*¿Qué?* ¿Qué sucedió?

—Brougham se emborrachó y golpeó a Jack Miller.

—*No* fue así —negó Brougham con calma—. Fue antes de que me emborrachara.

Nunca había oído hablar de este Jack Miller.

—¿Hablas en serio? ¿Qué sucedió?

Finn respondió.

—Bueno, ese es el gran misterio. No nos quiere decir *por qué* y Jack tampoco.

Impactada, miré a Brougham de manera inquisitiva. Me miró a los ojos y no reaccionó mientas masticaba su lasaña.

—Estoy bastante seguro de que sé qué sucedió —dijo Finn.

—Cuéntame, muero por saberlo —replicó Brougham.

—Lo haré. Darcy, dime si crees que estoy cerca o no. Winona y Jack han estado enamorados por meses y no eran capaces de comprometerse porque sus padres son dueños de librerías rivales. Uno de una librería independiente y otro de una gran cadena.

—Asumimos que son los hijos de Meg Ryan y Tom Hanks —sumó Brougham sin humor.

Finn no reaccionó, la referencia claramente no le molestó.

—Además, sabes que la madre de Winona trabaja en un banco. ¿Por qué no oyes a las personas?

—Porque no retengo información aburrida. Está bien, un banco independiente y una sucursal de una gran cadena.

—Un banco independiente –repetí–. ¿De cuán independiente estamos hablando? ¿Alguien que guardaría dinero debajo de su cama?

—Seguro, suena romántico. Como sea, sus padres son rivales y están secretamente enamorados entre sí así que Winona y Jack no han podido consumar su amor.

—Y queda claro que no tienes ni la más *mínima* idea de qué significa "consumar" –añadió Brougham.

—¿Podrían dejar de interrumpirme ustedes dos? De todos modos, Jack, quien en este escenario es, en realidad, el medio hermano de Brougham; ¿cómo pudiste ocultarnos ese secreto, amigo?

Las cejas de Brougham se elevaron casi imperceptiblemente mientras parpadeaba.

—Jack está enceguecido por los celos al enterarse que Brougham y Winona se reconciliaron. Encuentra a Winona en el baile e intenta besarla y ella le dice; "No, no puedo hacerlo, mi corazón le pertenece a otra persona".

En ese momento, Finn lanzó un brazo sobre su cabeza para lograr un efecto dramático.

—… Y Jack le responde, "pero nunca lo amaste como me amas a mí" y Winona sale corriendo y se esconde en el baño durante una buena parte de la noche y Brougham pasa el tiempo conmigo. Por cierto, estoy allí, imagíneme como el bardo en esta historia.

—Mientras no empieces a cantar –dijo Brougham.

—No eres divertido. Luego, Winona regresa como si nada hubiera sucedido y ella y Brougham bailan y Jack trama su venganza.

Luego, en la fiesta después del baile, Jack confronta a Brougham y lo desafía a un duelo por el corazón de Winona...

—Porque las relaciones son transferibles —sumó Brougham, pero Finn lo ignoró.

—... ¡Y Brougham gana el duelo! Y Winona está confundida y alterada así que huye a su casa y no responde el teléfono. Así que Brougham se emborracha para adormecer el dolor.

Finn terminó y esperó nuestras reacciones. Bueno, siendo generosa, era la peor historia que había escuchado en mi vida. Brougham peleándose por Winona como si fuera una damisela en apuros. Mátenme.

Brougham y yo nos miramos a los ojos y él encogió los hombros.

—Quiero decir, honestamente no entiendo por qué querías mi versión de los hechos. Acertaste hasta en los detalles.

Mi estómago se desmoronó.

—¿En serio? —preguntó Finn.

—No, para nada. Pero me da curiosidad por qué hiciste que Jack fuera mi medio hermano.

—Tensión dramática —replicó Finn sin dudar un segundo.

—... Claro, seguro.

Le eché otro vistazo a Jack y esperé que levantara la vista. El ojo más alejado de mí, el que no había visto la primera vez, de hecho, estaba teñido de un color violáceo, el párpado estaba tan hinchado que caía sobre su globo ocular. Uf. Qué podría haber causado que Brougham, que no bebía, quién tenía todos los motivos del universo para evitar el alcohol, se emborrachara. ¿Qué podría haber causado que Brougham, que amaba provocar pero detestaba las confrontaciones, golpeara a alguien?

Si Brougham no se lo contó siquiera a Finn, no había forma de que me contara qué había sucedido esa noche. De todos modos, después de que sonara la campana y todos comenzaran a regresar a clases, me quedé a su lado.

—No quiero inmiscuirme en dónde no me llaman —dije con suavidad—. Así que no es necesario que me cuentes que sucedió en el baile de graduación. Pero quiero saber si está todo bien. Si quieres descargarte o si necesitas un consejo o algo...

—Nop. A decir verdad, estoy en un buen momento —dijo Brougham—. Gracias.

—Oh.

Dolió, pero lo importante era que Brougham estaba bien. ¿Y no era el objetivo de las consejeras de relaciones lograr que su cliente llegara a un punto en el que pudiera transitar con seguridad distintas situaciones? No es que tuviera mucha experiencia considerando que este era mi primer trabajo. Pero parecía correcto.

—Me alegra oír eso. Mientras estés bien, es lo único que necesito saber.

Brougham frunció los labios.

—Gracias. Ey, te dije que Finn no temía decirle a la gente lo que piensa.

Necesité un segundo para comprender el cambio de tema, luego recordé la conversación sobre el casillero.

—Tenía un buen punto —admití.

—Por supuesto que sí. Pero la expresión en tu rostro cuando dijo que no te hubiera escrito...

Brougham lucía casi complacido, lo que, en su caso se traducía en una ligera curva en la comisura de sus labios.

—No tenía ninguna *expresión*, ¿o sí?

—Oh, definitivamente —replicó y mis mejillas se ruborizaron—. No sabrás todo en cada situación, ¿lo sabes? Está bien no siempre saber más que todos los demás en la habitación.

Apoyé mi cabeza contra el casillero junto al de Brougham

mientras él buscaba sus cosas. Ahora que se disipó la sorpresa de oír a Finn diciendo que no quería mi consejo, me sentía como una idiota. *Por supuesto* que no era la persona indicada para hablar de lo que sentía. Y el hecho de que Brougham hubiera notado mi sorpresa inicial hizo que quisiera evaporarme. De seguro, los dos creían que tenía el ego más grande e injustificado de la escuela. Y, siendo honesta, no estarían muy lejos de la verdad.

—¿Qué sucede? —preguntó Brougham, mirando mi rostro, cuando volvió a emerger.

Cerré la puerta de su casillero y comencé a caminar. Se apresuró para alcanzarme.

—Nunca debí haberle dado consejos a la gente —dije.

—¿Por qué? ¿Por lo que dijo Finn?

—No, Dios, no. Finn tenía razón. Es solo... todo. No fui ética con Brooke, quebré la confidencialidad de Ray, dejé que robaran todas esas cartas. Comencé lo del casillero para ayudar a las personas y terminé utilizándolo para herirlas. Lastimé a tantas personas. ¿Cuál es mi *problema*?

—Ey —dijo Brougham y tocó mi brazo para que disminuyera la velocidad—. Cometiste un error. Eso sucede a veces. Es más útil para todos que aprendas de ello y hagas las cosas diferente la próxima vez en vez de que estés llorando sobre cuán horrible eres. ¿De acuerdo?

La mitad de mí sabía que él tenía razón. Pero ¿cómo siquiera empezaba a reparar el daño que había causado?

—¿De acuerdo? —insistió.

—De acuerdo. Le debo a Brooke la disculpa más grande del mundo.

—Ese es un buen comienzo. —Echó un vistazo a nuestro alrededor y luego se inclinó hacia adelante—. Emm, hablando de errores morales, quiero contarte lo que sucedió con Jack.

Sus palabras me hicieron olvidar mi pozo de humillación más rápido que cualquier reprimenda.

—¿No me digas que *es* tu medio hermano?

Puse los ojos en blanco.

—Ustedes dos son ridículos. No. Él fue una de las personas que perdió una carta.

Mi risa se desvaneció y el pasillo se desenfocó.

—Ah.

—Estábamos hablando en grupo y surgió el tema y él estaba ebrio y enojado y se tornó algo personal.

—¿Personal sobre mí o sobre ti?

—… sobre ti. Como dije, él estaba ebrio y enojado y no importa qué estaba diciendo, pero no era… educado. Le dije que se callara y siguió hablando y me enfurecí. —Brougham clavó la mirada en el suelo. Sus mejillas estaban levemente ruborizadas—. Nunca había golpeado a alguien antes. Ni siquiera quise hacerlo, fue como si mi mano actuara sin el permiso de mi cerebro.

Esto era demasiado. Entonces… ¿*yo* había sido la damisela en apuros?

—¿Por qué no me contaste?

—Es vergonzoso, no quiero ser el tipo de persona que anda por allí golpeando gente. Es solo que nunca había estado tan *enojado* antes.

No pude evitarlo. Me sentí halagada y un poco complacida, a pesar de que odiaba con ferocidad la idea de ser una damisela en apuros.

—Estabas defendiendo el honor de tu consejera —sonreí—. Es lindo.

—No lo es.

—Un poquito. Apuesto a que harías lo mismo si alguien comenzara a hablar mal de tu entrenador de natación.

–Yo... quizás. No lo sé. Espero que no.

Solté una risita. No pude evitarlo, lucía como un cachorro que había sido descubierto destruyendo un almohadón del sofá. Aunque esto era serio y comprendía cuán extraño se *sentía* con respecto a la violencia, en especial por lo que veía en su casa, era difícil no sentirse encantada por alguien que había intervenido para defenderme cuando no estaba allí para hacerlo yo misma y luego tenía la decencia de lucir tan condenadamente *arrepentido* por sus acciones.

–Bueno, ya pasó. Es probable que no haya sido la *mejor* decisión, pero solo... intenta no volver a hacerlo.

Mantuvo su mirada en el piso y presionó los labios entre sí.

–Y –dije inclinándome para poder verlo a los ojos–. Gracias, eso fue muy dulce de tu parte de una manera violenta y agresiva.

Inclinó su mentón a regañadientes.

–De nada. Y prometo que nunca ocasionaré otro ojo negro en tu nombre.

–Sí, probablemente no era necesario que lo golpearas tan fuerte. O, ya sabes, en absoluto.

–Entreno con pesas tres veces por semana. Parece que hay algo de fuerza en estos –dijo mientras agitaba sus brazos a los costados.

Era imposible saber si Winona se había molestado por el golpe o si sabía que estaba relacionado conmigo y se sentía extraña al respecto o si se había ido a casa más temprano por otro motivo. Pero... ¿*debería* molestarse? ¿Era extraño que él defendiera mi honor de esa manera? ¿Debería preguntarme qué significaba que lo hubiera hecho?

No, decidí un poco triste por mi conclusión. Brougham dijo que estaba en un buen momento, así que lo que sea que hubiera sucedido, obviamente fue para bien. Si hubiera algo más, no hay manera de que actuara tan tranquilo y seguro respecto a Winona.

Así que estaba feliz por él y por su nueva habilidad de lidiar con las relaciones.

Casi por completo.

Mamá, Ainsley y yo estábamos sentadas en la sala de estar; ellas en el sofá y yo estaba acurrucada en el sillón. Nuestros ojos estaban clavados en mi teléfono.

—No puedo hacerlo si están observándome —dije.

Mamá y Ainsley intercambiaron miradas.

—Supongo que podía terminar mi diseño —dijo Ainsley y se puso de pie contra su voluntad.

Mamá se acomodó detrás de su computadora en la mesa de café.

—Ni siquiera estoy aquí. Estoy leyendo unos ensayos.

—Pero claramente estás aquí.

—Dijiste que no tenía tiempo para ti y ahora intentas liberarte de mí. ¿Qué quieres?

Mmm, me sorprendió que lo mencionara. Habíamos entablado una tregua desde que había regresado del viaje escolar y ninguna de las dos había mencionado nuestra discusión en el coche.

—Quiero ayudar —insistió mamá.

Okey. Está bien.

—Tengo miedo de llamarla.

—¿Ha sido tu mejor amiga por cuántos años, Darc? No morderá.

—Sí, pero puede que diga que no quiere saber nada de mí.

—No lo hará.

—Pero *podría*.

—Okey, jugaré al abogado del diablo contigo. Digamos que reacciona mal. ¿Entonces qué?

¿Qué tipo de pregunta era esa?

—Entonces perdí a la única amiga que tuve. ¿No te das cuenta de cuán devastador sería?

—Seguro, pero no es tu única amiga. Lo importante es que la respetas lo suficiente como para disculparte como corresponde.

—Solo digo que puede que no esté lista todavía.

Abrí la boca para protestar, pero siguió.

—Y eso está bien. La disculpa no es *para ti*. Y si la pierdes, que no creo, sobrevivirás. No dependes de esta chica para recibir un trasplante de pulmón, ¿no?

Le presté atención hasta el final y luego me perdió.

—¡Qué manera de minimizar mi dolor, mamá!

—Solo pongo las cosas en perspectiva.

—¿En serio? Porque se sintió como si estuvieras diciendo que debía soportarlo porque no era tan malo.

Mamá dejó de pretender que estaba trabajando en su computadora.

—Cariño, no quise decir eso en absoluto. La ruptura de una amistad es peor que una romántica. Sé que da miedo. Solo no quiero que tu miedo te aísle porque temes ser rechazada si intentas acercarte a los demás.

Hice girar mi teléfono en mis manos una y otra vez. Era como tener una representación sólida de cómo debería lucir mi estómago en este momento.

—No es mi mejor amiga nada más, mamá, es mi *única* amiga en la escuela. Me llevo bien con otras personas, pero ella es *mi amiga*, ¿sabes? Dediqué toda mi atención a una persona y luego la pisoteé como un insecto.

—Oh, *Darc...*

—Y *no* me digas que puedo hacer amigos con facilidad porque tengo una "gran personalidad", ¿okey?

—Bueno, de hecho, no iba a decir eso, aunque no me gusta que digas eso como si fuera una mentira. No me gusta que te critiquen, incluso cuando lo haces tú misma. Lo que *iba a decir* era que te vi en el comedor hoy.

Oh, ay, odiaba oír que me veía en la escuela. Siempre me hacía sentir que estaba siendo observada desde las sombras.

—Parecía que te estabas divirtiendo con Finn y Alexander. ¿Ellos no cuentan como amigos?

Bueno, sí, pero no, pero... quiero decir, algo así. Mi primer instinto era decir que no era lo mismo que Brooke y tenía razón, no lo era. Ninguno de los dos conocía mis momentos más vergonzosos o mis gustos extraños o qué personas me caían tan mal que quería vomitar al verlos en los pasillos. Si quería quedarme despierta hasta las tres de la mañana comiendo comida chatarra y mirando videos de YouTube, no llamaría a Finn o a Brougham. No teníamos ese nivel de cercanía. Y eso era un mejor amigo. Un nivel increíble de intimidad.

Pero quizás mamá tenía razón. Solo porque no eran mis *mejores amigos* no significaba que podía desestimarlos por completo. De hecho, ahora que lo mencionaba, fue extraño que no haya pensado en ellos cuando pensaba en mis amigos. Incluso Brougham.

—Alexander definitivamente te considera su amiga —siguió mamá—. El chico pasó la mitad del viernes reclamándole a Stan que anulara tu suspensión. No se fue al mediodía con los demás estudiantes de último año para prepararse para el baile. Nancy dijo que casi tuvo que echarlo de los pelos.

Decir que estaba impactada por sus palabras era insuficiente. ¿De qué estaba hablando y por qué era la primera vez que me enteraba de esto?

—¿Por qué no me lo contaste?

—Bueno, ya estaba en mi viaje y no vi nada de esto con mis propios ojos. Pero hoy hablaban de eso en la sala de profesores. —Mamá se enderezó y sonrió para sí misma—. Tengo que admitir que ganó algunos puntos conmigo. No muchos chicos enfrentarían a Stan.

Bueno.

Emm.

Hice una nota mental para conversar esto con Brougham cuando tuviera la oportunidad. ¿Por qué no me lo contó? Prácticamente pasamos todo el sábado juntos y no se le ocurrió decirme que había luchado por mí con el director.

Eso sumado a la historia de la pelea... ¡La *pelea* por el casillero! Bueno, la gente siempre le escribía al casillero preguntando por señales confusas y siempre daba la misma respuesta. No existían las señales confusas: las personas decían la verdad claramente a través de sus acciones y la gente creía las palabras acarameladas como un tonto o le daba demasiado peso a una acción aislada. Pero quizás tendría que comerme mis palabras porque no había nada claro en el comportamiento de Brougham. Más que nada ahora que parecía estar feliz con Winona.

—¿Llamarás a esta chica o qué? —preguntó mamá y quebró mi trance.

—No. —Todo era demasiado confuso, aterrador y abrumador. Una llamada era demasiado—. Le enviaré un mensaje.

—¡No te atrevas! Un mensaje *no* constituye una disculpa apropiada, Darcy.

Pero la ignoré porque se me acababa de ocurrir que por más extraña que me resultara una llamada, a Brooke le parecería todavía más incómodo. Me disculparía y esperaría una respuesta en el momento o nos quedaríamos en un largo silencio extraño. No, *eso* era una demanda grosera y una exigencia emocional. Un mensaje, de hecho, era más educado. Le diría en palabras sencillas y sin confusiones lo que quería decir y ella podría procesarlo y responder en sus tiempos. O, en absoluto si eso deseaba.

—Tu generación es tan *grosera*. —Se quejó mamá mientras redactaba el mensaje—. *Darcy.*

> Hola, iba a llamarte, pero se sintió extraño. Si quieres, lo haré, no estoy intentando tomar el camino sencillo, pero creí que preferirías que no te pusiera en una situación incómoda. Quería decir que realmente lo lamento. Estaba tan tan tan equivocada con lo de Jaz y estaba equivocada con Ray. Me dije a mí misma que te lo contaba porque me importabas y porque quería mantenerte a salvo. Pero, en realidad, quería volver a tenerte para mí. Así que arruiné todo para ti. Me arrepiento más de lo que puedes imaginar y si hay algo que pueda hacer para mejorar la situación, lo haré. Comprendo que eso puede no ser suficientemente bueno para ti. No es necesario que respondas si no deseas hacerlo, pero por favor, quiero que sepas que lo lamento. Nunca volveré a hacer una cosa así. Además, te extraño. Mucho.

Enviar.

—Llámala, Darcy —dijo mamá.

—Ya está. Le envié un mensaje. Ella me dirá si quiere hablar.

Mamá puso los ojos en blanco y suspiró como si acabara de enviarle un mensaje al presidente en vez de llamarlo para darle la noticia de un ataque nuclear inminente o algo así. Sí, sí, yo y mi generación éramos paganos, ya lo entendí.

—Gracias —dije.

—¿Por qué? No seguiste ninguno de mis consejos.

—Lo sé, pero me escuchaste.

Mamá extendió las manos para un abrazo y fui a ella.

—Me aseguraré de hacerlo mejor a partir de ahora. También necesito que me prometas que vendrás a mí cuando necesites ayuda. ¿Te parece?

—Sí.

—¿Terminaste? —gritó Ainsley desde la escalera—. No escucho lágrimas ni lamentos.

—Le envié un mensaje —respondí a los gritos mientras soltaba a mamá.

—Ah, buena decisión —me felicitó cuando regresó a la sala de estar—. Por lo menos lo la pones en una situación incómoda.

Mamá lanzó las manos al aire sin poder creerlo.

Ainsley tenía un vestido en la mano.

—Bueno, dos cosas. Uno, esas mangas deben desaparecer.

Estiró el vestido y reveló un traje color crema con mangas abultadas que tenían tres divisiones por brazo.

—Emm, claramente, son horribles —concordé.

—Por supuesto. Pero me pregunto si debería eliminar las mangas por completo o si debería hacer un dobladillo debajo de la primera burbuja.

Mamá entrecerró los ojos mientras pensaba y la imité.

—Deja una burbuja —dijimos al mismo tiempo.

—Okey, genial, son las mejores. Emm, también, Oriella acaba de publicar un nuevo video, Darc.

—Genial, lo miraré después.

—No, es *importante*. Acaba de anunciar una gira. Vendrá a Los Ángeles.

Solté un gritito y me senté erguida tan rápido que casi salgo disparada de mi asiento.

—*¿Qué?*

—Sí, hará una especie de taller con muchas personas y puedes conocerla. ¡Podrías *conocerla*!

Mi boca se movía mientras intentaba pensar en las palabras para describir cuánto necesitaba ir. Es decir, *tenía* que estar allí, no era negociable, Oriella que vivía en la *otra punta* del país, estaría a una hora de distancia. Nunca tendría una oportunidad como esta. ¿Podría *conocerla*? Podría hablar conmigo y enterarse de que existimos en el mismo universo y respiramos el mismo aire. Podría contarle todas las cosas que había aprendido y lo que había hecho en la escuela. Hasta podría consultar con ella algunos consejos que había dado para saber si había hecho lo correcto.

La habitación daba vueltas.

O yo estaba flotando.

Ainsley dobló el vestido.

–¿Ya elegiste entre fiesta o regalo? Porque a quién le importa una fiesta, estamos hablando de *Oriella*.

Solo tuve que echarle un breve vistazo a mamá, quien hacía muecas e intentaba sacudir la cabeza con sutileza, para darme cuenta de que era demasiado tarde.

Ainsley puso el vestido sobre su pecho y se disculpó con la mirada con mamá.

–Ah, ups.

–Está bien –dije al mismo tiempo.

–Pero tenemos el comprobante de pago –dijo mamá–. ¿Te gustaría que lo cambie?

Su rostro era sincero y amable. No había ninguna trampa, era una oferta real y parte de mí estaba tentada a aprovechar la oportunidad y agradecerle a gritos. No era una crítica a sus habilidades de comprar regalos de cumpleaños; solo había sido una cuestión de tiempo. No había manera de que mamá y papá supieran que esto iba a suceder.

Pero, al mismo tiempo, se sentía muy mal pedirle a alguien que cambiara un regalo que había elegido para mí. Mamá y papá habían hablado —probablemente había sido una conversación civil—, llegado a una decisión y habían elegido algo especial para mí. Era un *poquito* menos extraño que pedir el comprobante de pago para cambiarlo después de haberlo abierto. Pero no se sentía *suficientemente* menos extraño.

—No, no, no —dije—. Definitivamente, no. No te preocupes por eso.

—Puedes comprar la entrada tú misma —dijo Ainsley—. ¿No? Tienes dinero.

—Por supuesto —sumó mamá sin entusiasmo—. Tu fuente de ingresos misteriosa que descubrí recientemente.

Bueno. Era un punto interesante. Solo que mamá no sabía de qué dinero hablaba Ainsley. El dinero del casillero era para varios gastos: mi factura de teléfono, maquillaje, salidas al cine, libros de autoayuda. Casi no tenía nada ahorrado, en especial después de que cuatro estudiantes aceptaran la oferta de reembolsos de mamá y tuve que pagar cuarenta dólares de mis pocos ahorros.

Pero Ainsley se refería al dinero de Brougham. A los billetes grandes. No había gastado *ese dinero*.

Pero era lo único que tendría en el futuro cercano ahora que ya no tenía ingresos.

Antes de que pudiera pensar en algo, mi teléfono vibró y todo lo demás se desvaneció salvo por el hecho de que Brooke me había dirigido la palabra por primera vez en días.

> Hola. Gracias por la disculpa.
> Sigo sintiéndome muy extraña por todo,
> pero es lindo saber que sabes que te equivocaste.
> Necesito más tiempo.

Bueno. Más tiempo sonaba razonable. Era mejor que "nunca".

Veinte

Estaba tensa en la reunión del Club Q del jueves a pesar de que Finn era el encargado de dirigir la reunión, y él quebraba el hielo desde el día que había nacido. Algo se estaba esclareciendo. Algo que había comenzado como una molestia en el fondo de mi mente, tan vago que al principio no sabía describirlo. Había arruinado las cosas románticamente con Brougham, pero a pesar de que él ya no estaba interesado, todavía tenía que descifrar este miedo. Porque eso era lo que era. Miedo a varias cosas.

Primero tenía que conversarlo con el único grupo de personas que me comprenderían. En el lugar seguro que habíamos creado para poder discutir cualquier cosa.

En frente de mí, estaba Erica Rodriguez. Había asomado la cabeza al principio de la reunión y había preguntado si podía unirse solo para ver cómo era el club. No había dicho ni una palabra desde que se presentó. Le sonreí, pero no parecía poder mirarme a los ojos. Me ofreció una sonrisa temblorosa mientras se quitaba sus largas trenzas de los hombros.

Finn se aclaró la garganta de manera dramática cuando la reunión estaba por terminar.

—Como encargado del día de hoy, añadí algunos ítems a la agenda de hoy.

Los ojos del señor Elliot se ensancharon inquietos, pero lo dejó seguir.

—Uno. Chad y Ryan en *High School Musical 2*.

Le eché un vistazo a Brooke para compartir el chiste de manera automática. Estaba conteniendo la risa. Hubo algunos murmullos y Ray siseó:

—*¿En serio?*

Finn continuó sin inmutarse.

—Quiero que nos tomemos un momento para reflexionar sobre la canción *I don't dance*, quizás la canción más capciosa de la historia de Disney, quizás de la historia del entretenimiento. Cada estrofa tiene un doble sentido. "¿Te mostraré cómo bateo?" "¿Deslízate hasta casa para anotar, batea en la pista de baile?

—Oh, por Dios —murmuró Alexei.

—Y para quienes dudan de mí, Ryan y Chad aparecen poco tiempo después sentados uno al lado del otro, *literalmente vistiendo las prendas del otro*. Es el escándalo escondido más importante desde que Simba escribió "sexo" en el cielo con las hojas.

—¿No decía S-F-X por la abreviación del equipo de sonido? —preguntó el señor Elliot.

Finn sacudió la cabeza como si sintiera pena por él.

—Tan viejo y sin embargo tan inocente.

—¿Viejo? ¡Tengo *veintisiete*!

—¿Cuál es tu punto, Finn? —intervino Ray con su tono serio.

Brooke le echó un vistazo y luego su mirada salió disparada al suelo. Hasta donde sabía, todavía no había solucionado las cosas con Ray. Supongo que, aunque hubiera vuelto a poner las cosas en marcha, eso no eliminaba mágicamente el enojo de Brooke por lo que había hecho Ray.

—Mi punto es que quiero hacer una moción para que Ryan y Chad sean las mascotas del Club Q.

—La consideraremos. Próximo ítem —añadió el señor Elliot rápidamente.

Finn lo miró entrecerrando los ojos y luego pasó un dedo por sus papeles.

—Finn Park.

Ray lucía como si quisiera arrebatarle los papeles de las manos.

—Me desperté esta mañana a las cuatro de la madrugada después de un sueño y descubrí... ¡una aliteración! Deberíamos llamarnos Qlub de Questiones Queer. Todo con Q. Triple Q. Eso *definitivamente* incrementaría los reclutas.

Nos quedamos todos callados. Finn nos miró e hizo círculos en el aire como invitándonos a opinar.

Ray alzó una mano tiesa. Finn la señalo.

—Raina, siempre un placer.

—Hay un punto más en la agenda y nos estamos quedando sin tiempo.

Finn lució decepcionado.

—Está bien, pero lo volveremos a discutir la semana que viene. El último ítem es... bifobia, con Darcy.

No era necesario que lo hiciera sonar como un programa de televisión.

De repente, todos los ojos estaban sobre mí. No quería hacer esto, pero sabía que debía hacerlo.

—Bueno —dije—. Me he estado sintiendo muy... confundida últimamente. El asunto es que... tengo mucho miedo de sentir algo por un chico, cualquier chico —escupí.

Listo. Ahora que las palabras habían sido dichas en voz alta no podía negarlas ni aunque lo deseara.

—Soy bisexual, pero la última vez que me había gustado un chico, no era parte de este grupo y ser bi no era una gran parte de mi identidad. Pero ahora lo es y supongo que me siento rara al respecto.

—¿Rara cómo? —preguntó Finn.

Tragué saliva y escaneé los rostros que me miraban. Nadie lucía prejuicioso o irritado, a pesar de que se sentía como una tontería.

—Siento que, si estoy con un chico, ya no perteneceré aquí. ¿Y si tengo novio? Me sentiría extraña llevándolo a eventos de orgullo o siquiera contándole a la gente que tengo novio. Me sentiría juzgada.

—Oh, por Dios Darcy —dijo Jaz—. No te juzgaríamos.

—Perteneces aquí —añadió Finn con sencillez.

Brooke asintió y me quedé sin aire. Era la primera vez en semanas que reconocía mi presencia en vivo.

Alexei entrelazó sus brazos y se inclinó sobre la mesa.

—Todo eso está en tu cabeza. Eres la única que piensa eso, lo juro.

—No —dijo Ray con firmeza y giré para verla.

Mi estomago se retorció. Esto era lo que temía. Abrirme y que mis miedos fueran reforzados. Pero siguió hablando:

—No la desestimen, lo que describe es bifobia internalizada y la gente bi no inventó esa mierda. La sociedad nos envía ese mensaje. Nos hace sentir que no somos lo suficientemente queer para estar con la comunidad queer todo el tiempo.

Bueno, decir que estaba sorprendida era poco. De repente sentí una ola de gratitud hacia ella. Mi gratitud se tiñó instantáneamente con algo parecido a culpa. No merecía su apoyo.

—Es verdad —dijo Lily—, las personas Ace y Aro también experimentan esas porquerías.

Erica giró la cabeza para mirar a Lily con los ojos bien abiertos.

—Exactamente —dijo Ray.

—¿"Bifobia internalizada"? —repitió Jason.

Ray no perdió un segundo.

—Sí. Sucede cuando las personas bisexuales comienzan a creer la bifobia que los rodea. Nos dicen que nuestra sexualidad no es real o que somos heterosexuales si estamos en una relación con alguien de otro género y que nuestros sentimientos no cuentan si nunca salimos con una persona de cierto género, ese tipo de basura. Luego lo escuchamos tantas veces que comenzamos a dudar nosotros mismos.

—Sí —añadí—. Eso es lo que siento. Me han dicho que "me transformo" en hetero o "me transformo" en lesbiana dependiendo de qué género es la persona que me gusta. Hace poco, alguien me dijo que era bueno que pudiera salir con chicos porque entonces no tendría que enfrentar ningún tipo de discriminación.

Brooke se sobresaltó en su asiento y, en ese momento, recordé que había sido ella quien hizo el comentario. No lo había mencionado para hacerla sentir culpable y esperaba que no se lo tomara de esa manera. Ahora que había comenzado a ventilar parte de mi enojo y frustración, que ni sabía que sentía, no podía parar.

—Y supongo que *técnicamente* podría elegir no hacer nada cuando me gustara alguien que no fuera un chico, pero *¿qué demonios?* Y la sugerencia es que soy menos queer que otros porque, ya saben, simplemente puedo "hacerme heterosexual" y no lidiar con la opresión. Es como si estar con un chico mágicamente me hiciera heterosexual. Como si fuera una competencia o un ranking y tendría que dejar de hablar sobre temas queer porque, ¿soy *realmente* queer? ¿Lo soy *de verdad*? Y quiero aclarar que esa persona no dijo nada de esto, pero eso fue lo que sentí. Y quizás no sé cómo se siente ser gay o lesbiana, pero sí sé que algunas personas *nunca* comprenderán cómo es ser queer y *sonrojarse* cada vez que están conversando del asunto porque sientes que invades su territorio porque cuando hablan de "queer" no se refieren a *ti*.

No quería gritar.

La habitación se cubrió de un silencio incómodo. Brooke se había cubierto la boca con una mano y Ray mordía su labio inferior.

–Una vez, una chica me preguntó a quién elegiría –dijo Ray–. Y yo pregunté, ¿entre quiénes? Y me respondió "ah, no, nadie en particular". Y yo le pregunté a quién elegiría entre una chica A y una chica B y se molestó conmigo y dijo que era diferente.

Algunas sonrisas aparecieron en la habitación.

–Siempre escucho que es "extraño" que me pueda gustar un género después de sentirme atraída por otro –dije–. Ah y una vez, un chico heterosexual me preguntó cómo "funcionaba" ser bisexual cuando estaba en una relación. Le pregunté cómo hacía él cuando estaba en una relación y me respondió "funciona porque no soy bisexual". Luego le pregunté cómo era posible que se contuviera y no engañara a su novia con cada mujer que veía. Quiero decir, maldita sea, amigo, dije que soy bisexual no ninfómana.

–Ay, por Dios –resopló Ray.

–Lo juro, la mayoría de las personas piensan que miento cuando digo que me siento atraída por varios géneros. ¡O piensan que nos gustan *literalmente todos* y que necesitamos besarnos con cada persona en la tierra, de inmediato, *maldita sea*!

Finn golpeó sus manos sobre la mesa y nos sobresaltó a Brooke, a mí y algunos otros miembros. Se enderezó en su asiento con una expresión seria.

—Darcy.

—¿Sí?

Sonrió.

—Eres queer.

Ray asintió.

—Eres queer.

Brooke nos miró con labios temblorosos.

—Eres queer, Darcy.

La quería tanto. Puede que ya no estuviera *enamorada* de ella, pero la quería. ¿Era una rama de olivo? ¿Ahora volveríamos a hablar? Haría cualquier cosa, *cualquier cosa* para conseguirlo.

—Eres queer —repitió Alexei.

—Eres queer —afirmó Jason.

—Eres queer —dijeron Jaz y el señor Elliot al mismo tiempo.

Erica susurró al mismo tiempo que ellos con voz bajita.

—¡Eres queer! —gritó Lily y se puso de pie para darle énfasis.

No iba a llorar. No iba a llorar. No...

—¿Incluso si salgo con un chico heterosexual? —pregunté.

—Sí.

—Sí.

—Sí, maldición.

—*Siempre.*

En vez de lágrimas, solté una risita. Y los demás se me unieron.

Por primera vez, por primera vez de verdad, les creí. Mi estado sentimental no me cambiaba. Y, aunque otras personas no estuvieran de acuerdo, todos los que estaban presentes en esta habitación, me apoyaban sin vacilación. Yo los apoyaba, ellos me apoyaban y estábamos allí para los demás. Una comunidad dentro de una comunidad dentro de una comunidad. Sin preguntas. Sin necesidad de probar nada. Ni necesidad de identificarnos.

Pertenecíamos porque pertenecíamos.

Después de la reunión, todos se dispersaron y Brooke no sé quedó rezagada para decirme nada. Aparentemente, el pequeño paso de hoy solo había sido ese. Un pequeño acercamiento, no una reconciliación. Por lo menos, Ray se detuvo para ofrecerme una sonrisa desde el otro extremo de la habitación antes de marcharse. No teníamos una amistad para reparar en primer lugar, pero definitivamente parecía que habíamos llegado a una especie de tregua.

Pero no se miraron entre ellas, lo que me hizo creer que querían hacerlo. Si no te importaba una persona, no hacías demasiado esfuerzo para ignorarla.

Le envié un mensaje a Brougham para que se encontrara conmigo antes de entrenar. Nos paramos contra la pared, fuera del camino de los últimos estudiantes que se marchaban y le conté mi día. No todo, por supuesto; omití la parte de que mis sentimientos por él me habían excluido, de cierta manera, de mi propia identidad. A pesar de que comenzara a darme cuenta de que mi miedo había influido en mi reacción cuando nos besamos, no era información relevante para él. No ahora que estaba de vuelta con Winona.

Pero sí le conté sobre mi mensaje de texto a Brooke y sobre su apoyo hoy. Era lindo poder compartir esto con Brougham. Me prestaba atención cuando hablaba y entrecerraba los ojos por la concentración y exclamaba "ah" en los momentos apropiados.

En conversaciones uno a uno como esta, se sentía que éramos nosotros contra todos los demás. Aunque tuve que recordarme que este no era el caso. No éramos solo nosotros. Él tenía novia. Yo era su amiga y eso era todo.

−¿Crees que me perdonará alguna vez? −concluí.

Brougham soltó una extraña risa inesperada.

—Querido Casillero ochenta y nueve —bromeó.

—Lo sé, lo sé —gruñí—. Pero estoy demasiado involucrada. No puedo confiar en mi perspectiva.

—Escucha, no puedes borrar lo que hiciste —dijo Brougham—. Ya está hecho. Pero quizás ¿puedes intentar arreglar las cosas?

—Pero ¿cómo se supone que haga eso?

—… ¿Hablas en serio? ¿No has estado diciéndole a la gente cómo arreglar sus errores durante dos años seguidos o acaso lo soñé?

Okey. Era un buen punto.

—Quiero decir, hay un par de cosas que podría intentar. —Pero eso costaría dinero. Todavía me quedaría algo de dinero..., si no iba a lo de Oriella—. Pero no podría hacerlo sola.

Brougham tamborileó los dedos sobre el casillero en el que estaba apoyado.

—Qué bueno que no estás sola.

La tarde del sábado, Brougham llegó a la casa de mamá para unirse a mi torta de cumpleaños con una bandeja de pan blanco cubierto de azúcar impalpable por algún motivo.

Ainsley lo guio hasta la cocina en dónde mamá, papá y yo estábamos sentados alrededor de la mesa con un pastel de chocolate de supermercado presentado con orgullo. Una de las mejores partes de mi cumpleaños, sino quizás *la* mejor parte, era tener a mamá y a papá en la misma habitación, al mismo tiempo haciendo su mejor esfuerzo para no estallar con el otro. Era tan raro verlos juntos que básicamente se sentía como un regalo.

Brougham sonrió con suavidad cuando me vio y extendió el plato mientras los demás mirábamos fijamente su contenido.

—Traje pan de hadas —explicó—. No es una fiesta sin no hay pan de hadas.

—Técnicamente, no es una fiesta —dijo Ainsley mientras abría el paquete con las velas.

Habíamos estado esperando a Brougham para comer el pastel. Él y yo teníamos que marcharnos para preparar todo en una media hora, así que le pregunté si podía unirse a las festividades. En general, Brooke era quien hacía una participación especial, pero hoy eso no era una opción.

—¿Me atrevo a preguntar qué es? —indagó mamá.

Miraba al plato con preocupación. ¿Qué había hecho Brougham en la clase de Ciencia para que luciera tan preocupada?

—Es pan con manteca y granas.

—¿Quieres decir "chispitas"? —pregunté.

—Sí, como sea.

—Pero *¿por qué?* —retrucó Ainsley mientras tomaba una rebanada para inspeccionarla.

Mordisqueó una esquina y encogió los hombros.

—Supongo que sabe como lo imaginaba.

Eso fue suficiente para para que papá tomara una rebanada. Pero siendo honesta, papá también creía que el ananá y las anchoas pertenecían en platos incomprensibles, así que no tenía autoridad para hablar de gastronomía.

—Feliz cumpleaños —dijo Brougham con alegría mientras extendía el plato hacia mí.

Intenté no reírme mientras aceptaba su oferta. Tuve la sensación de que hizo todo esto porque sabía que nos confundiría.

Papá y Ainsley terminaron de acomodar las velas en el pastel, las encendieron y me sentaron delante de todos mientras cantaban el *Feliz cumpleaños*. Ainsley filmó todo en su teléfono.

—No te olvides de pedir un deseo —dijo al final de la canción.

No fue difícil pensar algo. Solo quería que esta noche saliera bien. Miré a Brougham del otro lado de la mesa parado entre mi mamá y mi papá esbozando su inicio perfecto de sonrisa, me sorprendió que, sin importar cuán afortunada me sintiera por tenerlo, incluso solo como amigo, él no podía reemplazar a Brooke. Nadie podría.

Soplé diecisiete velas en un intento y alcé una ceja en dirección a Brougham mientras me preparaba para cortar el pastel.

—Me sorprende que no tengas una canción de feliz cumpleaños especial de Australia.

—De hecho, tenemos una, pero es un poco agresiva así que no estaba seguro de si era el público indicado.

Aww, ¡estaba aprendiendo!

—Buena decisión.

Mamá y Ainsley apoyaron mis regalos sobre la mesa. Mamá y papá me compraron unos aretes de diamante.

—Porque puede que a los chicos de tu escuela les guste alardear con sus modas costosas, pero no pueden competir con algo elegante de calidad —explicó mamá riendo mientras me lanzaba hacia ellos para abrazarlos.

Ainsley me regaló una blusa estilo campesina cubierta de flores y hojas bordadas doradas y rosas. Era tan delicado que jadeé en voz alta.

—Oh, por *Dios*, Ains. Me la pondré ahora mismo.

—¿Puedo grabarte como modelo? He estado filmando el proceso hace mil años. Necesito tomas para el video.

Las dos corrimos a mi habitación y dejamos a Brougham conversando con nuestros padres para evitar que se arranquen la cabeza entre sí ahora que habían quedado sin testigos.

—¿Está todo listo para esta noche? —dijo Ainsley mientras yo me cambiaba.

—Sip, ¿llegarás a las seis?

Mi voz sonó ahogada por la tela mientras pasaba mi nueva blusa por mi cabeza.

—Estaré a las seis en punto.

Alisé mi blusa sobre mis pantalones cortos de jean y me evalué en el espejo de pie de Ainsley. Lucía...

—Tan hermosa —suspiró Ainsley—. Soy *tan* talentosa.

—Gracias. Bueno, ¿estás lista para grabar?

Ainsley acarició su labio inferior.

—Espera un segundo.

Abrió la gaveta de su escritorio y buscó algo en su desorden de muestras de maquillaje y brochas —Brooke hubiera tenido un infarto al ver eso— y sacó el labial color durazno que me había ganado hacía unos meses.

—Esto quedará perfecto.

Radiante de felicidad, lo apliqué y lo guardé en mi bolsillo.

—Ey —se quejó Ainsley—. ¡Devuélvelo!

—¡Necesitaré volver a aplicarlo después! Lo recuperarás, tranquilízate.

—Eso espero —gruñó.

Filmamos tan rápido como pudimos, luego volvimos a bajar. Encontramos a Brougham sentado entre mis padres con la espalda demasiado recta y sus manos entre sus rodillas. Mamá y papá hablaban en susurros sobre su cabeza y ambos tenían su expresión clásica de "tu presencia me irrita, pero me comportaré".

Brougham lució aliviado al verme.

—Probablemente deberíamos ir saliendo —dijo—. Hay que preparar muchas cosas.

El alivio de papá era palpable.

—Bueno, supongo que también me iré —dijo estirándose—. Feliz cumpleaños, cariño.

—Gracias. Y gracias por los aretes.

Toqué mis orejas.

—Buena suerte esta noche —dijo mamá y me abrazó.

—Espera, ¿qué sucederá esta noche? —intervino papá.

Por supuesto que sabía algunas cosas como que me habían suspendido y lo del casillero. Y que Brooke y yo nos habíamos peleado. Pero no mucho más que eso. Mamá sabía todo. Le había contado mi plan y me escuchó y hasta hizo algunas sugerencias.

—Brougham y yo prepararemos la cena para Brooke.

Papá asintió de manera placentera.

—Oh, eso es lindo —dijo.

Mientras Brougham y yo nos marchábamos, oí a mamá regañar a papá.

—Podrías actuar más interesado en su vida, ¿lo sabes? Hacer algunas *preguntas*...

Veintiuno

—O key, podemos dejar los ingredientes en la cocina —dijo Brougham mientras descargábamos las bolsas con compras del coche—. ¿Deberíamos empezar por la comida o las decoraciones?

—Diría que avancemos todo lo que podamos con la cena para poder meterla en el horno más tarde —sugerí y dejé caer mi bolsa repleta en el mármol brillante de su cocina.

Brougham se impulsó para sentarse sobre la mesa y tomó su teléfono. Lo miré boquiabierto.

—¡No te sientes allí! Es poco higiénico.

—¿Qué? Tengo los pantalones puestos.

—Sí y te sentaste con ellos en *todo tipo de lugares*.

Puso los ojos en blanco y se sentó en una silla como debería haberlo hecho en primer lugar. Lo fulminé con la mirada, tomé un paño limpio del fregadero y limpié toda la superficie. Solo Dios sabía cuántos traseros se habían sentado allí.

—Bueno, dime cuál es el menú sexy —dijo Brougham mientras

se ponía sus gafas para leer–. Lo tipearé y plastificaré mientras te preparas.

–Solo no lo titules "el menú sexy", ¿okey? "Menú" está bien.

La expresión en el rostro de Brougham me hizo saber que estaba en desacuerdo, pero no discutió.

–Comenzaremos con ostras con manteca y ajo en hojaldre seguido de higos salteados, patatas, espárragos con salsa de chile y lima y terminaremos con frutillas cubiertas de chocolate.

Brougham tomó nota y luego inclinó la cabeza hacia un lado.

–¿Son pescetarianas?

–Nop, me quedé con poco presupuesto después de comprar el proyector.

–Genial, solo quería asegurarme. Dame un minuto. ¿PAPÁ?

Uno de los motivos principales por el que decidimos hacer esto en la casa de Brougham –más allá de la ambientación de su patio trasero– era que su madre estaba en Las Vegas por una despedida de soltera. Me habían asegurado varias veces que el señor Brougham no era tan malo cuando no estaba discutiendo con su esposa. Supuse que ahora lo averiguaría.

De hecho, era la primera vez que lo conocería en persona. Cuando entró en la cocina, me sorprendió lo poco que se parecía a su hijo. Tenía cabello fino castaño que quizás fue rizado en algún momento, y era más corpulento en las áreas en las que Brougham era más delgado y su cuello era como un bloque sin una curva a la vista.

Considerando las discusiones por la fidelidad de la señora Brougham, no pude evitar preguntarme si la falta de similitudes era un punto de discusión para la familia.

–¿Qué sucede, hijo? –preguntó.

Me saludó con la cabeza y esbozó una sonrisa tan reservada como la de su hijo.

—Hola, Darcy. Feliz cumpleaños.

—Gracias.

—¿Usaremos el pato de la nevera? —preguntó Brougham.

Su padre apoyó una mano sobre la pared.

—No para algo en particular. Tu *madre* iba a cocinarlo anoche hasta que se *distrajo*.

Si leía entre líneas, parecía que anoche hubo otra discusión, Brougham ignoró el último comentario.

—¿Podemos usarlo?

El señor Brougham torció los labios mientras fingía pensarlo.

—Solo si lo cocinan correctamente y me guardan algo para la cena.

Brougham resopló.

—¿Cuándo *no* cociné algo correctamente?

Su padre hizo un gesto elegante con la mano en mi dirección.

—¿Es sabio hacer esa pregunta delante de tu acompañante?

Brougham se sonrojó e intervine para cambiar de tema.

—Si podemos usar el pato, tendremos *más* que suficiente para todos.

—Úsenlo —accedió el señor Brougham—. Griten si necesitan algo, ¿sí? No se olviden de los platos. Solo porque el sargento no está en casa, no significa que puedes relajarte.

—Nunca lo haría.

Era interesante observar a Brougham interactuar con su padre. A diferencia de cuando se había topado con su mamá, su lenguaje corporal permaneció relajado y, a pesar de que tenía activado el modo educado, el aire de tensión que lo rodeaba cuando hablaba con su madre no estaba presente. Podía ver por qué prefería pasar tiempo en casa cuando su madre no estaba. Su no-mansión ni siquiera me pareció tan amplia y vacía.

Resultó ser que Brougham no era un desastre en la cocina

como había sido acusado; solo tenía el mal hábito de subestimar los tiempos de cocción. Así que mientras preparábamos el pato y picábamos los vegetales, le expliqué y ejemplifiqué los usos de un termómetro de cocina a un Brougham fascinado. Tardamos más de lo que esperaba en preparar todo, así que dividimos las tareas: él debía imprimir el menú, instalar el proyector y yo me ocuparía de las decoraciones.

El patio trasero de Brougham no necesitaba mucha ayuda para convertirse en un paraíso romántico. Inmediatamente después de las puertas traseras había un patio gigante con piso de piedra decorado con plantas y flores pastel bordeando el patio y enredaderas asomándose por las paredes. Había un juego de comedor para cuatro personas debajo de una sombrilla al lado de una piscina gigantesca. Los límites del patio formaban un semicírculo contra la casa y se transformaban en un jardín iluminado por suaves luces amarillas.

Comencé a trabajar en desenredar las luces de navidad blancas y acomodarlas alrededor de las columnas del patio y en algunos arbustos y árboles. Puse una vela en la mesa y Brougham me dio algunos alargadores para no arruinar la ambientación. Acabábamos de conectar mi Spotify al parlante portátil de Brougham cuando apareció Ray, aparentemente, el señor Brougham la había dejado entrar.

—Guau.

Dio vueltas en su lugar para admirar el jardín. Estaba arreglada, tenía un par de pantalones de cuero negro ajustados con una blusa escotada turquesa y tacones blancos. Parecía que Brougham había transmitido de manera efectiva el tema de esta noche: elegante/sexy. Sus palabras, no mías.

Por suerte para nosotros, Ray estaba a bordo de cualquier cosa que pudiera ayudarla a conseguir el perdón de Brooke y accedió a venir sin dudarlo dos veces cuando Brougham le envió un mensaje (tuvo que ser él porque ella me había bloqueado en todas las plataformas que *pudo*, a pesar de que estábamos en una especie de tregua).

—¿A qué hora llega Brooke? —preguntó Ray mientras acariciaba la mesa con la punta de sus dedos.

—Ainsley debería llegar con ella en unos minutos.

—Me tranquiliza mucho que haya accedido a verme.

Brougham y yo intercambiamos miradas.

—Bueno —dije—, ella no... sabe exactamente qué está sucediendo. Cree que accedió a venir a verme para mi cumpleaños como una sorpresa.

—Oh.

El rostro de Ray se ensombreció.

—Feliz cumpleaños. Pero... se marchará.

—No creo que lo haga. Ha sido miserable desde... —Que hice que terminaran— que terminaron. Creo que solo necesita tener la oportunidad de escucharte.

—Hablando de Roma...

Intervino Brougham y moró sobre su hombro hacia la casa.

Tenía razón. Podía distinguir voces lejanas. Le hice un gesto alentador a Ray y seguí a Brougham adentro.

Brooke estaba parada con Ainsley en el pasillo, lucía exasperada y asombrada en partes iguales.

—¿Feliz cumpleaños? —dijo cuando nos vio—. Yo, emm, nunca me perdí uno de tus cumpleaños, se sentía extraño.

—Muchas cosas han sido extrañas —concordé—. Realmente me alegra que hayas venido.

—Correcto —dijo Brooke y luego añadió—. ¿A la casa de Brougham?

—¿Sabes? —Brougham dijo a mi lado—. Se me acaba de

ocurrir que este plan para disculparte por una mentira involucra otra mentira.

Brooke gritó en su lugar para mirarlo con los ojos bien abiertos.

Gracias, Brougham.

—No estás aquí por mi cumpleaños —expliqué rápidamente—. Ray está afuera y quiere hablar contigo. Les preparamos la cena. Y un espectáculo.

Brooke me miró sorprendida.

—¿Ray está aquí?

No lucía enojada así que me animé.

—Sí, quiere hablar. Si deseas verla, puedes salir y hablar con ella todo el tiempo que quieras.

Brooke asintió y metió la mano en su bolsa.

—Yo, eh, te traje un regalo. O algo así.

—Oh, no era necesario.

Me dio una caja con unas dos docenas de muestras de productos para la piel. Esbocé una sonrisa.

—*¡Gracias!* Mi stock está casi vacío.

A mi lado, Ainsley estiró la cabeza hacia la caja y emitió un chillido de emoción.

—Apuesto que es verdad —rio Brooke—. Y no tendrás dinero para reemplazarlo, ¿no?

Mi sonrisa se desvaneció y aclaré mi garganta.

—Sí, es verdad.

—Lamento que hayas perdido el casillero. Y que te hayan suspendido.

—No fue tu culpa, pero gracias.

Giré hacia mi hermana.

—¿Te quedarás? Tenemos mucha comida.

—Nah, mamá ya pidió comida china. Buena suerte.

—Ey. —Brooke llamó la atención de mi hermana cuando estaba

por marcharse–. Eso... –Señaló con un dedo acusatorio al regalo que Ainsley cargaba–. Es el regalo de cumpleaños de Darcy. Tengo una lista y no tengo miedo de revisarla después.

Ainsley puso los ojos en blanco, pero prometió a regañadientes no robar ninguna muestra. No podría haberme importado menos si lo hacía. Estaba demasiado ocupada ahogándome en la alegría que me había causado que Brooke hablara de una visita futura a mi casa. ¿Estaba un paso más cerca de perdonarme?

Brougham y yo acompañamos a Brooke la mayor parte del camino, luego él le señaló a mi amiga a dónde ir y tomó mi mano para detenerme. Bajé la mirada y me sorprendió el contacto inesperado. Sus manos eran más suaves de lo que recordaba.

–Salgamos de su camino. Somos extraños. Tenemos que mimetizarnos con el paisaje tanto como podamos.

Me guio hacia la cocina.

–Habla por ti, no soy una extraña.

–No, solo eres la persona que las separó cruelmente por celos, lo que es peor.

–Si querías mimetizarte, deberíamos habernos vestido de negro.

–Sí, eso hubiera ayudado mucho para confundirnos con el clima caluroso de California.

–¿Sabes que contradecir todo lo que dice la gente no es lindo? Es increíblemente molesto.

–¿En serio? –Alzó una ceja–. Creí que te gustaba.

–¿Sí? ¿Entonces me contradices para mi beneficio?

–En parte.

–¿Cuál es el otro motivo?

–Es muy divertido.

Puse los ojos en blanco mientras se inclinaba para revisar las ostras en el horno.

—¿Crees que discutir es *divertido*?

Abrió y cerró el horno y buscó sobre su hombro un paño. Había uno más cerca de mí así que lo tomé y se lo di. Sus ojos brillaron antes de volver a concentrarse en lo que estaba haciendo.

—¿Cuándo es contigo? Definitivamente. ¿Para ti no?

Estaba tomando los platos de una alacena, hice una pausa, sin moverme.

—Bueno... yo... sigue siendo molesto.

—Ajá. Bueno, entonces me detendré —dijo y sirvió las ostras en el plato que yo sostenía.

—No es necesario que hagas eso —repliqué—. Solo, haz lo que quieras, no importa.

Sus ojos encontraron los míos y sonrío. Ni siquiera estaba segura de si podía seguir llamando eso una sonrisa poco frecuente. Parecía sonreír cada vez más a medida que pasaba el tiempo.

Afuera, Ray y Brooke estaban inclinadas sobre la mesa, conversando. Sus rostros lucían serios. Ambas se irguieron cuando oyeron la puerta abrirse.

—Ostras, ¿eh?

Ray tomó el menú de la mesa y lo estudió.

Brougham y yo apoyamos la comida y Brooke tomó el menú de las manos de Ray.

—¿Higos, espárragos, chile, chocolate y fresas? ¡Darcy!

—¿Qué? —preguntó Ray.

—Son afrodisiacos. Darcy, estás loca.

Brooke estalló en risas y Ray se tiñó de un lindo tono de magenta.

—¿Por qué estoy loca? ¡Solo preparo el ambiente!

Además, los afrodisiacos no estaban comprobados científicamente. Solo me pareció divertido.

—¡Intentar excitarnos en la casa de otra persona es *extraño*!

Hasta Brougham soltó una carcajada. Puse los ojos en blanco y contuve la risa.

—Maduren y coman.

—Sí, coman su cena emocionalmente manipulativa en silencio —dijo Brougham cuando lo arrastré del brazo.

Después de la entrada, era hora de empezar el espectáculo. Brougham y yo habíamos instalado un proyector y una pantalla en el patio y con ayuda de las brillantes habilidades de edición de Ainsley por YouTube, armamos un pequeño video.

La pantalla se encendió.

PARTE UNO: EL FANTASMA DE LAS RELACIONES PASADAS

Ainsley apareció en la pantalla envuelta en una sábana teñida que había encontrado en su armario.

—Uuuu, soy el fantasma de las relaciones pasadas. Esta noche, recibirán visitas de tres fantasmas. Todos seré yooooo. No me paaaagan lo suficiente para eeesto.

—Muy relajante —susurró Brougham desde nuestro lugar en la ventana de su segunda sala de estar. Estábamos con las rodillas sobre el sofá de cuero con los codos sobre el respaldo.

—Primero, veamos a la relación pasada para que sus recuerdos no estén ensombrecidos por enooojos. ¡EEENNOOOJOOSS! ¡BUUUU! —Ainsley agitó la sábana a su alrededor.

—¿Tú aprobaste esto? —Brougham comentó divertido.

—Para cuando me lo mostró, era demasiado tarde para volver a hacerlo.

Ahora seguía una presentación con fotos y videos con la canción *Only Time* de Enya; elegida por mi hermana. Para cuando terminamos de buscar en Snapchat, Instagram y la colección personal de Ray, teníamos suficientes recuerdos felices para un video de unos cuántos minutos. Afuera, Brooke estalló en risas mientras ella y Ray miraban el video. No estaba segura de si se reía por los recuerdos y los buenos momentos o por el video en sí. Bueno, a seguir trabajando.

Brougham y yo nos marchamos para preparar el plato principal. Este tenía una preparación más complicada porque involucraba sostener el plato de cierta manera y colocarlo sobre la mesa un poco más cerca de Brooke que de Ray. Como planeamos, Brooke, al estar más cerca, levantó la tapa de plata y soltó un grito tan aterrador que me preocupó que el padre de Brougham vinieran a ver qué había sucedido. Brooke salió disparada de su asiento.

En el plato había una araña negra de plástico muy realista que había comprado en internet. La guardé en mi bolsillo.

—Disfruten.

Brooke respiraba como si hubiera corrido una maratón y me miró fijo.

—¿Qué *demonios*?

—Solo quería alivianar un poco la situación.

—¿Por qué somos *amigas*? —gritó con una mano sobre el pecho—. ¡Podría haber tenido un infarto!

—Brougham sabe hacer RCP; estás bien.

Ray y Brooke intercambiaron una mirada incrédula y Brougham y yo volvimos a entrar.

Por supuesto que la araña fue deliberada. Una de las cosas que había aprendido de mis estudios: el miedo y la adrenalina imitan significativamente la sensación de enamorarse de alguien. De ser posible, siempre ve a ver una película de terror en la primera cita.

Las arañas también funcionan.

Después de llevarle un plato de comida como habíamos

prometido al papá de Brougham, volvimos a ubicarnos en la ventana; suficientemente lejos para que no nos noten observando y comimos nuestra porción.

—Lucen mucho más felices que antes —señaló Brougham con la boca llena.

—Noventa y cinco por ciento de éxito —repliqué.

—*Touché.*

—Hablando de eso, ¿cómo está Winona?

Brougham lució sorprendido por la pregunta. Pero la había utilizado el tono más informal que pude. Seguro, no habíamos hablado mucho de ella, pero no era un tema del que no pudiéramos hablar, ¿no?

—Está bien, supongo. Parecía feliz la última vez que hablamos.

—Bueno, eso suena alentador —repliqué.

—No sé qué esperabas. Quiero decir, ¿tiene que estar encantada?

—Emm, idealmente sí.

Brougham resopló.

—Tienes una óptica demasiado color de rosa. No sé cuán realista es.

Eso hizo que mi corazón se rompiera un poquito. Tuve que usar todas mis fuerzas, cada *gramo* de autocontrol en mi cuerpo para no interferir. Si alguien hubiera descrito su relación de manera tan ambivalente en una carta, le hubiera dicho que algo sonaba mal. En especial tan pronto después de la reconciliación. Brougham merecía alguien que estuviera encantada de estar con él, y si no era Winona...

Si no era Winona, era asunto suyo. No era mi lugar decírselo.

—¿Puedo preguntar si estás bien? —quise saber.

No estaba sonriendo, pero no había nada preocupante en su expresión.

—Darcy, nunca he estado mejor. De verdad, pero gracias por preocuparte.

Bueno, eso era todo.

De todos modos. No tenía tiempo para entristecerme porque había llegado el momento del segundo video.

Veintidós

*E*l rostro de Ainsley volvió a aparecer en la pantalla. Esta vez, tenía un vestido de terciopelo rojo y una corona de flores que utilizaba en sus videos.

—¡Hola! ¡Jo, jo, jo! ¡Soy el fantasma de las relaciones del presente!

—¿Cree que es Santa Claus? —murmuró Brougham—. ¿Sabe que son dos personajes diferentes?

—El pasado es algo que no podemos caaaammmbiaaar, ¡jo, jo, jo!

—Bueno, ahora los mezcló y creó algo nuevo y horrible —siguió Brougham y lo silencié.

—No estamos obligados a olvidar el pasaaaadoooo, pero algunas veces nos concentramos tanto en lo que pasó que no podemos ver el presente, ¡buuu! ¡BUUU!

Ainsley se acercó a la cámara y gritó con los ojos desencajados.

Brooke se estaba riendo tanto que apoyó la frente contra la mesa. Ray se alejó un poco de la pantalla como si temiera que Ainsley pudiera materializarse en el jardín y gritarle en el rostro.

—Para esta tarea, solo les pedimos que escuchen a lo que dicen en el presente antes de decidir si vale la pena aferrarse al paasaaaadoooo.

Ainsley se dejó caer lentamente sobre sus rodillas hasta desaparecer de la toma y solo se pudo ver su habitación vacía. Terminó el video.

Para esta parte de la noche, Brougham y yo no teníamos otra opción más que sentirnos excluidos. Ray nos había pedido cuando la invitamos que le diéramos una oportunidad de disculparse con Brooke. Y eso era lo que estaba haciendo. Podía espiar a través de la ventana e intentar imaginar qué estaba sucediendo. Podíamos ver lágrimas en las mejillas de Brooke y supuse que los movimientos de su cabeza eran un buen indicador. Pero sus palabras eran privadas.

Después de una eternidad, tanto Ray como Brooke comenzaron a lucir mucho más felices. Ray giró hacia la ventana —aparentemente estaban totalmente al tanto de que estaban siendo espiadas— e hizo un gesto para avisarnos que ya podíamos salir. Brougham y yo fuimos a la cocina para servir el postre.

Tan pronto Brooke y Ray tuvieron sus platos, acerqué la computadora tanto como pude a Brooke.

—Eres la encargada técnica —dije—. Alguien tiene que pausar el video y volver a reproducirlo cuando terminen de responder cada pregunta porque no pudimos predecir cuánto tardarían.

Brooke sonrió entre lágrimas y asintió.

El próximo atuendo de Ainsley era una sudadera negra con la capucha puesta y gafas de sol. Fue lo mejor que pudimos hacer con tan poco tiempo.

—Yo soy el fantasma de las relaciones futuras.

Hizo su mejor esfuerzo para sonar como una fumadora.

—Quería mostrarle visiones de ustedes al momento de su

muerte solitaria, pero Darcy me dijo que no podía hacerlo, pero hice un dibujo de todos modos y lo añadiré sin que ella se entere.

—*¿Qué?* —siseé.

La pantalla se cubrió con un dibujo hecho en lo que parecía ser Paint con dos lápidas; cada una decía "MURIÓ SOLA" y "BROOKE" y "RAINA".

—Oh, por Dios —murmuré frotándome la sien.

—La dejaste sin supervisión —observó Brougham.

Fui hacia la ventana mientras la voz de Ainsley seguía sin el tono áspero.

—Sentí que era importante para la temática, pero no hay ninguna presión para que regresen, de verdad, es *totalmente voluntario*. Muchas personas tienen vidas satisfactorias sin pareja y felices.

Golpeé la ventana y Brooke y Ray me miraron sorprendidas.

—¡Es verdad! —grité antes de volver a girar hacia Brougham.

—Quiero decir, *personalmente*, me pareció que era obvio, pero ahora seguiré avanzando para que Darcy no me asesine de nuevo. Porque soy un fantasma, ¿entienden? Su última tarea es incentivar la transparencia a futuro. Se les harán treinta y seis preguntas. Ambas deben responder para completar la última tarea o arriesgarse a morir dolorosamente.

—¿También añadió eso a último momento? —indagó Brougham.

—No, dijo que era crucial para marcar el tono del fantasma aterrador.

—Realmente se comprometió con el papel.

La primera pregunta apareció en la pantalla: *Si pudieras cenar con cualquier persona del presente o el pasado, ¿a quién elegirías?*

—¿En qué se basa esto? —preguntó Brougham y se movió para cruzar las piernas debajo de él.

—Treinta y seis preguntas para incrementar la vulnerabilidad. Se supone que es un atajo para formar un vínculo.

—Ah.

Observamos a Brooke darle su respuesta a Ray.

—Es un empate entre mi abuela y el director de la CIA —dijo Brougham de repente.

Parpadeé sorprendida.

—Mi abuela es la mejor persona que conozco y solían enviarme a su casa todo el tiempo cuando era pequeño y mis padres discutían. Pero vive en Adelaida así que ya no la veo seguido. Y el director de la CIA debe saber muchas cosas interesantes, supongo que podría secuestrarlo y obligarlo a contarme sus secretos.

—¿Así de sencillo?

—Sí.

—Yo elegiría a Oriella. Es una youtuber que miro todo el tiempo. Me encantaría hacerle preguntas.

—Sé quién es. La mencionaste una vez así que la busqué.

—¿Lo hiciste?

—Sip. Sus videos son interesantes.

Ajá.

No hubiera adivinado que Brougham podía interesarse en algo así. Pero recordé que sí me había buscado para que lo ayudara en esa área en el pasado.

La próxima pregunta apareció en la pantalla: *¿Te gustaría ser famoso? ¿Por qué serías famoso?*

La mano de Brougham salió disparada hacia arriba.

—Fácil. Por romper el récord mundial de estilo libre.

Seguimos así por un tiempo, respondíamos las preguntas a medida que aparecían en la pantalla e intentábamos ajustarnos a los tiempos de Brooke y Ray. Luego llegó la primera pregunta intensa.

—Mi peor recuerdo —dijo Brougham—. Rayos. Intento no pensar en eso a propósito.

Sonrió débilmente, pero solo esperé.

—Okey, emm. Una vez cuando tenía diez años, mamá se enojó mucho con papá y tuvieron una gran pelea por la noche. Al día siguiente, cuando debía llevarme a la escuela, mamá fue por otro camino para llevarme al aeropuerto. Dijo que iríamos a otro país y que nunca volvería a ver a mi papá, a mis amigos o al resto de mi familia. Compró pasajes, ni siquiera recuerdo *a dónde*. Estábamos haciendo la fila para pasar por seguridad y estaba totalmente *aterrado*, quería pedirle ayuda a alguien, pero tenía más miedo de lo que podría hacer mi mamá si lo hacía. La idea de no tener a nadie para lidiar con ella por el resto de mi vida y de nunca más volver a ver a nadie... nunca había tenido tanto miedo. Cuando llegó nuestro turno en la fila de seguridad, tomó mi mano y nos marchamos del aeropuerto. Me llevó a la escuela y me dijo que no le contara a nadie lo que había sucedido. Y nunca lo hice.

Podía verlo en su rostro. El terror que había sentido cuando era un niño al ser secuestrado por su madre y estar demasiado asustado para hacer algo. Y *maldita sea*, eso era intenso, demasiado intenso y supongo que era el punto de la pregunta, pero *Dios*. Esperaba que Brooke y Ray estuvieran bien.

—Lo lamento tanto —dije.

—Está bien. Solo... no volvamos a hablar de eso, por favor.

—Comprendido. Bueno, mi peor recuerdo es sencillo. Éramos pequeñas y había estado toda la mañana enojada con Ainsley por alguna pelea y nuestros padres se pusieron de su lado, lo que me enojó todavía más. Después estábamos en el jardín y pateó un balón sobre el techo y decidió treparlo para recuperarla y no le dije que se detuviera porque creí que sería divertido si se caía. No sé por qué, estaba enojada con ella y no entendía qué estaba sucediendo de verdad. No creí que algo serio pudiera pasarnos.

Luego *cayó* y … no rebotó como imaginé. Se despertó después de unos segundos que parecieron horas y tuve que comprender que su presencia no estaba garantizada, ¿sabes? Las personas pueden morir. Nunca tuve tanto miedo como en *ese* momento.

Brougham me observó mientras hablaba con una expresión seria, asintió todo el tiempo y no despegó sus ojos de mí en ningún momento. No había hablado de ese día hacía mucho tiempo. Ni siquiera había *pensado* en ese día. Pero era extrañamente liberador contárselo.

Las preguntas se tornaron cada vez más intensas. En algunas cosas concordábamos como la definición de amistad. En otras, nuestras respuestas eran muy distintas, por ejemplo, cómo se manifestaba en nuestras vidas el amor y el cariño. Para mí era el sol y todo giraba alrededor de él; para Brougham era una meta, algo que podría cambiar toda su vida si tuviera tanto como deseaba.

La pregunta sobre la relación con nuestras madres hizo que el aire se tornara pesado e incómodo. Brougham vaciló, así que respondí primero.

—Amo a mi mamá —dije—. Creo que últimamente nuestra relación está cambiando para bien. Hemos estado hablando más. Fue difícil por un tiempo porque siempre estaba *tan* ocupada y sé que es porque tiene que hacer muchas cosas sin la colaboración de papá, pero que nos ignore por trabajo duele más que cuando lo hace papá. Quizás no es justo, no lo sé. Pero vivo con ella la mayor parte del tiempo así que siempre quiero más de su apoyo. Supongo que también soy más cercana a ella por el mismo motivo.

Brougham echó un vistazo hacia Brooke y Ray.

—Me preocupa convertirme en mi madre y no darme cuenta cuando suceda. Sigo pensando en cómo me emborraché después del baile de graduación y no lo hice para divertirme o encajar, lo hice porque estaba enojado y no quería estarlo. Y eso me asusta.

Brooke y Ray pasaron a la siguiente pregunta, pero sentí que teníamos cosas pendientes. Brougham y yo necesitábamos seguir hablando por un minuto.

—Mira, no soy una experta —dije—. Pero creo que eres demasiado duro contigo mismo. Tienes miedo porque has visto cuán horrible puede ser. Pero también eres muy consciente de ti mismo y puedes reflexionar y cambiar tus decisiones. Puede que tengas un riesgo mayor por genética, pero no es una sentencia, ¿lo sabes? Todavía tienes control de cómo será tu vida.

Brougham me miró a través de sus pestañas.

—¿Eso crees?

—Sí. No eres un adicto y no tienes historial ni hábitos peligrosos. Pero si te asusta tanto, quizás deberías hablar con un profesional, el consejero escolar o algo para que puedas descifrar qué hacer si te vuelves a encontrar en esa situación.

Brougham apoyó su cabeza sobre su codo.

—Eso es una buena idea —dijo.

Sonaba cansado. Nos quedamos sentados en silencio. Brougham estaba disperso y no quería obligarlo a regresar a mí.

Después de algunas preguntas más, me senté erguida.

—Esta es más alegre —dije—. Tres cosas que nos gustan del otro.

Brougham lució sorprendido y sacudió un poco la cabeza.

—Ah, sí, será mejor no olvidarnos de tu ego.

—Como debe ser. Bueno, me gusta que eres... imposible de predecir, pero comienzo a anticipar que te comparas de manera inusual, así que quizás comienzo a predecirte de todos modos. Me gusta que siempre estás presente para los demás cuando te necesitan, en especial para Finn. Y me gusta que insistas en dejar que los demás se acerquen cuando has recibido más golpes que los demás.

La expresión de Brougham era extraña mientras procesaba mi respuesta. No pude interpretarla. Aclaró su garganta.

—Me gusta que siempre tengas una respuesta, nunca te toman por sorpresa, simplemente te adaptas y actúas. Me gusta que te preocupes tanto por la felicidad de desconocidos a pesar de que no recibas crédito por ayudarlos. Y me gusta que eres realmente *divertida*. A la gente le gusta estar cerca de ti.

Bueno, a pesar de su insistencia en que nunca me tomaban por sorpresa, no sabía qué responder. Sentí que me miró, arrancó mi piel y miró en mi interior y luego se adentró todavía más.

Cuando terminaron las preguntas, Brooke y Ray se pusieron de pie, se abrazaron por unos instantes. Brougham y yo las observamos con los hombros pegados.

—Eso luce bien —dije y el gruñó su concordancia.

El sol comenzaba a caer cuando salimos afuera y todo brillaba con un tono naranja cálido. El jardín parecía un sueño. Ahora que lo pensaba, estaba completamente exhausta.

—Gracias por organizar todo esto —dijo Brooke.

Sus ojos estaban somnolientos. Lucía como yo me sentía.

—Es solo... hicieron un gran esfuerzo. Fue... demasiado. Pero fue muy lindo.

—Realmente lamento lo que te hice. A ambas. Sé que no soluciona nada, pero... —encogí los hombros.

—Llevaré a Brooke a casa —dijo Ray, pero estaba sonriendo.

¿Habían aceptado mi disculpa? Era difícil saberlo, apoyó una mano en la espalda de Brooke y luego la dejó caer.

—Okey. Entonces... —no terminé la oración.

Brooke extendió los brazos y la abracé.

—Te enviaré un mensaje —dijo.

Fue lo más hermoso que podría haberme dicho.

Mientras Brooke y Ray se marchaban, Brougham me llevó hacia la piscina.

—Descansemos un minuto —dijo.

Los dos teníamos pantalones cortos así que fue sencillo quitarnos los zapatos y sentarnos en el borde de la piscina uno al lado del otro con las piernas en el agua. Su piscina había absorbido el calor del día y estaba casi cálida. Era la temperatura perfecta para la noche. Deseaba haber traído mi traje de baño.

—Tengo algo para ti —dijo Brougham—. Por tu cumpleaños.

Levanté la mirada sorprendida.

—Creí que todo esto era por mi cumpleaños.

—Nah, eso fue para ellas. Esto es para ti.

Sacó un sobre del bolsillo y por un breve momento creí que era una carta del casillero.

Adentro del sobre había una hoja de papel. La desdoblé y la alisé. Era una entrada impresa.

PASES VIP ORIELLA ORATES
209 SLATER BLD. SANTA MONICA. CA 90409
ENTRADAS: 2

Miré las entradas estupefacta mientras Brougham hablaba rápidamente a mi lado:

—Sé cuánto la amas y estaba viendo sus videos y vi que vendría a la ciudad y le pregunté a Ainsley y me dijo que no tenías entradas así que fue perfecto. Te compré dos para que no tengas que ir sola, pero puedes ir con quien quieras. Y si no encuentras a nadie, definitivamente iría contigo. Quiero decir, no quiero que vayas sola y de seguro es interesante, pero no te regalé dos entradas para que tengas que ir conmigo. Solo quería aclarar eso.

Esto debería haberle costado mucho dinero.

Demasiado dinero para el regalo de una amiga. ¿Sabía eso? ¿O los chicos ricos no comprendían las implicancias de gastar una fortuna para otra persona?

Sentí una brisa cálida que despeinó mi cabello. El atardecer hizo que la piscina, las columnas del porche y nuestra piel se tiñera de un tono durazno. Una luciérnaga pasó junto a la cabeza de Brougham, planeó sobre el agua y dejó un rastro detrás de ella. Él me observaba, un poco inseguro, como si creyera que no me había gustado el regalo o algo así.

No era eso.

Solo que...

—¿Brougham? —pregunté con el boleto entre mis manos—. ¿Winona sabe emm... que somos amigos?

Lució confundido.

—¿De qué hablas?

—Hablo de que algunas veces las personas les esconden las amistades a las novias porque tienen miedo y nunca vi que eso terminara bien. Entonces, ¿lo sabe?

—Okey, ignorando el problema obvio de esa pregunta, ¿crees que la gente no debería tener permitido pasar tiempo con personas del género que le gusta cuando están en una relación?

Resoplé.

—Por supuesto que no, quiero decir, soy bisexual. Si no pudiera, eso podría ser condenadamente limitante para mí.

—Hablas como si fuera algo malo.

—No, hablo de honestidad.

—Pero ¿por qué la gente escondería algo que no es malo en primer lugar?

—Simplemente lo *hacen*. Y no quiero interferir en tu relación, pero...

—Interferir en relaciones era literalmente tu fuente de ingresos —Brougham terminó la oración por mí—. Pero no sé de qué relación estás hablando.

Golpeé mi mano en el suelo frustrada.

–¡Winona y tú!

–¿Qué? –Brougham lució brevemente divertido y luego la risa en sus ojos se transformó en algo más desconcertante–. Espera, ¿no sabes que terminamos?

–¿*Qué*? ¿Cuándo? ¿Por qué no me contaste?

Una luz de esperanza se encendió en mi pecho y mi cerebro luchó por encontrar claridad. Nada de esto tenía sentido. Me *hubiera enterado* si hubieran terminado, ¿no? Brougham me lo diría, ¿no?

Despegó sus ojos de mí por un momento con las cejas arrugadas. Lucía tan asombrado como yo me sentía.

–Honestamente, Darcy, creí que sabías. Creí que Finn te había dicho. Creí que dijiste que lo había hecho. Terminé con ella después del baile de graduación.

Lo miré fijamente sin poder hablar, intenté analizar la última semana en mi cabeza.

Había terminado con Winona en la fiesta.

Se había peleado con alguien por mí.

Se había emborrachado.

Durmió en mi sofá y me miró con ese deseo en los ojos (ahora estaba segura de que no lo había imaginado) y, sin embargo, no intentó nada. No me pidió que me quedara con él cuando me fui a mi habitación. No rechazó mi oferta de amistad platónica. Incluso cuando creyó que yo sabía.

–¿Por qué? –pregunté.

Por suerte, no pretendió no comprender la pregunta por primera vez. Alzó las manos y las dejó caer sobre su regazo con impotencia.

–¿No... no lo *sabes*?

Estaba demasiado asustada para creer que sabía algo en este momento. Pero, de alguna manera, algo dentro de mí encontró el valor de tomar su mano.

Realmente era hermoso. Y, a pesar de lo que había pensado de él cuando lo conocí, estaba segura de que podría ser la persona más hermosa que hubiera conocido en mi vida.

Su pierna golpeó la mía bajo el agua mientras se movía. Su mano se aferró a la mía y nos acercamos. Nuestros labios se encontraron con suavidad y Brougham inhaló profundamente.

Sabía tal cual recordaba. Desenredó los dedos de los míos y los apoyó en mi sien antes de peinar mi cabello hacia atrás y acercarme más a él.

No quería que el beso siguiera siendo gentil. Jalé de él con una mano y sentí su pecho contra el mío y llevé la otra mano a su cuello. Luego, me moví y me impulsé en el suelo y me senté a horcajadas sobre él, mis rodillas tocaban el suelo. No dejó de besarme, tomó mis caderas para ponerme cómoda. Estábamos salpicando todo, pero no nos importaba.

Lo único que podía hacer era besarlo por todas las veces que quise hacerlo y no pude. Dejé que mis manos exploraran lo que quisieran. Dejé que sus manos acariciaran mi espalda debajo de mi blusa y solté un sonido gutural. Se alejó de mis labios y pasó a mi cuello, me mantenía en mi lugar para que pudiera arquear mi espalda sin caer en la piscina. La calidez de su lengua sobre mi clavícula casi hizo que perdiera el control por completo y luché por regresar a la realidad antes de dejarme llevar y que termináramos en el agua.

Porque nosotros...

Su cabello era tan suave y grueso y su nuca era como una manta de terciopelo...

... no podía hacer otra cosa que besarlo...

... sentí que me deslizaba hacia atrás, o quizás él estaba avanzando, pero ahora mis pies estaban en el agua y quería dejarlo...

...pero su papá estaba *en la casa y podría estar observándonos en este instante.*

Quería hacerlo, pero no podía. Nos estabilicé apoyando mi rodilla contra el borde de la piscina y me separé agitada.

—Brougham.

Se congeló. Una ráfaga de pánico cubrió su rostro como si le hubiera lanzado agua helada. Se enfocó instantáneamente.

Creyó que volvería a huir.

Acaricié su mejilla con mis manos e intenté transmitirle tranquilidad.

—Tu papá está en tu casa.

Se relajó con tanta intensidad que pude sentir a su cuerpo desmoronarse debajo de mí.

—Correcto. Sip. Dah.

Me quedé en mi lugar mientras intentábamos llegar a un tres en la escala de intensidad.

—Quería decirte que sentía cosas por ti —dije—. Pero ya habías vuelto con Winona. Sucedió tan rápido.

Brougham dejó caer la cabeza hacia atrás frustrado.

—Por supuesto. *Por supuesto*. Que me parta un rayo. Es lo que hago, me convencí a mí mismo de que no sentías lo mismo porque nunca me buscaste como dijiste que lo harías así que me lancé a Winona para intentar superarte y volver a sentirme como antes. Creí que funcionaría. Solo no quería lidiar con tener sentimientos por alguien que no estaba interesada en mí así que intenté cambiarlos.

Porque *eso* es lo que sucede cuando alguien con tipo de apego ansioso se siente rechazado. Y yo lo sabía y, sin embargo, no pude aplicar la lógica a la situación porque estaba demasiado involucrada para ver con claridad.

—Está bien. Lo entiendo.

—Lo arruiné.

—Creo que es justo decir que los dos nos confundimos.

Sus manos se deslizaron sin pensarlo a mis muslos y comenzó a hacer círculos con el pulgar y me hizo sentir un escalofrío hasta los hombros.

—Hoy ha sido intenso —dijo. Luego alejó las manos y se reclinó hacia atrás para darme control total de nuestra posición—. Estoy bastante seguro de que tienes mucho para pensar.

—No hay nada que pensar —repliqué.

—Tienes que volver a casa —añadió.

—No por un rato.

—Todo esto está sucediendo de la nada.

—¿Llamas a eso de la nada?

Encogió los hombros porque sabía que era mentira. Solo quería protegerse a sí mismo al darme una salida.

—No quisiera estar en ningún otro lugar en este momento —dije.

Toqué su brazo. Levantó la mirada, sin despegar sus ojos de mí, movió su peso para poder levantar una mano para sujetar la mía.

Entrelazamos los dedos entre nosotros.

Miró nuestras manos y luego volvió a mirarme.

Y luego sonrió con suavidad. Y ya no era una sonrisa extraña.

—Okey.

Veintitrés

Autoanálisis:

Darcy Phillips
No todo está escrito en piedra.

El encuentro de natación era bajo techo, pero la mitad superior de una de las paredes era de vidrio por lo que el sol del verano resplandecía sobre la superficie de la piscina. Se parecía un poco a un invernadero y combinado con el calor del agua y el fuerte aroma a cloro, el ambiente era caluroso, pesado y sofocante.

Nuestro lugar en las gradas era justo detrás de la silla de la guardavidas, en donde una chica con una camiseta demasiado larga observaba con ojos de halcón a los nadadores. En el suelo, había una línea blanca desde dónde algunas personas con plumas, papeles y cronómetros observaban a los nadadores. A los costados de la piscina, chicas y chicos con chaquetas sobre sus trajes de baño o con toallas sobre los hombros alentaban a sus compañeros o esperaban sus carreras.

Las gradas en las que estábamos sentadas estaban bastante vacías, solo había un puñado de familias y amigos en cada extremo. Pero nuestro entusiasmo compensaba la poca asistencia y nos poníamos de pie y gritábamos para alentar a nuestro equipo en cada carrera. Y había *muchas* carreras.

A unos metros, una madre particularmente comprometida reproducía *We Will Rock You*, de Queen en su teléfono y lo agitaba de lado a lado. Cerca de la piscina, su hija la miraba estupefacta antes de desviar los ojos lejos de las gradas.

Hasta Brooke, cuya idea de descanso era practicar nuevas técnicas de maquillaje o planificar un evento escolar gritó y festejó y extendió su mano, que sujetaba la de Ray, en un puño de victoria cuando ganábamos.

Brooke, Ray y yo éramos un trío últimamente. Hace meses, apenas podía imaginar tolerar a Ray cada vez que hacía algo con Brooke y conmigo, pero ahora me encantaba que estuviera aquí. Equilibraba la dulzura de Brooke con su energía áspera y me hacía sentir que juntas éramos invencibles. Si no fuera por Ray, probablemente estaría sola aquí hoy, pero ella siempre insistía que hiciéramos juntas estas cosas.

Y lo que eran mejores noticias, parecía que Ray pasaría tiempo con Brooke y conmigo en el futuro. Unos pocos días después de mi cumpleaños, Ray ofreció con sinceridad decirle a la escuela que había manipulado la elección, lo que fue suficiente para que Brooke la perdonara por completo, pero no le dejó confesar. Creo que para ella alcanzó que Ray haya ofrecido hacerlo de manera sincera. Así que, en mi opinión, terminarían casándose y pretendía hacer todo lo que pudiera para apoyarlas. Menos entrometerme.

Aunque estaba por terminar el encuentro, Brougham seguía echando vistazos en nuestra dirección de manera regular cuando esperaba con el resto de su equipo, como un niño pequeño que se aseguraba de que su familia lo mirara mientras jugaba en el parque. Cada vez que me veía, su expresión se suavizaba y cuando desviaba la mirada, lucía contento. No era la primera vez que iba a uno de sus encuentros de natación, pero todavía le resultaba novedoso tener a alguien allí por *él*, para *apoyarlo*.

Solo faltaba una carrera cuando una chica con largo cabello lacio que apenas reconocí se sentó al lado mío de la nada. No quise mirarla sorprendida, pero para ser honesta, no es común que alguien que no conoces se siente a tu lado cuando había tanto espacio libre.

—Ey, eres Darcy, ¿no? —preguntó.

Mis hombros se tensaron. Mi instinto me dijo que esto se relacionaba con el casillero. Finalmente, había llegado a un punto en el que no me sentía juzgada por la mitad de la escuela y ahora alguien quería volver a hablar del asunto.

—Sí, soy yo.

—Soy Hadley. Mi hermano está en el equipo con tu novio.

—Ah, genial. Están pateando traseros.

Hadley, Hadley... vagamente reconocía el nombre, pero no recordaba qué me había escrito. O quizás era una de las pocas personas cuyas cartas fueron robadas durante el incidente.

—Sí, estoy muy orgullosa. —Hadley vaciló y Brooke miró en nuestra dirección para poder escuchar la conversación—. Ey, vine a hablarte porque me ayudaste hace un tiempo. Te escribí por mi exnovio... ¿el que daba vueltas a mi alrededor...?

La miré sorprendida y luego lo recordé.

—*Ah*, el que le daba me gusta a todas tus publicaciones, ¿no?

—¡Sí! Me encantó tu respuesta. En especial, la parte de ser cortejada con fervor. *Tan* Jane Austen. Es como mi lema de la vida.

Bien, esto no parecía encaminarse a un reclamo. La tensión abandonó mis extremidades.

–¿Qué sucedió al final?

–*Bueno.*

Hadley cruzó los brazos y se inclinó hacia adelante para contarme su historia.

–Un mes atrás comenzó a enviarme mensajes del estilo "te extraño, he estado pensando en ti, vi tu foto en patines y no pude olvidar tu sonrisa durante toda la noche".

Hizo una mueca.

–¿Demasiado tarde? –pregunté.

–Oh, totalmente. Para ese momento, ya me había dado cuenta de que no era un buen novio, ya sabes, solo quería hablar de él, pero cuando yo contaba algo, era como hablar con una Bola Mágica. "Sí, no, quizás, emm, guau eso es genial" –respondió en tono monótono.

–¡Estoy orgullosa de ti!

–Gracias. Me ayudaste mucho. Estaba volviéndome loca para cuando te escribí. Estaba considerando ir a buscarlo a su salón y exigirle una respuesta. Pero, emm, quería hacerte una consulta. Ahora que el casillero está roto, nadie sabe cómo contactarse contigo.

Brooke *y* Ray estaban prestando atención, miraban sin disimulo.

–No pueden. –Encogí los hombros–. La escuela dijo que no puedo tener un negocio en el campus.

–Ah, ¿tienes un Patreon o una cuenta?

¿Qué? Solté una carcajada.

–No creo que la gente siga queriendo mis consejos.

Hadley lució sorprendida.

–Emm, *sí*, si quieren.

—Vamos, fui una paria después...

No necesité terminar la oración. Hadley sacudió la cabeza impaciente por interrumpirme.

—La gente estaba enojada de que se filtraran sus cartas. Pero eso no tiene nada que ver con que des malos consejos. Quiero decir, mi amiga Erica dijo que la ayudaste con su novio y que ahora están *muy* bien. Y si es en línea, es más seguro de todos modos siempre y cuando uses una VPN, ¿no?

Vacilé, me tomó por sorpresa. Quiero decir, sí... quizás... ¿puede ser? No había pensado en ello.

Hadley se movió en su asiento.

—Yo lo usaría. Ey, la carrera está por empezar; tengo que regresar con mi familia. Buena suerte.

—Gracias —dije y la observé apresurarse a su asiento.

Brooke, Ray y yo intercambiamos miradas.

—Eso fue interesante —dijo Ray.

Sí. Lo fue.

Después de la última carrera —que ganamos por unos pocos segundos—, Brooke y Ray fueron a la casa de Brooke y Brougham anunció que estaba a punto de morirse de hambre. Así que hicimos una parada técnica en Subway de camino a la casa de mi papá y Brougham suplicó que nos sentáramos y comiéramos allí porque temía desmayarse detrás del volante en los cuatro minutos que faltaban para llegar.

Mientras comía un bocado de manera dramática —mejor dicho, mientras se llenaba la boca de comida—, crucé mis tobillos.

—Una chica de la escuela vino a hablarme hoy. Hadley algo.

Brougham tuvo la delicadeza de tragar antes de responder,

aunque por un momento temí que no pudiera tragar tanta comida junta.

—Ah, ¿Hadley Rohan? ¿La chica rubia? Estaba en una de mis clases.

—Sí, ella. Dijo que debería considerar dar consejos por internet.

Brougham hizo una pausa con el sándwich en el aire y luego lo apoyó.

—¿Qué te parece?

—No lo sé. ¿Crees que la gente lo usaría?

—*Sí* —respondió sin vacilar—. Eres increíble.

Pero algo me molestaba: las varias oportunidades en las que Brougham señaló que era probable que hubiera dado malos consejos. Aunque luego insistió que de seguro todo estaba bien, a una parte de mí todavía le molestaba. Me sentía falsa.

Pero si lo preguntaba ahora sonaría como si buscara cumplidos, pero no era lo que buscaba.

—No dejo de pensar en las cosas que mamá dijo cuando me descubrieron —dije en cambio—. Como que necesitaba un seguro o asesoramiento legal y que tenía que mantenerla al tanto. Y que tenían que ser publicaciones públicas con cláusulas de responsabilidad. Cosas así.

Brougham lo analizó con los ojos entrecerrados.

—¿Crees que se opondrá a que lo hagas?

—No creo. Siempre y cuando no mienta.

—Entonces no mientas. Es sencillo. Ya no tienes que cargar toda la presión sola.

El caballero había hecho un buen punto. Últimamente, mamá y yo hablábamos tan seguido que creí que no tendría problemas si le hacía esta propuesta. No era *necesario* esconderlo. Me moví de un lado a otro mientras una ráfaga de emoción recorría mi pecho.

—Creo que quiero hacerlo.

Esta vez habló con la boca llena porque una de las metas de su vida era ser tan encantador y molesto como le fuera posible.

—*Poriamo' jacer* un *jitio* web.

—¿Sabes cómo hacer eso? —pregunté mientras desenvolvía mi sándwich.

—Sí, es fácil. Solo necesitamos un servidor y un URL; hay muchos servicios que tienen herramientas sencillas para crear sitios web. Sé algo de HTML, creo que podríamos hacerlo.

—¿Y podríamos incluir una sección en donde la gente envíe preguntas anónimas para que publique mis respuestas? ¿Y quizás un sector de donaciones?

—Definitivamente. No vinimos a dormir con las arañas.

Lo miré fijo por una larga pausa.

—… ¿*Qué?*

Puso los ojos en blanco como si fuera *yo* la que no comprendía cómo funcionaba el lenguaje.

—Si lo haremos, lo haremos bien.

Ajá. Hacerlo bien…

Entonces se me ocurrió una idea.

—Podría pedir críticas —dije lentamente—. Lo único que tenía para guiarme con respecto a mi efectividad era mi tasa de reintegros, pero nunca me enteraba si solo me confundía un poco y no era necesario hacer un reclamo. Pero si tengo una sección para quejas o reseñas o algo podría aprender de mis errores. Y mejorar, en vez de asumir que soy brillante.

Una sonrisa se asomó en los labios de Brougham.

—¿Qué crees que harás si alguien te escribe y dice que estabas equivocada? ¿Podrás lidiar con eso?

Tenía un punto. Hace un par de meses, probablemente no hubiera podido. Quizás hasta el mes pasado, pero estos días, confundirme no me afectaba como antes. Y definitivamente no parecía tan malo como cometer un error y nunca retractarse.

–Creo que puedo hacerlo. Quizás podría hacer publicaciones como en un blog para dar consejos generales y esas cosas además de respuestas personalizadas.

Brougham asintió con los ojos bien abiertos.

–Me *encanta* esa idea. Y, ya sabes, como es en línea podrías tener un alcance *mucho* mayor. Podría ser conocido. Quizás Ainsley podría recomendarte en su canal.

–Puede ser. Me ha rogado que participe en un video.

Cuanto más pensaba en la idea, más me emocionaba. De hecho, era realizable. Y echaba de menos las cartas. La alegría de saber que había ayudado a alguien. La satisfacción que sentía cuando subió el número de cartas a medida que la gente se lo contaba a sus amigos.

Y el dinero extra no me venía mal.

Brougham y yo terminamos nuestro almuerzo tan rápido como pudimos y fuimos a la casa de papá.

–Hola –nos saludó papá cuando cruzamos la puerta principal.

Estaba sentado en la cocina comiendo su propio almuerzo; un sándwich de pavo y pepinos avinagrados porque tenía las papilas gustativas de Satán.

–¿Cómo te fue en la carrera, amigo?

–Muy bien –dijo Brougham–, reduje un segundo mi tiempo de 200 metros estilo libre.

–Ey, buen trabajo.

Papá extendió una mano para chocar los cinco y Brougham se estiró para cumplir.

Después de que papá se ajustara a la idea de que salía con un chico en vez de una chica –y, siendo honesta, por un momento parecía que se estaba ajustando a la *decepción* de que saliera con un chico en vez de con una chica– Brougham y yo estuvimos de acuerdo en esforzarnos en pasar tanto tiempo en la casa de papá los fines de semana como nos fuera posible. Veía tan poco a papá que, si quería que se relacionara con la gente importante para mí, nosotros teníamos que ser una especie de paquete.

Afortunadamente, cuando papá se enteró que Brougham era nadador –de hecho, fue el día que me llevó a lo de Oriella–, le contó que él había estado en el equipo de natación cuando estaba en la secundaria, dato que hasta yo ignoraba, y los dos comenzaron a llevarse bien. A veces tenía que arrastrar a Brougham para que dejara de hablar con papá y pudiéramos pasar algo de tiempo solos. Pero lo comprendía; no tenía muchas oportunidades para conversar con un adulto que tuviera tiempo para oírlo y mucho menos festejar sus logros. Difícilmente le negaría la oportunidad.

… como ahora, por ejemplo.

–Eso me recuerda a mi último año –decía papá.

Mi novio, quien acababa de describir su última carrera, lo miraba fascinado.

–Sabía que el tipo que estaba a mi derecha sería mi mayor competencia así que ignoré a todos los demás y estuvimos cabeza a cabeza toda la carrera, y luego, en los últimos segundos, *bum*, aceleré con todas mis fuerzas y le gané por un segundo. Y, por supuesto, *¡la multitud se volvió loca!*

Papá agitó su sándwich a medio terminar para darle énfasis a sus palabras. Un pepino salió volando y cayó al suelo.

–Eso es genial, papá, pero ¿podemos continuar esta conversación en un ratito? –pregunté y jalé del brazo de Brougham–. Estábamos *a punto* de hacer algo.

–Pueden hacer lo que quieran siempre y cuando sea apto para todo público.

Brougham soltó una risita, mientras yo fulminaba con la mirada a mi papá.

—Emm, ¿podrías *no* decir esas cosas, por favor?

—Vayan, salgan de aquí, me están molestando —replicó con una sonrisa pícara.

La sonrisa de Brougham desapareció y estudió el rostro de mi padre para asegurarse de que su tono relajado no escondiera una amenaza. Estaba convirtiéndome en una experta en las micro expresiones de Brougham; con un rostro como el suyo, no tenía otra opción. Estrujé su brazo para tranquilizarlo y fuimos a mi habitación.

—Está bromeando —susurré cuando entramos.

Esperó en su lugar mientras cerraba la puerta y sus manos fueron directo a mi cintura y cerró los ojos. También me estaba familiarizando bastante con *esa* expresión. Mi respiración comenzó a atascarse en mi pecho.

—Hoy nadaste *tan* bien —lo felicité y acaricié su mejilla con mi mano. Se inclinó por el contacto y me besó. Aunque devolví el gesto, mi mente se distrajo automáticamente.

¿Cómo me daría a conocer? Quizás podía enviar un correo electrónico masivo a todas las personas que me habían escrito y habían quedado registradas en mi casilla. De esa manera, todos los interesados podrían saberlos y el boca en boca haría su trabajo después... ¿era ético...?

Ni siquiera me di cuenta de que mi lenguaje corporal había cambiado cuando me distraje, pero Brougham se alejó.

—¿Estás bien?

Hice una mueca y sonreí avergonzada.

—Sí, solo pensaba en mi sitio web.

Brougham tocó mi frente con la suya y gruñó mientras se reía.

—Mueres por empezar, ¿no?

348

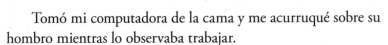

Tomó mi computadora de la cama y me acurruqué sobre su hombro mientras lo observaba trabajar.

—¿Qué estás haciendo ahora? —pregunté.

—Solo... registro... un dominio.

Posó el cursor sobre una barra de búsqueda.

—¿Tienes alguna idea de cómo te gustaría llamarlo?

—¿"Querido Casillero 89" está disponible?

Tipeó "www.queridocasillero89.com". El nombre se pintó de verde. Estaba disponible.

—¿Lo quieres? —preguntó.

—¡Sí, rápido, antes de que alguien más lo tome!

—Una verdadera carrera contra el reloj —murmuró—. Y... es tuyo.

—¿Listo? ¿Tengo un sitio web?

—Tienes un *dominio* —sonrió—. Preparar el sitio web llevará un tiempo. Le enviaré un mensaje a Finn y le preguntaré qué servidor utilicé con él; dijo que era muy bueno.

—¿Finn tiene un sitio web?

—Sí —dijo mientras miraba su teléfono y le escribía un mensaje a Finn—. Es algo como "La verdad sobre Ryan y Chad punto com".

Por supuesto.

Brougham bloqueó su teléfono.

—Listo, con algo de suerte responderá pronto.

Acaricié sus omóplatos ligeramente.

—Supongo que podríamos tomar un pequeño descanso mientras esperamos.

Brougham no necesitó que se lo dijera dos veces. Con un solo movimiento cerró la computadora y giró para volver a besarme. Esta vez, lo empujé sobre la cama y luego apoyé mi ordenador en el suelo.

Últimamente, ese sabor, ese aroma, me hacía sentir cálida, segura e infinita. De hecho, después de reflexionar, resulta que no era del tipo desorganizado. Porque a pesar de mis miedos, dudas y la confusión inicial, ahora cuando Brougham me miraba o yo lo miraba a él, ninguna parte de mí se sentía sofocada.

Teníamos nuestra burbuja de la pareja. Él era mi espacio seguro. Yo era el suyo.

No me sentía abrumada. Cuando su vida se fusionó con la mía, mi vida simplemente creció.

Así que quizás, no siempre tenía la razón sobre mí o sobre los demás. Y quizás una parte de descubrir mi lugar en el mundo era aceptar que no siempre tendría todas las respuestas y no siempre sería la heroína en todos los casos y que quizás no lograría todo lo que me propusiera.

Pero estaba bastante segura de un par de cosas.

Ya sea que cambiara vidas a través de mis consejos o de mi pre-disposición de oír a los demás, el casillero sí hacía una diferencia.

Y podría volver a hacerlo. Quizás hasta una diferencia todavía mayor. En especial con la ayuda de Brougham.

Hablando de él. De todas las terribles decisiones que había tomado este año, todos los errores y los pasos en falso, acceder a ayudar a Alexander Brougham fue la mejor decisión que podría haber tomado.

Agradecimientos

Cada libro que escribo tiene un lugar en mi corazón, pero creo que *La teoría de lo perfecto* ocupa un lugar especial. Hay muchos tópicos importantes que quería explorar mientras escribía el libro. El borrado bisexual y la bifobia internalizada son de seguro los más obvios y creo que, si llegaron hasta esta altura, mi postura es bastante clara: las personas bisexuales son parte de la comunidad queer y su identidad no cambia en ningún momento dependiendo de con quién salgan o por quién se enamoran, si es que salen con alguien.

Cuando diseñaba a mis dos protagonistas, primero creé dos personalidades marcadas y luego incorporé mis vulnerabilidades más profundas. A diferencia de Darcy, nunca fui una estudiante rubia de California con una afición por las películas de terror, un negocio de consejos de relaciones y un amor por la música del momento. Pero era el tipo de adolescente que se interesaba por algo y lo investigaba por horas hasta conocer el tema por completo y poder escribir sobre ello a nivel profesional. Y, al igual que Darcy, descubrí que una cosa es tener conocimiento y otra distinta es aplicarlo con éxito a la propia vida. La historia poco original de la triunfadora que se tambalea cuando la teoría se convierte en práctica, ¿no?

A diferencia de Brougham, no soy particularmente atlética y para el caso, mis emociones se notan con *demasiada* sencillez. Pero, como él, ¡soy del sur de Australia! (es una broma, ese no era mi punto..., pero hablando en serio, fue muy especial para mí tener la oportunidad de compartir fragmentos de Australia –en especial de la cultura del sur de Australia– con lectores internacionales). *Decía* que, como Brougham, tengo un estilo de apego ansioso. Recién en la adultez comprendí lo que significaba ese tipo de apego, pero tener ese conocimiento cambió todo. De repente, vi a algunas de mis experiencias más dolorosas y confusas con una óptica diferente. Brougham es un personaje con fallas, pero su necesidad de seguridad y estabilidad no es una de ella. Permitirle ser comprendido, apoyado y permitirle relajarse lo suficiente para que dé lo mejor de sí sin miedo a ser rechazado fue francamente una experiencia sanadora para mí.

Mi esperanza es que esta historia llegue a alguien que la necesite. Que se vea a sí mismo en estos personajes y en sus situaciones. Que quizás comprenda algo nuevo de sí mismo y el por qué se siente de esa manera.

Para Moe Ferrara y el equipo en Bookends, gracias por su apoyo y por su pasión defendiendo mi trabajo.

Gracias a Sylvan Creekmore, quien sigue siendo la mejor. Muchas gracias por tu sabiduría editorial, por soportar mis primeros borradores con tonterías y por ayudarme a llegar a escribir lo que *quiero* decir. ¡Tengo mucha suerte de tenerte!

Muchas gracias al equipo de Wednesday Books por su pasión continua, experiencia, apoyo y amor. Soy muy afortunada de tener a un equipo tan comprometido y talentoso. Un agradecimiento especial para Rivka Holler, DJ DeSmyter, Dana Aprigliano, Jessica Preeg, Sarah Schoof, Sara Goodman, Eileen Rothschild, y NaNá V. Stoelzle!

Gracias a Jonathan Bush, el diseñador de la portada e ilustrador por crear esta obra hermosa.

Muchas gracias a mis lectores beta Angela Ahn, Mey Rude, Meredith Russo, y otros por sus críticas dedicadas.

También quiero agradecerles a los lectores que me ayudaron con la investigación sobre las secundarias y actividades de natación en Estados Unidos para que pudiera lograr hacer la ambientación: Don Zolidis, Amy Trueblood, Mel Beatty, Emma Lord, Harker DeFilippis, y Sammy Holden.

A los amigos que leyeron las primeras versiones más ásperas de *La teoría de lo perfecto*, Julia Lynn Rubin, Cale Dietrich, Ashley Schumacher, Ash Ledger, Emma Lord, Hannah Capin y Becky Albertalli: muchas gracias por sus comentarios, su sabiduría y sus críticas.

A mis amigas increíbles: Julia, Cale, Claire, Jenn, Diana, Alexa, Hannah, Ash, Cass, Sadie, Astrid, Katya, Ella, Samantha, Becky, Ashley, y Emma: gracias por alejarme del barranco y compartir sus alegrías y luchas conmigo desde todo el mundo.

Un agradecimiento especial a Emma Lord, Erin Hahn, Kevin van Whye y Becky Albertalli por su apoyo inicial a este libro. ¡Son increíbles!

A mamá, papá y Sarah: muchas gracias por su apoyo incondicional, sus palabras de aliento y su amor.

Cameron, gracias por aprender cientos de roles y datos del mundo editorial por mí. Y gracias por todo el chocolate y por siempre saber cuándo decir: "Quédate allí, prepararé la cena".

Y a la persona que está leyendo esto: gracias por leer mis

palabras. Puede que no te conozca, pero por un momento nos conectamos a través de esta historia, a través del tiempo y el espacio. En dónde sea que estés, seas quién seas, te deseo todo el amor y la felicidad del mundo.

¿Cuántas locuras harías por amor?

¿Y si el cazador se enamora de la presa?

CREO EN UNA COSA
LLAMADA AMOR -
Maurene Goo

FIRELIGHT -
Sophie Jordan

A veces debes animarte a desafiar el destino...

Súmale un poquito de k-pop

NO TE ENAMORES
DE ROSA SANTOS -
Nina Moreno

VIVIRÁS -
Anna K. Franco

COMO EN UNA
CANCIÓN DE AMOR -
Maurene Goo

NCE...

¡El romance más tierno del mundo!

HEARTSTOPPER -
Alice Oseman

Un amor que nace en Navidad

EL AMOR Y OTROS CHOQUES
DE TREN - *Leah Konen*

Contra todos los prejuicios...

LA GUÍA DEL CABALLERO
PARA EL VICIO Y LA VIRTUD -
Mackenzi Lee

¿Podrá el amor eludir al karma?

KARMA AL INSTANTE -
Marissa Meyer

¡QUEREMOS SABER QUÉ TE PARECIÓ LA NOVELA!

Nos puedes escribir a vrya@vreditoras.com

con el título de este libro en el asunto.

Encuéntranos en

 facebook.com/VRYA México

 instagram.com/vryamexico

 twitter.com/vreditorasya

COMPARTE
tu experiencia con
este libro con el hashtag
#lateoríadeloperfecto